冰心在壶

bingxin zai hu

▲ 潘国本——著 ▼

中国书籍出版社
China Book Press

图书在版编目（CIP）数据

冰心在壶 / 潘国本著 . —北京：中国书籍出版社，2017.7
ISBN 978-7-5068-6286-8

Ⅰ.①冰… Ⅱ.①潘… Ⅲ.①散文集—中国—当代②随笔—作品集—中国—当代 Ⅳ.① I267

中国版本图书馆 CIP 数据核字（2017）第 162931 号

冰心在壶

潘国本　著

图书策划	牛　超　崔付建
责任编辑	毕磊
责任印制	孙马飞　马　芝
出版发行	中国书籍出版社
地　　址	北京市丰台区三路居路 97 号（邮编：100073）
电　　话	（010）52257143（总编室）　（010）52257140（发行部）
电子邮箱	eo@chinabp.com.cn
经　　销	全国新华书店
印　　刷	三河市华东印刷有限公司
开　　本	650 毫米 ×940 毫米　1/16
字　　数	320 千字
印　　张	18.5
版　　次	2017 年 9 月第 1 版　2017 年 9 月第 1 次印刷
书　　号	ISBN 978-7-5068-6286-8
定　　价	46.00 元

版权所有　翻印必究

代　序

　　44岁开始，我逐渐有了把自己的感悟记录成文字的习惯。起初在数学教育方面，数学的代表文章有《无穷式问题》《数学悖论奇观》《数学名题与科学思维》《数学的三次危机》；教育类有《非逻辑思维的发生和作用》《吸纳知识的可行办法：浓缩术》《当模糊、朦胧作为一种修辞》《模糊记忆的特长和方法》《让教育在模式和非模式中递进》。

　　后来，写作重点转向散文、随笔，逐渐在《雨花》《文汇报》《中国人才》《中国教育报》《北京日报》《天津文学》《散文选刊》《杂文选刊》等报刊上有了登载。与此同时，也开始有了转载。其中《读者》标准版选用7篇，原创、乡土人文版载8篇；《青年文摘》选用10篇以上；《经典杂文》选用5篇。《人性三定律》《仙风道骨"一"》《年过七十，都是半个哲学家》等20多篇文章，均被各地报刊转载五次以上。

　　单篇或多篇被出版社重新选用，刊成新书发行的有：《潇洒人生之路》《智慧背囊》《2005年年度最佳杂文》《2010—2011名家杂文》

《感动中学生的100篇文章》《天下散文》《疯狂阅读》《这个时代的爱与痛》《神秘的海》《精短散文》《名刊卷首语》等40多种。

被国内多地模拟中考、高考命为题目或选入教材的文章,有《有一种》《习惯与创新》《一道4分模拟题》《泣红》《桥》《南瓜》《只有聪明的伊莎贝尔》《数学与文学的对话》等多篇。

写,是一种个性化酿造,发表是社会对这种酿造的认可。我是一个庸人,我希望我的文字,不仅自己喜欢,周围人也喜欢。我幻想它们是田头禾苗或者溪头游鱼,青蛙喜欢,农夫喜欢,看客喜欢,时间也喜欢。

写作是每个识字人都能办到的事,创作却必须有发现的成分,必须有更多个性化的思考和视点,这种成分越多,视点越奇,才能说及品位和生命力。很惭愧,我常常愧对这个目标。当我越过浮躁,着力寻找这种发现和视点的时候,已经年过70,面对的已是夕阳和黄昏。

《冰心在壶》是2007—2014年这7年发表在报刊上的部分文字,也是我这7年的一些生活实录和思考沉淀。这次,又让它们面世,是希望能给读者带去一份快乐。

目录

第一辑　读者人家

名人寓言 / 002

这是一所特殊学校 / 005

糖果的童年记忆 / 011

秋晚·村路 / 014

加起来，除以 2 / 019

人有三大失败 / 022

99% 与 1% / 025

第 1002 夜的故事 / 028

一滴水的传奇 / 031

苍鹰、蝴蝶、瓢虫 / 034

好句子、俗句子 / 037

第二辑　风月茶座

汉语有话说 / 042

70 岁后，羽化为蝶 / 048

年过七十，都是半个哲学家 / 051

人生必修偷着乐 / 054

白字读到头发白 / 058

人与自然 / 061

做个天使也不难 / 065

时间有两大嗜好 / 068

仙风道骨"一"（外一篇）/ 070

顺道儿与逆道儿 / 073

曾经沧海难为水 / 075
——佛陀的苦经

麻辣修辞 / 078

快乐数学 / 082

数学与文学的对话 / 087

第三辑　乡情碟片

春来了 / 094

场·桥 / 097

桥 / 100

第一次进城 / 103

西红柿·南瓜 / 106

泱泱母亲湖 / 110

何姑·老叔 / 114

村里的老俚语 / 119

野渡人家 / 122

嫁过来了，就好好过日子 / 126

高淳喇叭 / 128

古镇风情 / 131

南山，我嫉妒 / 136

第四辑　昨夜星辰

总统那些尴尬事 / 142

人生哈哈镜 / 146

昨夜星光料峭 / 150

那只手，在做平世界 / 160

两个奇才一首诗 / 163

夜读二记 / 170

第五辑　杞人"补"天

中国豆腐有不平 / 178

看见的和看不见的 / 182

文明人的糊涂游戏 / 185

快，中国人的一大心病 / 188

过去的，现在的（两篇）/ 193

人生相对论 / 197

一个方向都是死胡同 / 200

不如求己 / 202

伟人俗相 / 204

第六辑　星星点灯

我们的长项 / 208

大千世界，这样大千 / 211

跷跷板原理 / 217

去西安小吃 / 222

街头写生 / 225

取个好名儿 / 228

喜欢打油诗 / 231

称呼、帽子那些 / 234

失败也是一种资源 / 237

对我影响最大的几本书 / 240

看看月亮，想想太阳 / 245

第七辑　冰心在壶

他胜过100位校长 / 250

孙子个个是天才 / 254

云南旅友 / 257

今世缘 / 260

青松在春风中摇曳 / 264

秋是一棵芭蕉 / 267

一个人旁观·老小世界 / 272

漂到常州女儿家 / 277

这世界，让人目瞪口呆 / 281

第一辑
读者人家

名人寓言

曾写过一篇《被放大和夸张的一把手》，觉得意未尽，还应该有个推论：被放大和夸张的名人。

人一出名，能量就大了，上镜比别人勤，排次比别人前，座椅比别人宽，与他握手，成了荣誉和待遇，同样一票，他那票就含八票十票的金量。有时候也只是字体怪一点，就有了书法家封号，毛笔都十几年不拿了，也有人上门讨"墨宝"，即使肚里没墨水，名气上去了，也要他题词、写跋。像乾隆爷那次游玩狮子林，皇上本来只写了"真有趣"，边上的王状元，立即跪请将中间的"有"字赐予他，让苏州狮子林有了"真趣亭"御赐好词。说俗一点，有了名，钱也比人好寻，做个形象大使，挂个名誉头衔，都有钱拿。婆姨或者老公也比人好找，丑点老点都不碍事，要年轻要漂亮都不少客流。人一旦有名，嘴也变棒，眼也变神，叹口气也是资源，眨巴一下眼睛也成生产力。

同样一句话，出自他人之口是句俗话，出自名人就成指示就成箴言，可印书，可制条幅，供人背诵和重复。比如 $1+1 \neq 2$，你我说出来，是句笑话，让名人去说就是哲言，1+1不仅不等于2，大于2、小于2都是道理，说了我们只有点头的份儿。同样一件事，他人去做，很庸常，到名人手里，就不乏吹捧和模仿了。比方说用屁股去孵鸡蛋，你我去做，是件蠢事，到爱迪生身上就成"天欲降大任于斯人"的天才征兆。

人之慕名，若蝇之趋臭。名人做过的好事，有人会添油加醋，没有做的好事，也会堆到他的身上，所以，祝枝山有那么多绝对，纪晓岚有那么多雅趣。有时候本来应该是种差错，给名人沾上了，也会成优点。所以，名人小气就叫节俭，名人铺张就叫大方，名人无情叫大义，名人冒险叫无畏，名人做呆事叫愚公，名人有艳遇叫风流，名人违规录取叫慧眼识珠，名人衣冠不整叫不修边幅，名人失街亭、斩马谡也在衬托他的空城计。有时，也只要有王朔先生那点名气，说"×××是臭大粪"和"我不应该说×××是臭大粪"都一样上刊上报，像"同时组几个剧本，等于同时拉两泡尿"，像"再好看也就一个女的，打一炮也就完了"都原封给上，出个"傻逼"这样的词，说句"别被民间给晃了份儿"的掉渣土话，都一样全国通行。

且，名人的名望不是随成就正比上升的，是呈平方加速上升。比方说，普通人一分成就得一分名声，两分成就得两分名声，名人不，两分成就就有4分名望，平白虚长两分，三分成就可能就有9分名望，一下虚长6分，且名气越大，疯长越猛，越是向上，升腾越猛。名望本应是成就的真果，是从根部吸纳营养长出的那粒米。但在名人手里，那粒米，一出壳就进了爆米机，立马炸成了一朵爆米花。"海选"把"超女"炸成爆米花；《百家讲坛》把易中天炸成爆米花。想当年，易教授在武大任教10年，10年一个讲师，一家3口挤一间十几平米的宿舍，做个跨学科研究课题，也只能忍着"野路子""不学无术"嘀嘀咕咕，那粒"米"，来得何其艰辛！可一档

《品三国》做下来,他家的电话子夜 12 点都有人在打,福州妻子、上海女儿、湖南妹夫和武大厦大同事,都成采访对象,连他在长沙街头吃碗米粉也有电视台摄像机对牢,没用心就上了"中国作家富豪榜"。不是他要疯长,而是"爆米机"让他止不住地向上蹿。

其实,名人以前也拖鼻涕,也尿床,名人也被罚站,也考 50 分,也可能偷同桌小刀,也写过条子给讨厌他的女孩。他的老同乡老同学都晓得,那时候考一二三名的不是他,说人品好的,也不是他,班上选个什么也轮不上他,谁半斤谁八两全清楚,所以,人出了名都不想与老同学老同乡过热,"衣锦还乡"耀耀祖,联谊会上露露脸,可以,真的长下去平起平坐,谁受得了?谁不怕曝了隐私毁了形象?谁不怕碰上个不识趣的,大庭广众就直呼"疤头""结巴子"?

好话听多了,"火箭"坐久了,就不想再听到"疤头""结巴子"了,"大师""国宝"一类赞赏听得顺了,也就相信汗也会流了与众不同,真以为 500 年才出他一个了。

上帝会那么傻,只给香甜,不给酸辣?会只放大他的光彩和先知,不放大他的丑陋和猥琐?有一天,如果走在前面的不是他了,他的失落就特别大;出了点点差错,就容易让"狗仔队"咬住不放,"礼崩乐坏"的体验也会特别深;碰上早上还抱他大腿晚上就踢来一脚的,就特别觉得世态炎凉。

名人的苦恼比普通人多,磨难比普通人深,自戕和他戕比普通人厉害,所以名人的自杀比例也比普通人高得多。

更要命的是,成了大名,内心荒芜、言行放肆也就难免。耶稣说富人进天堂比骆驼穿针眼还难,名人呢,也好不到哪里去。

这是一所特殊学校

这是一所特殊学校,名字叫"文化学校",其实是个高考"军训所",纪律森严,紧张有余,一期实训10个月。每年秋风萧瑟时候,校门重新开启,新一批带着各色伤痛的学子前来报名,他们输了今年的高考,又很不服输,决意来年6月再搏。

我是这里的教育者,不知怎的,却也成了被教育者。校长姓张,是当地著名的老教育,话不多,但很干练,每次对学生讲话,开场那句都是"对不起,耽误大家10分钟"。这次他讲的那几句,我仍记忆犹新:同学们,这是一期非常时期的非常学习,从今天起我们这个团队(不讲师生)就坐在一条船上了,这不是一般的船,是条龙舟,也不是一般的龙舟赛,只对胜者进行一次奖赏,事过就淡忘了,我们参与的这场竞赛,对优胜者的奖赏将带到终身!舟上桨手,一边是你们,一边是我们;一边是纪律,一边是毅力;一边是抱负,一边是信心;一边是体质,一边是心理。任何一方不尽全力都必将落后,任何一方用力不均都将偏离目标。我们至少有10种落后可能，只有一种必胜的保证，即齐心协力！清晨，我走过窗前，听同学朗读"风萧萧兮易水寒"，深深地触动了我，我们就有这种悲壮，不过，下边应该是"壮士此去必夺关"。同学们毅然选择复习，就是冲着这份艰苦和这枚坚果来的，必当做好"我不下地狱谁下地狱"的准备，如是，才会我不上大学谁上大学，我不进名牌谁进名牌……

张校长其实一副菩萨心肠，十分矛盾的是他总提醒我们"慈不带兵"，目的要我们严，要我们狠。他在报刊上发表过不少教育论文，应该是位专家，会后，我冒昧问他，你的那些文章也是这样写吗？他表情复杂，说了句类似外交辞令的话：我应该就是那条龙舟上的司鼓，每一槌都重任在肩，每次看到这批嚼着开水泡锅巴的孩子，我就想，一年后要是仍不能把他们送出这块苏皖边地，我的心会绞痛、会滴血。

这里的老师是一年一聘，个个都有绝活在手。就说教历史的吕强，最早是民办老师，从农村初中起步，然后教高中，直至高三，他的历史考分居然每年傲居群雄之上，就凭这，他顺利调进县内唯一的一所省重点中学，并成了"把关将军"。慕其名，校长也特聘他来校兼课，且只要他把课上了，其他规矩，一律按教授伺候。他也不负众望，真也好戏连台，每期终端显示，他教的历史都要高出县均 10 分左右，比市均就更不用说了。我们同龄，说话不用忌讳，问他，吕兄你到底有啥高招？他调侃说，高招？"低招"倒有 3 条，第一条，揪；第一条不灵，上第二条，死揪；一二条都不灵，还有第三条，往死里揪！用到第三条，就是块石头也该出油了。他讲这话，神情诡谲，不过，从他城砖一样厚的资料以及随身携带的笔记本电脑来看，绝对心血多多。只是还有一条不大好说，凡他教过的学生，没有谁敢接手了，他已连石头里的油都榨尽了。

究竟是吕先生造就了时势，还是时势造就了吕先生？

他，妻子没有工作，基础学历只有高中，上职称拿先进，必须"破格"，必须有上下口碑，要进县城更难，必须翻过教育局7条规定大关。吕老师农民世家，亲友中最有头面的就是他了，里外无一星搀扶，唯一的也是最光彩的就是攀着分数上！吕为人本分，工作勤奋，自他握牢了考分那一天起，学生尊他，家长信他，"市场"恋他，无论是经济收入还是社会声誉，都OK。只是一条，现年虽只52岁，看上去已60有余。——"高考"似段魔咒，谁入心入肺去读，都入魔，都有无边法力。

班主任当然也都是人物，他们全是退休老师，每天一睁开眼睛就在岗上，不计较工作时间。不是奖金让他们这样做，而是这样做已成他们的习惯和定势。反之，没有这种定势的，第二年也就不会在这个岗上了。他们通常5点半起身，6点20到校，学生零星进校时，都已候在教室门口，除了微笑还备有警示性短语，对特定个人，一句两句，当面提醒；对全班普适的，写上黑板，比如"相信自己，你一定行！""剑锋磨砺出，梅香苦寒来""明日待明日，万事成蹉跎"。如果发现英语是提分瓶颈，那么第一天黑板上可能会写"请多读英语"，第二天则写"英语！"，第三天便是"英语！英语！！"。什么顽石能耐得这等火力？

每期开学，"扫除阴暗心理"和"发愤图强"两大班会主题雷打不动，那些训词经多年修订，几成经典。比如老金的话就不乏动力。第一，请同学计数：你数数，小学与你一起的同伴现在还有几个跟上了？再数数初中与你坐在同一教室的还剩几个？进了高中考进你这样的分数段的，还有几个？还不信你的智力和耐力都十分了得？你已胜出多场，就这一次稍有闪失，你的历程已足以证明你的潜能，今日不开采，难道等待作废？等了再次饮恨？第二，请同学算账：每个学生的学习费用，折合到天，20元出头，每天伙食开支，至少10元，加上住房租金，每天开支不会少于40元。你们的父母在你这年岁，不仅养活自己，也早在分担家庭重负了，可这份本应自己承当的费用，至今仍压在他们的肩上。更不用说押上去的这一年光阴一年青春了，光阴无价，青春不再，币值就无法再算下去了。

同学们外国语都熟，爱因斯坦说的东西都懂，这铁打的道理能不憾心？卧薪尝胆已势在必行。

这里的学生，家长明察暗访，亲友叮咛嘱咐，反正电话手机全有，一方是家一方是校，信息随时畅通。大爱似仇。班主任联手家长总有办法让他们瞌睡再重成不了梦，情爱再笃做不了巢。

该说说同学了。坐在左边第二排的叫邢华，她是我最先记牢的名字。报名复读那天，我们快下班了，一个风尘仆仆的农妇带了一个脸色憔悴的女儿，女儿模样俊秀，但面色蜡黄，19岁了，胸部还是扁平的。女儿一言不发，母亲说了不歇，她一边倒着心中郁积，一边抖抖颤颤地掏着缴款。她告诉我们，女儿一直是学校橱窗里贴（表扬）照片的学生，作文特好，只要有比赛就会有奖状。今年晦气，家里出了大事。父亲在一家企业做铸造工，行车吊斗里的钢材从半空倾泻下来，砸断了他3根肋骨，昏迷了两天。当时正值复习上紧时候，母亲一急，中耳炎又复发了。邢华白天上课，晚上去医院服侍父亲，头脑整天昏沉沉的，高考只得了450分。接到分数单那几天，眼泪不知淌了多少，她想找份工作，帮家里分担些担子。她老舅晓得了，上门开导说，你这么瘦小，又没专长，工作怎么找？450分也不是你的真实成绩，再复习一年吧，提高100分不会有问题，费用我来想办法。一家人商议了10天，最后邢华是来了，但躺在床上的父亲，左耳脓水不断的母亲，还有舅舅借来的复读款,时时缠绕在心,逼了她整天埋在桌上,像钉子钉进了木穴。家离学校3公里,为省房租,邢华早出晚归,中饭在摊上吃一碗光面,不用菜。每天一大早,我就看到那辆链条挡板都锈得分不清鼻子眼睛的单车已卧在香樟树下,晚上10点仍耐心地等着它的主人。倏忽期末到了。过去她念英语单词两遍就记住了,现在10遍也记不牢。伤心更有数学,虽说一分汗水一分成绩,她给了数学十分汗水,也未能帮她上一分成绩,反退了。选文科的同学,政史地一类,经两年磨练,彼此差距已不大,数学就成了区分节点。当年王小丫高考数学只有20分,第二年再考数学还是没能及格,虽说也未影响她成为中央台名角,但她有小丫那么漂亮吗?她能碰上小丫那种机遇和运气吗?还有罗家伦,数学考了零分,胡适教授给了他作文满分,又得蔡元培校长认同,照样上了北大。但她能遇上胡、蔡一类慧眼吗?遇上了,还能让他们俩说了算吗?语文特好,屁用,邢华要总分,总分!

期末测试过后,邢华母亲又来找班主任了,说女儿分数上不去想不读了,不读还可以替家里省一学期费用,她拿不定主意。班主任给她分析说,邢华高考的名早已报了,这钱也已缴了一大半,她是心结太紧了,松了那个结,还是很有希望的。李庄的晓兵不是考了4年考上去的?去年的朱娟不是扔了包袱一下就进步157分吗?

过了年,邢华还是来了。她仍然在开夜车、攻数学和吃安眠药,可那分数,就像缺了动力的秒针,虽然还在忽上忽下地跳,就是上不去了。学校内部排队,她也早不是本科种子了。她眼睛发花,手脚冰凉,做梦时在做三角题,做三角题时在做梦。时下高考还有两个月,她的模拟考试却一次不如一次,要是今年仍上不了"本",真的还去学晓兵学朱娟?

学生就说这一个吧,像邢华这样的典型多的是,真的不想多说了。平心而论,这里的老师每位都是大好人,但不知怎的,一坐到高考这面魔镜面前，就变畸形了。还有这里的学生，日夜应对那些蹊跷十分的试题，承受那些每门课都得均衡摘分的内耗；囤积那些只要离了这道门槛就一无是用的"知识"，练就那种被标准化答案捆死了的思维。我（们）究竟在做着好事还是做着坏事？

在这里，无论是与张校长吕老师还是金主任相比，我差多了，自知之明当然还有，为避免遭受逐客尴尬，我准备另找饭碗。

糖果的童年记忆

我始终认为糖果是很有才气的发明。那样粗俗的年代，它妖艳；那样苦涩的日子，它甜心。小时候，什么东西可以1分钱买到手？它，只有它，而且，10分钟嘴里化不去，一刻钟还在嘴里甜。村里人没有穿过毛线衣，没有坐过汽车……但绝不会没有含过糖果。甜和1分钱，让它有着极好的人缘：走亲访友、洞房花烛、进财得子，乃至考上学校，参加了党，都用得上它。婆婆送双新鞋子给外孙，鞋子窝里会藏上几颗糖；邻居还来借去的碗筷，面上也会顶上几颗糖。如果听到说，吃过谁的糖了，那也就是他（她）办过大喜了，"连糖也没吃上一颗"，那是最不近人情的评判。

表达大喜，表示感谢，祈望福星高照，向往鸿运当道，都由它总代理。在童年记忆里，糖果一出现，大人们就有重要仪式要举行了，我的幸福时刻也就到了。手里要捏上块糖了，也一定会摩挲好一阵，剥开了，连那张糖纸也会是我们那时代的人的一种珍藏。

说来也怪，只有一块糖的时候，那边上总站着我和弟弟两个人，就是会有这样的难题难住老妈。几个孩子嘴里都含上糖了，也就叽叽喳喳没个完了。孩子一不小心，嘴里的糖滑到了地上，都会很自然地拾起来，用舌头舔干净，不躲不闪，再塞进嘴去。要说零食，最亲近孩子的，也是这糖果。

有年秋天，老爸早早地就捆扎好一挑子猪崽进城去卖了，这是农家少有的有盼头的一天，也是我和弟弟最有希望得上糖果的一天。太阳刚偏西，我和弟弟就爬到门前那棵老桑树上远眺了，摇一阵桑树，盼一会儿远方，再摇一阵，再盼一会儿，想象老爸从石桥那边显现，然后越走越近，走到面前摊开大手，抖出纸袋，再从那个纸袋里倒出一把五颜六色的"甜蜜蜜"。

我看见远处有一个人影很像了，近了却发现不是；又过来一个扛扁担的了，但没走几步，又岔上了旁道。天擦黑的时候，终于回来了，他仍挑着那个担子，可那一天市上的猪崽太多，他挑去的猪没有卖掉，又挑了回头，他连笑都没有带，还带糖果？那天的热望化作了一天墨黑。

还有一件关于糖果的往事记得更深。同桌周定锡，他放了学，手里总有一根棒棒糖，拨浪鼓一样举在手里，亮晶晶的糖纸一剥，一口口甜就来了。他与我是好朋友，玩得亲密的时候，定锡就会把举起的那棒棒糖塞到我的嘴里，让我也舔上一口，那真甜。但就像现在的同学请学友上排档、吃小吃一样，怎么能没个回请呢？有一天，村头忽然响起了"多来咪，咪来咪来多——"，换糖人来了，他一手扶担子，一手捏笛眼，笛子往嘴边一凑，"多来咪"就满村子飞，他的糖，不用钱买，只要废品换，废铜烂铁可以，但早已寻光；鸭毛肫皮可以，可一年杀不了几次。当然牙膏壳也可以，我早备上了一管牙膏壳，还差一管，眼看那管就要用完了，可就是刷不完，糖担不等人，心急火燎中，我把一段挤在老爸牙刷上，一段挤在老妈牙刷上，再挤一段在我的牙刷上，一下换到了4块糖，定锡两块,我两块,痛快。

那天,糖在嘴里还没化完,妈妈就做工回来了,她看着一支支躺满牙膏的牙刷,直发愣。当然,我的遭遇也就不用我再往下说了。

秋晚·村路

秋　晚

傍晚,是乡村最富才情的一刻。西行的太阳,已失去中天的威严,一转身,成了一位艺术家。阳光穿过竹林的一刹那,灵感来了,就着柔光、阴影,调和出金黄和淡灰两种底色,将一幅气势恢弘的油画勾勒在门前场上,脚踩不乱,帚扫不去,大笔铺陈,快意修改,激情时,一秒前和一秒后也是杰作两幅。这时候,云修炼成霞,风携足了情,蓝天和大地全醉了。

当晚霞游弋西天,家犬也哄上了,跑过去把鸡鸭也赶进画卷。孩子放学了,一出校门,便信鸽一样飞起来:一个红背心,面孔朝了南,脚步却侧向西;一个光头,不向前,反过面来,背了方向退回家去,这多好玩啦,一下又跟上了第3个,本来双肩背着的书包,移到了胸前,荡在颈项。那辆早出晚归的摩托,也回村了,那是在城里做油漆的和生收工了,把刚学上口的新唱,连同没有用完的活力，洒了一路一村。男人呢，男人已拿毛巾到了水边，洗去一天的风尘；孩子呢，孩子在执行妈妈赶羊的吩咐，且已爬到那头最结实的公羊背上了。乡村的孩子，都有这种智慧，即使在做事，也有法子做成一种游戏。

乡村的傍晚是从容的。风儿漫不经心，似已忘记了方向。只会吟一句诗的蛐蛐，也不怕人贻笑大方。趴在石板上赶作业的小毛，也不会忘记咬着妈妈备好的菱角。最自在的，可能还数那伙麻雀，"嘭"一下起身，"嘭"一下又落到榆树枝桠，已经没个队形了，还抢着发言，有多少只麻雀就有多少个姿态，有多少个姿态就有多少种叽喳，痛快不痛快？

乡里的傍晚是不讲究主题的。小猫散步，烟囱冒烟，随意；上小店切4两熟肉，在门前聊"山海经"，随意；淘米、浇菜、捉蜻蜓、跳牛皮筋，都自便。留不住一句隔夜话的云姑就更是了，你碰上她，就别想走了，她要告诉你立秋种下的萝卜壮苗了，要告诉你她家的母猪昨晚产了13个崽，要说一个南瓜28斤，要说她家妞一餐能吃3个馍，一直说得忘记太阳会西沉，忘记她究竟来做什么的。当然，也有扣牢主题的，比如从缝纫厂下班的二婶，此刻她急了要到河边洗山芋，还要收衣裳，要喂猪食，她要把省下的时间交到在外打工的男人手里，让他多多赚钱，足足准备大学生儿子的开销。二婶寻了个茬，离开了。

乡村的夜，好像是猫着身子进村的，轻轻的，悄悄的，拽在上笼花鸡的尾巴上，挂上回圈山羊的犄角上，跟在二婶的脚步后，一进屋，先在猪圈边做一个窝，然后，探向门后，再缓步走到堂前。赶了一天路的帆布鞋，歇在石墩上了，揽了一天泥水活的铁锹，又锃亮锃亮的了，粪桶、锄头、畚箕，坐的坐了，躺的躺了，准备好好睡上一宿，明天，再助主人招财进宝。

水缸里的水满了，粥锅揭盖了，粳米的香味弥了一屋。带壳的盐煮花生，酱红了皮肉的菜瓜，已在桌上，抢说着主妇的麻利。堂前那盏40支光的白炽灯，接替了昔日的油灯岗位，在招呼一家人的晚餐。

村　路

我们村，粗看旷野，实际封闭。村前那条小路，就是它的血管，一头给村子输乐，一头给城市输氧。

小路年岁大了，论辈分，至少是太爷爷级别，仍没名没姓，叫小路。它一肩扛着乡里人的辛苦，一肩扛着乡里人的梦想，年复一年，诉说着这里的乡情，这里的传说。

小路善良，有空地就宽展一点，没空地就侧点身子。它谦和，篱笆，让；鸡舍，让；一株歪脖子苦楝一堆断砖乱石也让。它像我奶奶。

村上谁不是这条小路看着长大的，开电瓶车给城里送稻送麦的阿福。鼻涕一直拖到13岁的村主任。还有石头，一到夏天就泡在河里了，长竹竿敲到头上都不想上岸，才几年啦，城里妞也从这里搀进屋了。当然更不会忘了荣军，荣军领头的那支摩托"部队"，清早"哒哒哒"从这儿出村，晚上"哒哒哒"从这儿回家，带着村里一帮子小徒弟，风一样掠过，脚都不用沾一下路面，单从他们那件鳄鱼牌T恤，那双李宁牌鞋子，就晓得他们的收入不会低。

小路不会说话，但哪件事不熟记在心？那年，没爹没妈的佛本，早饭还喝了一碗大麦粥，肚子说痛就痛了，他捂住肚子跺脚，在这条路上，这头跳到那头，那头跳到这头，那时不要说医院，郎中都找不上，一村的人看了干着急，佛本又吼又叫，半天，断气了。

那年他19岁，就躺在路口老磨盘上，那个磨了看不清牙齿，卸下来垫路的磨盘。村上人用门板给他钉了个"盒子"，送他走了。还有三水，30岁还是条光棍，亲亲眷眷全发动起来给他说亲，才说上小他7岁的小凤。小凤文文静静的，一村女人就数她标致，三水什么事也不让做，疼她。那是"三年困难时期"，地上连草都不长——也不是不长，刚冒个芽，就有人吃了，人不能吃的，牛羊也给啃光。那一天，小凤打了个包袱，偷偷跑了。三水追上去夺过包袱，问，我对你哪儿不好？一村的人也出来帮劝说了。小凤什么也没搭理，只流泪，也是在这路上，她扭过头，包袱也不要了。也在这条小路，三水上前把包袱塞进她怀里，回家闷头睡了三天。还记得吃食堂那年，多伢他娘让他去打粥，说是粥，其实是一碗照得见人面的汤。多伢双手捧牢了碗，眼睛盯住"粥"，别给晃溢了，可路上的石头不懂这份苦心，绊他一个踉跄，连人带碗全给跌瘫在这路上。多伢是流着血淌着泪回家的。娘什么也没说，上去就是一个耳光，让他哭也不敢哭出声。多伢，就是今天这荣军，天晓得，"多伢"也会有变成"荣军"的这一天！

不见小路这么多坑坑洼洼吗？那里面全是乡亲的血泪。也许，小路从来就没失去对明天的希望，再重的担子也挑着，再多的泥水也挺着，即使顶塌肩膀压弯腰。小路，做不了大事，可是什么事都肯做：娶亲、迎客、赶集，滚轮子、压担子、跑羊子，领小姐上学，拥黄狗迎回出门主人，让身子窄一点，再窄一点，好多点几株豆苗，好给马兰头、蒲公英留条凳子……

没缘由又想上奶奶了，那双多茧多皱的手，那条青筋弯曲如蚯蚓的臂，不管哪家的孩子哭了都抱，不管哪家外晒的衣服遭雨了都收。奶奶那手臂不就是这样的小路吗？

前年，小路改直加宽了，听说下个月还要铺水泥呢，我们村的小路也小康了,它仍没名字,只叫小路。勤快、慈和已是她秉性,无论是天天从它身边过的熟人还是陌生过客,无论是三岁孩子还是八十岁老人,一如李可染《五牛图》所题,"牛也力大无穷,俯首孺子而不逞强"。

加起来，除以 2

有段数学史话，对人的自我评价很有启示，说那个"会下金蛋"的费马大定理，还拯救过一条生命。

那是 19 世纪中期，沃尔夫斯凯尔已是德国一个著名的实业家族，到保罗·沃尔夫斯凯尔接手的时候，实绩更像早晨八九点钟的太阳。

保罗上过大学，也喜欢看看数学，他一边打造这个商业帝国，一边以涉猎数论为乐，日子过得像在上帝那个系列。一天，故事来了，他身边出现了一位年轻貌美的女郎，保罗横看动神，竖看神动，七上八下地想着向她求爱。可那女郎好像也是星宿，你动，她不动。保（罗）兄急了，加大马力，身价放了低得就差下跪了。谁知，你这边越是跌价，她那边越是抬盘，把门闩了铁紧。作为实业家兼数学家（至少有人这样称呼）的保罗，沮丧十分，情绪一下跌到谷底，直觉得自己窝囊，无能，连一个街头妞也黏不住、信不过。再想想，让这么一个毫无魅力的男子去掌管一家著名企业，迟早会毁在他手里，横想竖想都觉得生命已到尽头，只有自杀一个出口了。保罗激情多多，却并不粗疏慌张，他给自己选定了一个自杀日子，准备在这个日子之前，将企业的所有重要业务办理妥帖，再给所有亲属好友写下遗嘱，然后，待午夜钟响，开枪自毙。

保罗办事干练，那天，所有要办的事都在午夜之前结束了，为打发剩余时光，他走进自己的图书室，翻上了一本久违的数论杂志，等待那个时刻的到来。不知不觉被一篇指出拉梅和柯西对费马大定理的错误证明的文章所吸引。

那是发生在1847年的一桩公案，在法国科学院的一次会议上，约瑟夫·刘维尔宣读了德国数学家库默尔的一封来信，信中指出了拉梅和柯西的错误。可就是在这个晚上，保罗发现库默尔的信中，用了一个未加证明的假定，觉得他与拉梅和柯西，究竟谁对谁错尚未定论。保罗当即沉浸于这个假定的辨析，他的本意是想帮拉梅他们扳回败局，谁知灵气所到，却给库默尔堵上了一个漏洞。他高兴极了，一个晚上，就弥补了一个数论学家的漏洞！他站到了一流数学家的行列，与他们对话，校正他们的疏漏了，一下子底气大增。

虽然保罗还是那个保罗，虽然他仍不是大数论家，可他已感到了自己的敏锐和睿智，不觉午夜钟声已过，全忘了东方之既白，他，再也没了那个自杀的念头了。

当他打开窗子，已只想为费马大定理再做点什么了。之后，保罗改写了自己的遗嘱，决定以他的大部分遗产设一个10万马克的大奖，奖给证明出费马大定理的第一人——后来，怀尔斯1994年攻下这个堡垒，他拿上的奖金，有一份居然就是保罗·沃尔夫斯凯尔1908年设定的！

费马大定理以这种形式演绎出一段人生喜剧。

要说人生，我们无不晓得，如果"喝水硌了牙齿"，绝对是一次巧合，不是注定；无不晓得一次挫败并不是10次挫败，10次挫败也不是世界末日；无不晓得总统的孙子，只是一个孙子，并不是一位总统。我们也无不清楚，作文写不满一页纸总是让老师当众罚了重做的我和后来号称作家的我；逃课、寻衅的少年贾樟柯和中国新一代大导演贾樟柯；自己偷了主人丝巾反诬陷女佣拿走的卢梭和以冰清玉洁的心灵写下《忏悔录》的卢梭，他们都是一个人。

可我们总是想不上去，将高峰和低谷前后两项得分加起来，除以2。那个真实的自我，其实在这里！

可我们就是记不起来，尤其是，在登上天堂和沉入地狱的时候，还有溅了一脸污水和披了一身花环的时候，被人欺侮成阿Q和让人哄抬为"超级女声"的时候。

人有三大失败

人有三大失败,应当力免。

第一,把做人当一门深奥学问修炼。

开始,熟读《三字经》《弟子规》,进中学、大学又将卡耐基的著作立为成功指南,出了校门,听专家讲座,看做人文章,跟儒生体悟"吃亏是福",跟基督徒修行"打了你的左脸,送上你的右脸"。有刀走偏锋的,官场通行的"厚黑学",贾雨村赏识的"护身符",也成怀中宝典。

好端端一个人,做着做着,就成了假山、盆景,玲珑乖巧是有了,但也歪着脖子扭起腰了。人的99%的烦恼都是"做"出来的。人会越做越浑浊,越做越深奥,越做越别扭,越做越需要再做。如果尝试不做,将自己还原为本本分分,清清白白,简简单单的本我,一定轻松、自如、可爱。

不做,才是为人捷径。

本分的人,一定善良,不会失去道德底线,也一定记牢自己的责任和义务;清澈的人,一眼见底,与他在一起不用设防,不用担心吃亏上当，不用担心中暗箭吃闷棍；简单的人，是什么让你看什么，没有花花念头，简单的反面是复杂，复杂总是生隙和误会之源，总容易顾此失彼，将自己缠成死疙瘩。什么人不愿意与简单的人结交、共事？

简单的人也会错，但因为简单，改正起来也特别容易，活得必然轻松。

清澈的人也伤害人，因为在明处，就是伤害了，也清清楚楚摆在那儿，容易得到对方的宽容和谅解，口碑不会差。

第二，40、50（岁）离了婚。

人到中年，多长多短，是龙是虫已定型，一支甘蔗最甜的那头已经啃光，一块石头，所有的棱角也打理得差不多了，快到需要搀扶的时候，突然松手不认账了，失败不失败？

替女人想想，一个徐娘，你离什么离？风流才子能轮上你续？续上了，凭那张一路下滑的黄脸，能稳住局面？功成名就的，能对你这反水叛徒，不再三瞧瞧？10个从这条路上过来的9个叹苦：要续上个心仪的，真不比猪八戒修成波斯猫容易！

替男人想想，一身创伤，你离什么婚？你有能耐让子女感到不在剜他们的心？你愿意用一个偷吃野食的花心换取子女真情？正在老父老母要你平安，子女要你做榜样的时候，你抽走梯子瘫下身子，是男人吗？

人都是吃不消对比的，再好的后续，也会发现有许多方面不如前面那个；人都是经不得近看的，远看像个月亮，光灿灿的，还能圆能缺，真的贴近了过过日子，马上发现还真不是个东西。

只有进了一个门，才会发现还有更惨的伤心史你不知道，只有睡上了一张床才会发现，你边上的那人是个猪呼噜和臭嘴巴。前边，可塑性极强的一二十年都崩盘了，能指望已经定型的后来者，顺顺当当磨合下去？

再是，有只"离婚计算器"也不能不提醒你一下。假如你有200万财产涉及离婚争议，那么，法院裁定，得付费一万；委托律师辩护，得付费5万。如果有一个孩子需要你抚养，那你就得再付出工资的20%～30%。如果还有一所住房，当然它的50%也不再属于你。经济是生活的基础，这账也决不能忘。

第三，台上热火朝天，台下冰冻霜凉。

在前台时，金枝玉叶金口玉言，火龙火马刀枪不入，退到后台，忽然不见一个朋友一个同事了：当老师的，没有过去学生上门；做医生的，没有过往病人眷念；当干部的，碰破了头也不认了。人家不需要你不怀念你了，伤心不伤心？台上在天，台下阴间，一天也没活在人间，失败不失败？

这时候，如果不反省自悟，还在控诉人心势利、世道险恶，更加可怜。

如果只想到他一直在教人本事、治人疾病，做人头头：做教师的，只想到自己在奉献，想不到心灵的关爱和感化；做医生的，只想到自己在救死扶伤做好事，想不到病人的肉体痛楚和心理负担；当头头的，只欣赏自己火龙火马和金口玉言，想不到官话套话的讨厌，盛气凌人的愚蠢，总觉得自己像地球，他人像皮球。这些账，过了境下了台能一笔勾销？

人下台了，还记着他人的不是，是残忍的，不厚道的。不过，这个时候人家还无法容忍你，这一生还不失败？

一个人总是台上短暂台下漫长，尤其是人类的平均年龄正从70、73、77不断提升的后人。我相信，读上这段文字的，95%的人正在台上，下边的日子怎么着，你看着办吧。

99%与1%

99%的人，喜欢说"吃只有一个肚，睡只用一张床""富贵权势，转眼为空"，喜欢写"淡泊明志，宁静致远"，喜欢读"好了歌"、挂"陋室铭"。喜欢说"低调做人，高调做事"。但他们大都只是说说而已，并不真的往心里去。

99%的人，生上重病的时候，都说以后要好好待人，好好生活，好好珍惜身子。99%里的大多数，病一好，又上了老路。

99%的人，喜欢谦虚，尤其在公众场合。轮上他发言，喜欢先说"鄙人说两句"，可一开口就忘了，出口至少两百句；最后一句，"不当之处，欢迎批评指正"，要是真有人批评上了，心里不诅咒，也会脸上红一阵白一阵。

99%的人不齿奢侈生活，真到钱袋鼓上了，还是不止1%的人，购物"不求最好，但求最贵"；99%的人鄙视虚荣，但到了那场合，还是不止1%的人认为"不喝茶水，只喝咖啡"的人比起"喝开水，咬大饼"的人，还是高贵。许多时候，我们不齿和鄙薄的，只是"奢侈""虚荣"这些词汇。

99%的人，想通过提高自己的修养和能耐，改变自己的想法和做法，来改善自己、改善社会。可到做的时候，这99%，他们还是只致力于提高他人的修养和能力，改变他人的想法和做法，来改善社会、改善自己。

99%的人，失利或者遭殃的时候，总在问"为什么是我？"心里怎么也想不通；99%的人，得利和得福的时候，决只会超过1%的人在问"为什么是我？"——他们想都不用想就通了。

99%的人，喜欢讲100%正确的话，喜欢听100%正确的话，弄不清100%正确的话就像"明天一定天晴、天阴或者有雨雪"一样，只是一句"正确的废话"，它信息量等于零，只在浪费能源，污染环境，增加世界的嘈杂。

总听到有人讲"走自己的路，让别人去说吧"，但，说这话的绝大多数，还是在按他人的指点亦步亦趋。更遗憾的是，里面会有1%他走自己的路，不准别人走自己的路；有1%他走自己的路，不准别人走他走的路。更厉害的1%，他走别人的路，让别人无路可走。

我们无不对弱势群体抱有同情和慈悲，无论对流浪拾荒者、残疾乞讨者、艾滋病患者，99%的人会帮他们说话，给他们捐款、赐物。但，也是他们，有一双泥巴一样的粗手，一双病恹恹的枯手，伸过来想与你握手的时候，我们中的多数还是来了迟疑。这么简单的一个坎，就很不容易跨过去了。同情和怜悯人人都有，慈善施助也是大多数，但当弱势人希望得到同等尊严的时候，问题还是来了。扫除这个心灵差距，不是一般人能办到的。其实，他们最缺的并不一定是面包和衣物，而是世人对他们的尊重！

99%的人都有人际大聪明，但这99%里边的99%，他们还兼有着赢回一次委屈、一句气话、一个脸色或者一次小便宜的小聪明。上帝他老人家在造人的时候怕是也没有料到，就是因为兼有了这点小聪明，让人际大聪明者，最终只剩下不足1%。

99%的人相信过神灵，99%的人相信过钢铁不会上天，99%的人相信过人定胜天，人定征服自然，99%的人笑话过敬畏自然，笑话过梭罗28美元的简单生活，笑话过人与猿猴有同一个祖宗，笑话过牛养多了会增强温室效应。看来，有了99%，也并不是得了99分，也并非拥有了正确或真理。

这个世界之所以充满精彩和奇趣，奥妙也像"躲猫猫"那样，喜欢隐匿在这1%中。

第 1002 夜的故事

传说山鲁佐德自愿嫁给山鲁亚尔国王时,她准备的故事远不止 1001 个,还有一个,说早年世上是有一个香格里拉的,那里人际和谐,歌舞升平。为进一步优化环境,一日,庄园拟出一条末位淘汰铁律,每年通过评比,品行排在最后的,不许再留在香格里拉。

有一位叫阿尔发的粗鲁男子,举止莽撞,说话生硬,打架斗殴,寻衅闹事总少不了他,且火气上来,天王老子全不买账,这秉性与香格里拉的氛围极不和谐,第一年,他淘汰出局。

肯尼是个匠人,技术精湛,气力过人,做重体力活一可抵三,但这人生活懒散,喜欢睡懒觉,每次出工拖在最后,即使那天不迟到了,也呵欠不醒半天打不起劲来,香格里拉有什么重活做啦,他优点不显,缺点明显,这一年肯尼被逐。

还有一个叫爱德华,别的都好,就是爱惹女人,春上他粘上丽达,夏日热恋的已是雅加,最后结婚的又换了玛丽亚,婚后不久又传出有婚外情人,庄上女的吃醋男的生妒,好不安定,那年,淘汰轮上了爱德华。

有一年，大伙都不错，想不上该剔除谁，只是有一次庄上分蛋，分到最后剩下一只，这只多下的蛋半个多月了，一直搁在桌上。有个叫海曼的女人，觉得坏掉可惜，她拿了，事虽小，多少也是品行不正，最后她顶了那个末位。

之后，驾车撞伤他人的，念书留了两年级的，东家长西家短搬弄是非的，都一一排除在外，如此千年下来，香格里拉正气飙升，民风淳厚，一个个克己奉公、自尊自强也团结友爱，像了人间天堂。

这里没有争斗，不出事故，没有胆战心惊和痛苦不已，连男女绯闻也不发生。发牢骚，说怪话，吹大牛，喝倒彩，使绊子，奉承拍马，出馊主意，使奸耍滑一概没有，全是好人，大家过着同一种甜日子，展露着同一种愉快表情。

当然，没有事故，也就没了故事；没有争斗，也就不需要勇敢和刚强；没有胆战心惊和痛苦不已，也就没了波澜壮阔的场面和刻骨铭心的场景；绯闻没有了，连新闻也减去了一半；过同一种日子，不发生任何事件，也就没有了历史和记忆。

有一天，一个外庄人误入了香格里拉，他看见那里女的都是贤妻良母，男的全是好好先生，感觉真好，但十天半月过去，觉得不对，这地方，没有苦难只有幸福，没有酸辣只有香甜，没有纷争只有亲善，没有小人只有君子，彷徨惆怅痛哭流涕都没有，没怨没愁没悲没哀，只有笑，你对了我笑，我对了你笑，他好生疑虑，这究竟是香格里拉还是弱智国？

曾听说，没有历史的国家子民是幸福的，但只有幸福的子民，那种无酸无辣无刺无激的单调，就一定好受？

又过了数千年，香格里拉终于在地球上消失。地球上每一角落，复归为既有好人又有坏人，且每个好人都做坏事，每个坏人也做些好事。

但地球人的香格里拉情结并没根除，淘汰人是不去试了，他们改了淘汰罪恶生物,先想到消灭苍蝇蚊子,再想消灭杀人蜂,鼻涕虫,还有疯长的一枝黄花,满身长刺的毛毛藤,见血封喉的箭毒木……

昔日香格里拉人,已像山鲁亚尔一样悔悟了,可现今地球人进行的这种淘汰,一直未见终止端倪,正如火如荼热闹着。以致山鲁佐德不得不把故事再继续下去。

傻子常认定自己很聪明,聪明人常以这种方式发疯。

一滴水的传奇

再好的日子,也有厌倦时候。一滴水在大地玩腻了,一天,借助阳光或者风,飞到了天上,成了汽。本来哪里低下淌向哪里的水,一忽悠,成了天幕上一员,有了另一种生活。

那里,水汽聚成了云。如果又得上阳光的关照,便带上了彩,荣升为霞。如果还有张雨幕在背后衬着,七色走神了,不再抱成一团,"赤橙黄绿蓝靛紫,谁持彩练当空舞?"内紫外红成虹,外紫内红成霓,像弓,像拱。谁会是那张巨弓的主人?只有射日后羿。谁会是拱桥过客?也只会是牛郎和织女,只有他们才感动得了上苍做出这般奇桥——想不到吧,一滴水也会这样辉煌。

水汽不会永远一副面孔,那样太累。弥弥漫漫,不知不觉,就飘到了地面,本来是追求幽雅的,却沉到了地面,够寒碜的,且被磨成了粉末,称作雾。雾显然有着无可奈何的迷惘,但,他的迷惘从来不像人那样自私和造作,雾,浑厚而深沉,成了粉末也不少大家风范,敢于遮去阳光的威严,乐于给万物披上面纱,还协助每个弱者留足隐私。黄帝大战蚩尤那次,雾摆出了伸手不见五指迷阵,帮助黄帝打败了蚩尤，这也许只是他的一次逢场作戏，但就这一次，运气来了，揭开了中华民族的正页，像牛顿痴盯住的那只苹果，不经意间成就了一桩历史大事。

汽，当然不会忘记生他养他的大地，它念眷大地温暖的胸怀，大地所给的倜傥。那一次，他忙乎了一夜，仍未成气候，快天明了，匆匆凝成了一滴泪，改称为露。已经是泪了，也不少晶莹，也不少圣洁而倩巧，悄悄地站在每片绿叶的尖尖上，像柔顺而爱美的少女。只有一点微薄的湿润了，仍在抵住酷日，舐犊生命。晨光怜爱上了，给她做了件霓裳羽衣，让她成了五彩朝霞的伴娘奇花异草的美容师。这次没能成雨，只成了一滴露，一滴露也一样恩泽于故里。

如此演绎下来，霜应当是一位饱经风霜的农妇了。同样是忍受不住"高处不胜寒"，才成了霜。霜的身世更心酸，生命极短，还屡遭误会，甚至背上恶名。明明在预告严冬，劝说生命休眠，却被人说成是摧残；明明是幅奇丽景象，却被诬为阴谋。

曾听说"城市是人造的，乡村是神造的。"霜其实是神性的一笔。无论多冷，城中都一个老腔老调，乡村不同，一觉醒来，寒气已化成了薄薄的一层洁白。凸显在风寒里的瓦砾、枯草和土块，本来都极丑陋，霜递上这身套装，也就有了惊艳。因为有了霜，也就有了乡里的"霜叶红于二月花"奇丽，有了乡里的"长空雁叫霜晨月"肃穆，有了"鸡鸣茅店月，人迹板桥霜"的动情述说——晨霜最清楚清苦的乡里人，为了一粥一饭，早早地就起身了，披件旧袄，拢着手，缩着脖，从古老的板桥踏霜远去，留下一串备忘的脚印⋯⋯

霜，怀着哲人的深刻。

同样的高空水汽，凝成了雪，便成了姊妹中贤惠而富才华的一员了，她文静、仁慈而聪颖，甚至也不少羞涩。试想，如果不文静，哪能那样恬适和妩媚？不仁慈，哪能任是多么脏乱和猥琐的地角，都一往情深？不聪颖，哪能那样挑得诗人灵气，撩足孩子童心？

我看过1885年至1898年本特利拍下的雪花显微照，才晓得雪花原来那样匀称、冰洁、对称，还成规范六角，这等精美也不显张扬，无声无息地给暮气十足的原野"充电"，给嫩菜幼麦御寒，给鸡犬提供绝妙舞台——只需它们尽着性子撒野，无意的奔跑足迹，都成画卷。雪有大美而不言，让诗人吟诵一万年，也不会乏了灵感。

轮上雨登场，已是天宫舞台的高潮演出了。雨好像有心要给雾、露、雪、霜以及霖、雹、霰、凇等做个榜样似的，他像重活细活都抢着干的小伙子，为儿孙父兄，肩头挑上，手上还提着。重活，如梅雨滂沱、雷雨霹雳，赶黄梅、驱旱魃，那样心急火燎，一似出一路奇兵救一场大火，去救助干裂的土地、渴瘦的河流。我们怎能总挑剔他的粗疏和误伤，而忘却他的昼夜奔波，忘却他的"霹雳手段菩萨心肠"呢？细活，如春雨霏霏、秋雨毛毛，一似慈母手中线、红袖添香读，细细谈悄悄说，点点滴滴，抚慰着生灵的柔美和创伤。随意找出一片树叶一棵小草，都输足雨的灵气，随意吸进一口空气，都灌满雨的仙气。雨哥一来，花醉了，叶鲜了，土地酥了，五谷又腆肚了，鱼虾又跳高了，藤萝又赛跑了，弯弯曲曲的小河、青溪，又唱起那个古老的话本来了，哼的、吟的、吼的，真的乐死人……

不觉想起"蒹葭苍苍，白露为霜，所谓伊人，在水一方。"（《秦风·蒹葭》）那露、霜引发的伊人思念，想起山外游子、海外赤子，他们时时思着父老乡亲，念着子孙后代；他们一路颠簸，一路艰辛，每个都有一部露或者霜这样的传奇。

他们的荣归故里和欢声笑语，无一不是艰辛和血汗凝成的琥珀。

苍鹰、蝴蝶、瓢虫

三种飞行生物,让我想入非非。

一种是苍鹰,最受人敬仰。苍鹰,我们不说它飞行,说它九天翱翔,说它搏击长空。鹰翅展出,居然能入定虚空,像吊环上的运动员玩两手侧平举,至静,至极。苍鹰在空中发现目标,会箭一样射出,直取猎物,利爪所到,一只羔羊也能抓到天上。鹰的一生都在制造这种非常场面,即使休憩,也歇巅峰,即使比麻雀还低,也不慌张。

再一种是蝴蝶,它讨人喜欢。蝴蝶以漂亮身段施展各种舞姿,也以一身华装装饰着一生快乐,且无时无刻不在激发人的诗情画意。蝴蝶好像在把整个生命都做成表演。就那么小的一个体躯,也起用那么大的一对翅膀,扑打不歇,三尺五尺距离,也玩出许多夸张动作。公益活动当然也有,只有将它的全部玩趣和优雅展现尽了,才会去点缀一下。

与苍鹰、蝴蝶相比,瓢虫的飞行就有点不伦不类了,不高,不远,也快不起来。绿豆大小的瓢虫,用一种甲壳式鞘翅,紧裹住半个身子，在那付厚重的鞘翅里边，折扇一样，珍藏了一对薄薄的翅膀。瓢虫有瓢虫的自爱，就那身"甲壳"，也绣上了一身温情、规范的金星，所以，有人称它为"花大姐"。瓢虫很和顺，以爬行过着大部分日子，就是敌人来了，也只用这种金星和鞘翅，作警戒、作抵御。只有那些蛮不讲理的家伙，在要它的命了，才会打开鞘翅，展出薄翅躲避追杀。

苍鹰是以强力立世的。人崇尚这种强力，所以，古罗马以鹰的英姿作为帝国象征，中国也杜撰出一种"大鹏"与之对应，更多的民族干脆称它为神鹰了。有一个传说，深入人心，说鹰能活六七十年，到三四十岁的时候，爪已不利，喙已不坚，为了不减神威，鹰会花一年多时间进行一场自我打造。它飞进深山，以老喙奋力自击岩石，强忍剧痛和滴血，直至老喙脱落。待新喙长坚，又毫不自怜地拔去所有老旧的翅羽。5个月后，羽毛重新长出，苍鹰再在雷霆、沧海中度过后30年辉煌生涯。够神奇的了，虽然谁也没有见过这一年的真实情景，但我们宁可信其有，也不愿怀疑它的无。人喜欢这样，有了力量，什么好事也会加到它身上。

那蝴蝶呢，所有飞行生物中，它是得到赞美最多的。虽然多数也只是害虫化身，但人们还是把最好的想象给了它，梁祝化为蝶，庄周也化蝶。也将许多美誉塞给了它，有一个叫洛仑兹的聪明人，他发现了混沌世界的一个重要效应，为说得优雅一点，借用蝴蝶的飞翔做了一个比喻。这本来就是洛仑兹效应，但是，人们更喜欢称它是蝴蝶效应。不是蝴蝶给世界真正做出了什么业绩，而是它的外像，它的一举一动在讨人喜欢。

瓢虫就不同了。有人统计，一只瓢虫（除了11星，28星少数几种）大约每天要捕食100多只侵害庄稼的蚜虫，连农药都无可奈何的身涂蜡质的介壳虫，它也在对付。可是，人对弱小的"不高""不远"的，有种本能的不屑，我们在施农药的时候，从来想不到边上还有瓢虫。人们只守着两条法则：一是将世上一切物种划成妨害人类贪婪和协助人类贪婪的两种；二是划进"妨害"那边的，宁可错除一万，不愿漏掉一个。

很多时候，我们喜欢以貌取人，也喜欢以貌相物。

我们不仅这样对待生物，也这样对待他人。当然，很多的人间麻烦，也这样在发生。

好句子、俗句子

孩子开始学习作文的时候,我见他歪歪扭扭地写了一句"小雨下进了天",我觉得不妥,拿起笔将那个"天"字,改成了"河",并对他说,雨怎么下进天呢?笑掉牙了!隔了一段时间,不经意间,我读到了犹太诗人保罗·策兰的一句诗:"春天来了,树木飞向它们的鸟。"内心一惊,再读,悟得了诗人在以独到的想象,解读一种生命(树木)对另一种生命(飞鸟)的挚爱。当然也让我想到前面孩子写的那句话,天映在河里,"小雨下进天",难道不比"下进河"意境更好?

读到好句子,总有惊鸿一瞥那种感觉,喜欢它,近乎天性。我们常称这种句子为警句,背、抄、引、集,乐此不疲。这还让我想起,那篇一开头就是"在我的后园,可以看见墙外有两株树,一株是枣树,还有一株也是枣树"的文章。那时,我只觉得好笑,觉得这个人真不会写文章。若干年后,我才晓得这正是鲁迅先生的《秋夜》。那天,课堂上,语文老师一点拨,我的感觉来了,是啊,这话多别致多新鲜啦,几个字,就抓住了读者的心,开篇就让人耳目一新。

　　事情也就这样奇怪，前几天，当我在一家小报的副刊上，又看到有篇文章在写"我家的门前，栽了两棵树，一棵是柿树，还有一棵也是柿树"时，难受又回来了，就像喝汤喝上了一只苍蝇。

　　再好的句式，也会这样经不得抄袭！

　　前几天，我在余华的一篇随笔里读到这样一段话："博尔赫斯在小说（指《永生》）里这样写：'我一连好几天没有找到水，毒辣的太阳，干渴和对干渴的恐惧使日子长得难以忍受。'这个句子为什么令人赞叹，就是因为在'干渴'的后面，博尔赫斯告诉我们还有更可怕的'对干渴的恐惧'"。他这样说了，我一点也没赞叹，接了余先生又写道，"我相信这就是一个作家的看法。"在这样的提示下，我又读了一遍，包括前面一段起因文字，恕我愚钝，还是没有"来电"。

　　警句和俗句，见仁见智，大相径庭，不像算术得数丁是丁卯是卯，毫无商量，它会因心的不同而开花、发酵或腐烂！

　　读《三国演义》第四回，奸雄曹操，他杀了好心的吕伯奢，还对他的贴身谋士陈宫说，"宁教我负天下人，休教天下人负我"。这是一句公认的绝妙好句。类似地，第七十七回也有一句，写关公被斩以后，孙权依张昭之言，将关公首级放进木匣，转送曹操，嫁祸于人。曹操打开木匣，见关公面目，"笑曰，'云长公别来无恙！'"就这么一句我们平常也会说的话，加上前边的"笑曰"，也只9个字，这曹操，在这个场合，还口出如此刁话，这人的奸雄，还不淋漓尽致？两句相比，前句"枭"气有过，"奸"性不足，后句则"奸"到了极处。曹操啊曹操，你的心地真了得！难怪连死去多日的关云长也"口开目动，须发皆张"。精彩！

　　什么是好句子，由上可见一斑。我想，它应该是能让人想到很多的句子；是我也想这样讲，可怎么也上不来的句子；是打开这扇窗，就有鲜气袭来，就有"窗含西岭千秋雪，门泊东湖万里船"在眼前的句子。原以为好句子就是警句，好句鹤立鸡群，花气袭人，别开生面；俗句子就是阿婆的絮叨，牛娃的野话，瓦钵里的老咸菜，隔了夜的馊稀粥，好句与俗句，一个在天上，一个在地底。错了，错远了。不少时候它们挨得很近，像胞兄胞妹。好句子都有血有肉，都在十分卖力地撑着前言后语，乃至整篇文章，都不喜欢以深邃吓唬人。好句子也有俗得像哈哈镜或者臭豆腐的时候，那是它俗到了绝处！

想到李白那首《静夜思》，4短句，20个字，平白，浅俗，4个句子中，你拿出任何一句来都毫无过人之处，译成白话，诗味顿失，翻成外文，我怕外国人也会笑话，你们这个文明古国的一流诗人就这水平？然而，"床前明月光，疑是地上霜，举头望明月，低头思故乡。"这样一联合，就像了苏式米格飞机，部件个个平庸，一组装，立刻灵气非常。李白先生，轻声轻语，俗话浅说之间，已用小刀宰了一头大象。我们可以让任何一个不以为然的人，也写20个浅俗的字试试，看看谁能让懂点儿汉语的，也诵上一千多年还想再诵下去！

再看看《红楼梦》第28回，写宝玉、冯紫英、云儿和薛蟠一起做行酒令游戏，他们规定以女儿悲、愁、喜、乐为题作诗，诗毕，端酒唱一个曲子，喝尽酒再出一句古诗、旧对或成语。轮上薛蟠上阵了，曹雪芹让这个薛家公子作成：女儿悲，嫁了个男人是乌龟，女儿愁，绣房钻出个大马猴，女儿喜，洞房花烛朝慵起，女儿乐，一根××往里戳。薛蟠的"诗"，可说超出俗而成腐臭了，他唱的曲子也是"一个蚊子哼哼哼，两个苍蝇嗡嗡嗡"，但是你让这个不干活不读书，整天飘游浪荡，有着七八分无赖的花花公子说些什么呢？难道也要他来段"枉凝眉""恨无常"？他其实已在用力上档次了，但他能上的不就是这水档次吗？活脱脱一个"呆霸王"已跃于纸上。

还有一次,看到玛格丽特·米切尔(《飘》的作者)给迟迟不归的丈夫留下一张便条,那条上写的竟然是"饭在锅里,我在床上"。我惊愕了,心里想文学大师也出这样的句子?可惊愕之后想想,如果是传递一种一切随你意的爱,表达一种摩挲心灵的暖流,还有哪句话能比这句话,更切入深心?

平淡、平白、平静,才是深功夫和真功力的大舞台。

敢于涉险大俗,在这里发轫,正是区分高档和庸常的一个节点。

第二辑

风月茶座

汉语有话说

大家的汉语

　　大家的汉语，最不喜欢的是深沉，人们天生鄙薄正襟危坐，一本正经。大家喜欢风趣，汉语天生容易风趣，话一风趣，就容易流行，一流行就成了众人的样板。这样的语言，说的人尽兴，听的人开心，玩也像说，说也像在玩，人气当然十足。比如"有种人，什么都要就是不要脸，什么都吃就是不吃亏，什么都学就是不学好"；比如将《我的名字叫红》演化"我的名字叫苏丹红"；比如将贾君鹏事件引申"×××你妈叫你回家吃饭"……

　　大伙喜欢新鲜，汉语天生容易新鲜。汶川大地震时候，有位姓范的老师，他跑出来了，没想上还有学生，大家很生气，给他取了个"范跑跑"。范跑跑三字，不愤不火，俏皮解气，也风趣到位，于是，一下火了全国。接着，连环炮似的又火了一个喜欢抄别人论文的"姚抄抄"，再火了一个喜欢跳（槽）东跳西的"郭跳跳"。

说这样的话，不用多大功夫，嘴片子伶俐就够得着了，却都有很宽泛的共鸣基础。当然，五香花生米再可口，吃多了也乏味。这类话听多了，还是觉得有些油腔，希望能听上让人想一想再笑，抑或虽然听了笑不起来，但却是自己心坎里正想说而又说不上来的那种。汉语也办得到。像麦子说的那句"我奋斗了18年才和你坐在一起喝咖啡"，像贺卡上喜欢写的"平安是福，快乐真好"。麦子说的这句话，听懂了并不难，真要从嘴里蹦出来，就不那么容易了，没个"18年"贫贱打磨，是说什么也上不了口的。贺卡上那句，字只8个，一年级的学生就全识了，把这几个字单独开来，一天书不念，也懂，也会用，可是用这几个字组出这样的句子，没个三五十年历练，是说不到这位的，就是让个年轻人说出了口，也不会有足够分量。《读者》上有首吴再的《弥勒佛》小诗，是我读到的最短的诗，全诗两行，第一行"笑"，第二行"容"，两行一共两个字，已无损它的海量：弥勒所以笑，是因为他容；所以气韵超凡的佛，他一"笑"，二"容"。将这品格换到你我身上，同样也有神力发生。这诗，成功在两个字就提炼出了成"佛"关键，所以它也是好诗！

　　不过，深刻的道理也并非都得像老子那样用深刻的话来说。比如那本儒家经典《论语》，记述的全是孔丘及其弟子的对话，2500多年了，至今仍让我们琢磨来琢磨去，不断吸收到新的营养。应该说，里面的道理不算浅了，但他们都像拉家常一样浅白、亲切。孔丘在回答"志向"这样的难题，只说了句"老者安之，朋友信之，少者怀之"；他说学习，也只用了句"知之者，不如好之者；好之者，不如乐之者。"琅琅上口之间，已说到了最关键、最深邃的地方。孔先生教人求知更绝，"知之为知之，不知为不知，是知也。"13个音节，5个汉字，读和认，有一年级文化足矣，还可以当歌儿唱。古今经典名言中，你还能找上一句比这话更浅显更少用汉字的吗？许多智商不低能力不差的仁兄，他作报告一出口就能半天，写文章一两个月就出产一厚本,他们整天忙忙碌碌,勤勤恳恳,说了一辈子也写了一辈子,但汉语不喜欢他们,未能给他们留下一句这样像样的话。

前些时为查阅资料,重读了一遍《邓小平文选》及他的一些讲话,两个小时,我没有看到一个生僻的字,也没有碰到一句难懂的话,尽是"中国的事情要按中国的情况来办""办不到的事情就不要写了"这些,即使在解决职务终身制走向退休制,在终止"阶级斗争为纲"口号,在办经济特区,也没有用一个深奥术语或者一句"精锐"说教。时值"极左"思维"冰冻三尺",要"大胆一试,大胆地闯",要排开姓"社"还是姓"资"的争议,困难多大!他以"不争论"三字,说"一争论就复杂了,把时间都争掉了,什么也干不成",不经意间,"轻舟已过万重山"。以致他本人在南巡讲话中,也情不自禁地说"不争论是我的一个发明"。

大气的汉语,既是大伙儿的,也是专门家的。是大伙儿的,当然就多维度、多漂亮、多活泼,也都有大好空间。不过,无论是大伙儿的还是专家的,真要把汉语讲好,最大智慧还在平白中。像人一样,布衣长者总比绫罗贵人更多亲和力。

汉语不幸福

像做人一样,大气的汉子未必幸福。

每次我见上大家们对汉语的过激感慨,无不如芒刺在背:"汉语起源是极野蛮,形状是极奇异,认识是极不便,应用是极不经济,真是又笨又粗,牛鬼蛇神的文字,真是天下第一不方便的器具。"(傅斯年),"而废记载孔门学说及道教妖言之汉文,尤为根本解决之根本解决。"(钱玄同),"方块汉字真是愚民政策的利器……劳苦大众身上的一个结核""汉语不灭,中国必亡"(鲁迅)……

爱之深,会导之如此恨之切。改革汉语,无疑是我们长期而艰巨的任务。

我们的汉语，一个字，一个故事一段历史，每个字不仅多义，还具有七巧板抑或变形金刚那种灵性，与另外一两个字联手，又有新的才气喷现。汉语表达简洁，与英语相比，同一篇文章，它一个印张，英语就要 1.8 个印张。写它就更可赞了，走笔之间，便成正楷、隶书、行书、草书，且各自都成艺术。这门语言，数千年影响整个东亚，直至现今仍有世界五分之一的人口以它为说写工具。然而，它字数就有 8 万之多，且一字一音，甚至多音，每音又有四声，更兼轻声、重声、变调、儿化等读法。台湾学者李敖说，中文发音只有 414 个，但"衣"就有 156 个同音。所以，会写不会读和会读不会写是常有的事，一个"的、地、得"也会难倒众多作家。我有位学生，18 岁考进上海医科大学，毕业后又考进美国，再 4 年成了博士。就这么一位才女，今年春节从纽约寄来一封短信，已将"抱歉"写成"抱谦"，"收获"写成"收活"了。她去美国不到 10 年，中间还回国两次，已这样出错了，足见降低汉语的难和惑，是多么要紧。

当然，我们希望它丰富精湛的同时，更希望它规范、便捷、少些折腾。基于这种企望，众先辈，特别是 20 世纪 50 年代，他们在简化汉字，推广普通话，制订和推广汉语拼音方案 3 个方面做出了出色成绩，既规范了发音，又统一了简便写法，其中 1956 年公布的《汉字简化方案》，一下将 544 个繁体字简化为 515 个简化字，笔画从平均 16.08 画降到 8.16 画，写它们，省时省力将近一半。但，人们还是没有少说这些改革的坏话，仅"皇后""以后"并成一个"后"，已惹恼了众多老先生。前辈们为祖国语言的纯洁而健康，披荆斩棘也呕心沥血，苦啊，语言学家黎锦熙先生就以《龟德颂》这样自勉：任重，能背；道远，不退；快快儿慢慢走，不睡！

20 世纪 50 年代，我们到南方的任何一个地方，似乎都应有一个翻译跟在边上才方便。但到60年代，所有学校都已学说普通话，当地话讲了半辈子的乡村教师，也争着"过长江""跨黄河"。到1990年代，无论你去黑河，去三亚，去西双版纳，都已操着通用音韵在与你交谈了，连外国朋友也有标准普通音出口了，这让我这个"半路出家"说普通话的，翘指佩服，低头惭愧。

然而，近些年来，怪了。一方面老百姓的普通话水平大幅上升，另一方面影响力最大的电视剧和电视小品，总在逼你听那种嘴里像含满了疙瘩的东北土话、北京土话或土得掉渣的地方方言，他们不是轻、重声夸张，就是儿化音泛滥，有时粤语、日本话、美音英语，都闯了进来，汉语中夹杂英语，夹杂英文缩略词，英化（用英文或英音）商标、店名，更是见怪不怪，尤其是头上有顶"家"或者"星"帽子的，更放肆。

土话，在土话区可以算非物质文化遗产，但如果只是为了寻个噱头，硬是拉上舞台、荧屏，强销给全国公众，说他横行，是重了，说污染，绝对应该加分。

方言用得再好，也只能算是一种小技巧。如果拿它当味精使，就只会败坏肠胃了。说实话，我们还没有看到过一部世界公认的好作品，是以土话取胜的！

再看网络，这年头，似乎谁在网上认真说话谁傻。有人依仗网上"谁也不晓得你是一条狗"，专炒乐子。发现裸体画风光，围了一个"裸"，推开了裸奔、裸聊、裸考；看到"包二奶"新鲜，围了一个"包"，来了"包养""包夜""开包"。网上新贵，屌丝、逗比、草泥马横行，他们"老资格"不说，改说"骨灰级"；"业主"不说，改说"野猪"；"面试能手"换成"面霸"，好端端的"悲剧"不用，让"杯具"替代。更进一步，大框内一个"观"，叫"围观"，"尸"字加上"石"，叫"石首"。

据说，网上流行的新词酷语每年以1000个以上递增。从1909

年陆费逵发表《普通教育应当采用俗体字》算起，中华民族努力了一个世纪，控制住了千百年来的汉语读写混乱。现在，混乱又回来了，且这个势头愈演愈烈。奇怪的是，还有专家在说这是一种"兼具创新意识的才艺展示"，还有更多先生出来招呼"宽容"，以至想方设法为恢复繁体字流汗的，更不乏其人。

字词如果人人都可以自造自便，那个同样是国家公布的"法"，是不是也可以自便自造？如果这样做也是创新，有"天才"一天造它一百个怎么办？《淮南子》借助"昔日仓颉作书，而天雨粟鬼夜哭"神话，渲染汉字创生的庄严，曾令天地敬畏，鬼怪惧哭。现在好了，天不言了，有无畏者代言了，鬼怪不见了，躲起来去笑了。

我们简化和规范汉语的时候，经几代人的调查研究，切磋琢磨，又是草案，又是审定，真难。现在每年千个怪怪的东西，不声不响就来了。如果听其流进报上书上（现在的小报小刊已经这样做），让我们大家都来适应那几个一时兴起的"枪手"，让汉语越来越搞笑，越来越不三不四和莫名其妙，让我们的孩子每年增学千个生字生词，不替汉语想想，也该替我们的孩子想想，这个罪孽我们能作吗？

倘以这种一日三变，以搞乐子立足的东西去实施文学，诺贝尔奖当然不用指望了，不过，东方不亮西方亮，来个搞笑诺贝尔奖——好歹也是个"诺贝尔"，是不会成问题了。

我们的汉语真不幸福。

70岁后，羽化为蝶

70岁过后，我们不再做时间的奴隶，不再看上司的白眼，不再违心地赔笑、陪饭和陪衬了；70岁以后，可以大大方方地迟到，随心所欲地睡觉，可以不受纪律的压迫考试的作弄了；也不用担心儿子考不上重点，老婆被野汉拐跑，不用担心老板炒你鱿鱼，同事争你的位置了；人到70，告别单位的纷争、倾轧，告别"小心做人，低调做事"，也告别了单位上那个从来做得少说得多的老兄，就是比你吃得香升得快的苦恼。

当然，你也失去了那种"上水鱼"一样的风光和精彩，你这块老牌子也开始一天比一天少去光泽和价值，落寞中，你也不再是单位上不可或缺的人。

你这样轻松并忧伤着，历练人生的最后一站，完成羽化为蝶的升华。

70岁以后，匆忙已无必要，刻苦也不作要求了。以前排在最前的那些，比如才学、事业，比如财富、权力和名望，都退向后边，不知不觉的，健康、平安、快乐、知足站到了前边。

但人毕竟不是树木，有了健康就有了一切。健康不仅有很大份额属于先天，还会被半路杀出的程咬金所左右。试想，如果有了平安，还会远离健康吗？这样想来，平安可以涵盖大部分健康。

平安谁都渴望，但我们生活的是一个"树欲静而风不止"的世界。平安，很大程度上是一个人的一厢情愿，不是靠祝福或者自身努力可以到手的。如果把平安排到最前，无异于把自己交给了宿命，交给了随波逐流。

剩下还有快乐和知足，同样，快乐是人人的愿景，可它一半取决于心态，一半取决于事态。两元钱购一张彩票得上一个大奖，谁会不快乐？但，同样是娱乐，多数人只有赢了才快乐，而我那老叔一上牌桌就高兴，是输是赢，都比别人高兴。知足的人，应顺自然，能不断吸收到自然的灵秀；要求他人不高，容易与他人和谐；更能与自身和谐，他会对自己说，我已不错，我已努力，不用愧疚不用遗憾。

知足者常乐，不知足是无法常乐的。70岁后，知足排在什么位置，你说吧。

70岁以后，应该是一个包容的年纪、自省的年纪。但人退休后总容易有一种"九斤老太"错觉，觉得后生不是六斤也是七斤，嘴上也许在说后来居上，但心上并不。也容易犯一种心病，渴望得到他人尊敬，稍有怠慢，便感觉后生目中无人。后生们也清楚，看到你一副年高德劭的样子，心里紧张，逼点"请坐，请上坐"出来，坐下来也只有尴尬地笑。谁愿意与一个整天需要尊敬的人左右呢？人到70岁，多数不想再主动与年轻人攀谈了，请教就更少。所以，70后的边上总是一个70后圈子。自己不合群，又想不到本人在脱离大家，相反责怪在责在位的在躲避他。70岁以后，这样迅速离开社会。

70以后，应该是一个轻松的年纪，"制怒"的年纪。一个人十六七岁,没有过意气用事,没有一次火冒三丈拍案而起,简直不在年轻。但如果六七十岁还在意气用事,火冒三丈,还"指点江山,激扬文字,粪土当'今'万户侯",那是又回向幼稚了。"愤青",不含贬义;"愤老",就只在失态和可笑了。

《黄帝内经》有言,"百病生于气也,怒则气上。"儿子不听你的,应该制怒,如果儿子什么都在听你的,还能指望他超过你吗?你是他的恩人,不上你的门了,应该制怒,难道你还把那点恩德,当块石头一直压在自己心上?年轻人见了你扭过头去,应该制怒,你忘记当初的你说什么了:这个糟老头,烦人,颠三倒四的就那几句陈米烂谷子,没完没了。社会看不顺眼,更应该制怒。你看了70年还没看惯这个世界,让看了二三十年的后生怎么办?你做了70年没把这世界做好,要你的接班人马上完美无缺?究竟是你的慧眼过人,还是你老"眼"横秋?

70岁以后,"他人"不再是你的"地狱","存在"也应看到它存在的"合理"了。

年过七十，都是半个哲学家

如果过马路没人说太慢，流鼻涕没人说不干净；如果话重了没人计较，犯了大错也不再受到重罚，那么，他应该年过七十了。

年过七十，新朋友不再增加，老朋友越走越远，活动半径越来越短，让他做一个100开始逐次减7的游戏，没个四五十秒休想完成，完成了，十有八九最后那个得数也不是2了。

比方说上楼梯，本来一档一档上都不过瘾，现在能不停下来就不错了，蹩脚些的，改了一只手扶住楼梯在上，再过几年，改了一只手扶着楼梯，另一只手要撑着大腿了。

七十以后，像一个倒过来长的孩子，说话不再慷慨激昂，语调不再抑扬顿挫，渐渐地，语速变慢，形容词减少，逗号增多，音节缩短，到后来一个词一个词地出来，直至他说的那些得由最亲密的人在边上翻译。七十以后，不知不觉就像中国象棋里的那枚将老头子，地位是有，保镖也多，但不到非常时候，是不会劳驾他了。

不过，也大不用沮丧，老人也不是全盘皆输，小有人心疼，老有人尊敬，老人做事，没人再严格要求了，接受关照也天经地义。

跟照顾孩子不同的地方，当然也有，譬如，孩子不懂装懂，讨人喜欢；年过七十，还来这一套，那就只会招人嫌了。7岁以下，号啕大哭，边上人当本戏在听；七十岁以上，如果还哭出声来，那是天地也要跟着流泪了。

人到七十后，目光平和，心地柔软，他们看看人与青草，都一样是70%以上的氢和氧；看看人与毛毛虫，都一样迎日出、辞日落，过着不轻松的日子；看看这人与那人，差不多高，差不多长，纵使闹过天宫，也只是多翻了几个跟斗，再撒了泡尿。

七十岁后，即使不信基督，也不会少了博爱；牧师没出场，也不会不背地里自我忏悔；即使从来没有到过佛殿，也不会少了佛性；从来没念过《般若心经》，也不会一点不理会"色即是空，空即是色"。

那天，一个爷爷，一个小孙子闲散在我们这里的栗园广场。孩子发现一群蚂蚁牵成一条线在忙碌，走过去一脚，将它们扫了七零八落。爷爷看到了，问："它们在干什么啦？"孙子说："它们在搬饼干屑。""搬哪去啦？""好像搬进一条石缝。""嗯，它们辛苦，也在忙着过日子吧。"孩子不动了，过了一会儿，拿起那半块饼干，一直送到石缝边上。之后，我看见爷爷在笑，孙子也在笑。

年轻的时候，个个在向外求索，每天好像天不能少了他们撑，地不能少了他们蹬。七十以后，撑不了，也蹬不了了，转了向内心求索。由此，表情、姿态、语言，转了日趋简练，权力、财富、良知，转了看好良知。

但有一条，习惯与秉性，已撼不动了。75岁以后，母亲每年都来我这里小住。她到了我们家，破皮鞋、钝刀子、换下的开关，十年没用的闹钟，又都另有收管。我说，这些东西派不上用场了。她说，保不定还能用上。虽然我一直在这样开导她，可她一直仍在这样做。晚饭吃剩下几口粥，她盛进碗想留到明天。我说倒了吧。她说粮食不好浪费。我说,吃出病来,不更大浪费?她没再说,干脆把剩粥划进了肚子。

当然,不说不等于认同,更不是没理由了。如果你一定要老人依附你的办法和做法,那是太不自量力了。

年过七十的人都发现,名声只是一只气球,钞票只是一种激素,地位只是一双高跟鞋。一个人纵使再有才华,也是山水栽培,五谷饲养,纵使再多拥有,也是一种暂时借贷,生命了结,悉数归还。七十岁后,官衔、职称、性别不是区别,职位、学问、门第不是问题。浓与淡,趋好淡;快与慢,趋好慢;爱与憎,偏好爱;坚与韧,偏好韧;攻与守,偏好守;内省与外争,喜好内省;巧取与守拙,喜好守拙。不知不觉就在"虚其心,实其腹,弱其志,强其骨",相信"为无为,则无不治"了。年过七十,都是半个哲学家!

但是,即使儿子提了个副科长,孙子让老师佩戴了个五角星,即使有人对他说,想不到你还这么年轻,一百岁没有问题,仍然会沉在心底高兴半天。

别以为哲学家就不在乎气球、高跟鞋那些了,其实他们只是换了个方向。

人生必修偷着乐

一出娘肚，磨难就接踵来了，你必须自己学会呼气吸气，必须忍受冷热围攻，必然遭受病菌袭击，所以人生的第一秒就是张口痛哭。肚子饿了，这样表达那样表达。想大小便了，这样挣扎那样挣扎。你发明的那些表情那些动作，包括手舞足蹈和大喊大叫，大人一概藐视，到头你必须服从他们那套并不高明的陈规陋习，连吐词腔调和出声高低，都必须以他们的陈式为标准。民主何在？自由何在？

你刚刚摸清他们的那些陈芝麻，就要进入一个叫教室的地方了。那里，一坐下去就是45分钟，举手投足甚至咳嗽撒尿就受严格管制，他们想一下将整个世界都塞给你，规定你的课程，统一你的符号，你一切都按他们的去做了，还是说这里错了那里错了。他们造出一种背诵一种默写，一种作业一种考试，再兴出一种升级一种升学，让你龟缩臣服，接受戕害，且一天紧似一天，一天沉似一天。你这样度着少年和青年。

懵懂中到了十七八岁，冷不防来了位诱心异性，浮脑海，闯梦境，让你一刻不宁，六神无主。谁知这也是一面跛足道人送来的"风月宝鉴"，背面是个美人儿，正面却是个骷髅。你笃情而去，爱她爱得死过去活过来，背过身去，她已坐进他人怀抱；有一位她对你情真意切，无奈你又好歹没个感觉。最终，你不十分满意她她也不十分满意你的两个，在一口锅里盛了一辈子饭。像不像怡红公子那场噩梦，明明进的是会芳园，到头却是个太虚幻境。

谋上一份工作该平稳了吧，也未必。这里乃是一个不断散发异味的竞技场。入门，你是排在最后的那一个，必须什么重活都抢在肩上，待晋级攀位了，又总与你的好友撞在一起，抬己不义，挤他不仁，你，举步维艰。甘愿底层做一只"蚂蚁"吧，那是逍遥，但也就难免践踏。如今势利人际，同样是母亲过辈，当上科长的那边，送钱送物吊丧的排了一串，没当点什么的这边，连送来的花圈都小上一号。关系学、交际学、社会学，哪一门都让你那张没头面的脸只有红一阵紫一阵的份儿。

家庭是温暖港湾吗？不，这里大约只有蜜月30天，让你觉得进了蜜罐，接下的30个月，已像左手握住右手，再接下来，就是30年的苦心孤诣和摩擦磨合，且你这边"打斗"尚未结束，儿子那边已开始循环再演。婚前，也许只知她有双纤纤手，不晓得那双手纽扣也不会钉，早饭也不会烧；只注意到那张脸勾魂，不晓得那张脸也会说变就变，"葫芦"一倒挂，比猪八戒也好不了几分。男的呢，别瞧他平素里给丈母娘里里外外跑得勤快，老婆一进怀，连双袜子也难得洗；嘴上说你是他唯一的爱，其实心里还在恋着那个"白骨精"；你三番五次要他爱惜身体，他，到晚还是带了一腔酒气满身烟味回家，一坐下，就吐了一地，熏了一屋。男人那边呢，其实也是人情难却，有苦难言，可她不理会，一赌气反回娘家搬救兵去了。这下，儿子的饭要做，作业要辅导，好不容易安顿他写上了作业，一瓶墨汁又踢翻了，玻璃炸向四处，地板抹成花脸。更要命的，还得盘算明儿个怎样过丈母娘那一关，怎样哄笑老婆，把她平安无事搀回家。

人生不如意事常八九。大的如鬼子进村，唐山地震，跑步进入共产主义，灵魂深处闹革命；小的像吃鱼卡肿喉咙，炒股连连背运，提干终成画饼；莫名其妙起来，一句真话说成半世右派，一张合影判为盗贼同伙，声高两度、话冷一分也会与高傲和古怪挂上钩。还有胆道积石、尿糖递进；还有丈夫变卦、儿子出轨；还有十分想睡非让起床、有闲可睡偏无睡意；还有有泪不让轻弹、有恨不让发泄，连放屁也得瞻前顾后……好不容易有一天心头平静了，想给自己放一天假，不上班不看书不赴会不约友，静静地躺上一会儿，不想，孤寂和失落又莫名袭来，侧也不是，仰也不是，直觉得成茫茫大海一叶孤舟。

上边仅列九牛一毛，已苦不堪言。要活成一个人，一个像样（有道德、有事业、有体魄）的人，苦已注定。

上帝以碳、氢精妙地把你我制造出来，且在地球有生命的30亿年中就给了你我一刹那，难道就是来受苦的？我不信。就是上帝真有那意思，你能同意？

中国古时，人生的最大心愿是福禄寿禧，或者干脆就是福禄寿喜，喜是人的最终心愿，有时写一个"喜"还不够，并排了一下两个，成双喜，以"囍"表达我们对高兴和快乐的渴望。想起冯巩那句小品说词了，没事偷着乐，见不上乐，偷也要偷来乐。其实，就是有事，也可以偷着乐。遇上尴尬和无奈，耸耸肩，做个鬼脸，既轻松自己也化解他人。如果供职于异常紧张的电视台，承受执掌"超级女声"那样的挑战和大压，也无碍说说笑笑，留住最前卫的心态。即使已经40岁，有了孩子，也可以像王平那样，和年轻人一样打扮光鲜生活阳光，一样玩泡吧蹦极。要是只做上抬竹轿上山那行当，不妨沿道儿哼段信天游顺顺步点，要是也抬上罗素那样的人物，让你山腰坪台小歇，也应一边抓着帽檐扇风一边谈天说地，也可以出道"你能用 11 画写出两个中国人的名字吗"难难"人物"，待他答不上，比如王一、王二，大伙呵呵大笑。北宋东坡大学士，蒙冤"乌台诗案"，贬黄州 5 年，接了贬汝州，竹杖芒鞋徒行两年，再后贬惠州贬儋州（海南），流放 7 年，苦不用说了，命也今天不保明天。他初到黄州，官衔没了，薪俸没了，请得旧时营地，黄州东坡数十亩，开荒于荆棘乱石之中，自建简舍，舍壁绘雪，名"东坡雪堂"，又自号"东坡居士"，在自烹自饪和待朋接友中，发明"东坡肉"，即兴《猪肉颂》：净洗铛，少着水，柴头罨烟焰不起。待他自熟莫催他，火候足时他自美。黄州好猪肉，价贱如泥土，贵者不肯吃，贫者不解煮，早晨起来打两碗，饱得自家君莫管。嚼这样猪肉，唱这样诗，还有多少痛苦能呆得下去？倘使你正在边上，会不会情不自禁也夹上一块放进嘴去？听这吟唱，能熬得不凑上去也和将起来？

东坡的乐，是偷着的，且极富传染性，快乐人还可以这样对天下作着贡献。

要说人生意义，说白了，不就是自己快乐并帮助他人快乐吗？

白字读到头发白

　　一个人一世是无法逃脱妄读白字这道鬼门关的,尤其是年少气盛时候,识字不多,又不肯认输,稍不留意,就有了你的好看。原因之一,方言众多,有时隔了一条河,甚至一条埂,发音就全然不同了。我的家乡,"猫"一直读"苗",我工作的这地方,"窖"一直读"告","圩"一直读"于",我们总不能说一市或者一县的人,连个猫字圩字都不识,也在读半边吧。我这地方读一个"大"字,就更绕死人了,在讲大衣、大方、大饼时读"dà",在讲大麦、大家、大丰圩时读"dài",在讲大肚子、大块头、大户人家时读"dōu";再一个原因,汉字结构"刁钻",戈、弋大相径庭,土和士、剌和剌也是两个汉字,只是"日"大了点腰围的"曰",读法也就迥然不同,戊、戌、戍、戎更各有讲究,初次把你领到已、己、巳面前,没个120以上的智商休想不头晕目眩;还有一个原因,汉字一字多音,一音多声,有了阳平、阴平、上声、去声,还有轻声、变调,搞死人。除了以上原因,我本人还要再加两条,一是虚荣心作怪,见上个陌生的字,不肯说不认识,看了个大概,就冲口而出,见上绾、恪读官、各，见上窨、愎读告、复；二是总认为自己是理科老师，对我而言，重要的是逻辑，是得数，读音不读音，就不用多计较了，况且我读小学的时候，还没有教拼音，读字有些夹土，有些夹生，也不用大惊小怪。

基于上述原因，特别是后边那两条，我的错读尴尬，就滚滚而来了。学生时代就不去说了，像"解""单""乐"等因为到了"姓"那边就改了读法的，还有默默地读给自己听的，都不去说了，单说说那几次大声读给他人听的。

那年我已做上了老师，因痔疮开刀住进了医院，与对面一位赵姓小学教师同室。没有比等待刀口痊愈的时间走得更慢了，两人从赵钱孙李说到云苏潘葛，再从蒋宋孔陈说到宇宙飞船，不觉扯上了当时最热门的《红楼梦》，不知不觉说到了道貌岸然的贾雨村，那时我还没有读过《红楼梦》，只在"小人书"上晓得些一鳞半爪，但又不想寂寞了自己，接口说，"这家伙第一次在瓦（甄）士隐家就暗恋上丫鬟了……""你是说甄士隐吧"，赵老师轻声纠正说。当时边上还有人，我像伸手被捉一样难堪，我不知道在场的，有几个晓得甄士隐，作为一名中学老师，反正我是难为情透了，等出院回家，找来正版《红楼梦》查对，谁知目录上的第一个字就是"甄"，小说第二句话就点上"甄士隐"是取"真事隐去"谐音，更惭愧不已。

然而，这并未能令我痛改前非，又一次，我到一位过去的学生家里闲坐，学生爱好书法，他拿出一本汇有各种字体的字帖让我欣赏。不经意间我随手翻到宋代四大书法家的一段介绍，不禁信口读来，苏轼、黄庭坚、米芾（我读为"市 shì"）、蔡襄。学生在一边默默听着，接过去说，清代书法家王梦楼赞扬米芾的字力量足，有一箭穿铠的沉着和痛快，说他"一扫二王非妄语，只应酿蜜不留花"。哟，我显然在信口雌黄了。为了不让老师的面子太难看，学生来了这样一次"软着陆"。又过去若干年，再次发觉，那一次，其实我连半边也没有读对，芾，草头下边不是"市"，而是"市 (fú)"，"芾"有两种读音，

fú（阳平）和 fèi（去声），米芾的"芾"应读为"fú"（阳平）。大约有文人墨客也尝过（或深解）其中苦涩，所以，河北任丘有"市柿庄农场"，澳门有"市肺休闲绿地"这样的单位提名，他们用这种调侃方式提示我们注意。

以上两次，教训照理已足够惨重，但仍未能闸住我的错读大门，接下来又有了第3次。邻居一个读小学的女孩，她会讲不少故事，也特别喜欢听故事，一个星期天，父母外出，将她托付给我们一家，孩子自己玩了一会儿，没趣了缠住了要我讲故事。我知道她对龟兔赛跑之类已早不感兴趣。那次我看到了一段苏秦、张仪的故事，正好现学现卖，我说，为了联合六国抗拒强秦，有一个读书人苏秦他去游说（shuō）燕国。故事刚刚开了个头，女孩插嘴了：伯伯，《故事大王》注了音，是游说（shuì），不是游说（shuō）。经她这么一提醒，我晓得又出豁子了，不过嘴还在硬，我说，这是个多音字……讲故事的时候，孩子别插嘴，这个故事你晓得，那就换一个。孩子是糊过去了，但这里的"说"还是只应一个读音，事后，我查了汉语词典，这个"说"，原来有3种读法，用话表达自己的意思时读"shuō"；用话劝说别人听从时读"shuì"的去声；若是"不亦说乎"时读"yuè"，同"悦"。当然，我再也不是"不亦悦乎"，而是"不亦悲乎"了。

回想三次错读，第一次坏于少年虚荣，第二次败于想当然，第三次，给孩子逮个正着，还强词夺理，三次都像光着膀子跌进了马蜂窝，终于把我搞怕了，此后，我不敢再望文生"音"，不再以理科老师或没学过拼音而老脸抹粉，不识的字，不碰运气，不放乱箭，逐渐养成查字、问人习惯。自认不识比妄读白字面子多多了。不过等我觉悟到这一步，已经走进了50岁的大门。

继后想想，我做的许多错事，不也是这样做上去的吗？

人与自然

打地球上出现了人,人与自然的闹剧就开启了。

人只会狩猎和采集的时候,是匍匐在自然脚下的。那时觉得自己太渺小了,把一头牛,一只乌龟,一块石头都捧为神灵,把天空扫过的一颗彗星,苍穹发生的一次日食,洪水袭来的一场肆虐,都看作神灵对他们的警告和惩罚。

但人很聪明,后来,他们让江河航船,让流水推磨,又叫牛马干活,叫土地生长能吃能穿的,再后来,大海也能玩,蓝天也能上了,觉得以前那些做法傻了,他们琢磨出了一句"人定胜天",决心叫高山低头,要河水让路。什么东西只要不合人意,就想改造它,征服它。

自然从来没想过谁征服谁。不过,后来还是让人明白,自然是不可征服的。

依仗能说会道,人迷上了说大话,说废话,迷上了说漂亮话,说不着边际的话,甚至说弯弯绕或者只说不做的话。话要绕着说,多费神啦,实实在在的事要编造了说,多为难人啦,所以他们一个个都说活得很累。

　　人又是一种喜欢复杂的生物,譬如人际关系,不就是你、我、他吗?也想出关系学、对策学、厚黑学一套套学问来让人头痛。再譬如那个"爱",已经说了千万吨废话,写完了几座大山的纸了,觉得要紧的话还没有说透,心底的话还没掏足,还在拼命说、拼命写——世界上许多简简单单的东西,就是这样越搞越复杂的。

　　自然只默默地做,后来,庄子发现"天地有大美而不言"。它喜欢把错综复杂变得简捷,即使形式上十分复杂,骨子里也守牢了简单。地形地貌原来多复杂啦,自然用不见踪影的风,柔和似绸的水,加上时间,就成了顺顺畅畅的河流,简简单单的平原。自然所依据的法则,比如用进废退,4个字;再比如能量守恒,也是4个字。任地多好听的歌,只用7个音符;全套汉语发音,只用6个元音;千变万化的物种,也只用100多个元素建构。就是质量、能量那样艰深的学问,也只守着一个 $E=mc^2$ 公式!

　　要说本领,人其实很有限,可他们一个个都张扬得厉害。芝麻绿豆一点事,反复说了,还要写下来,印出来,想不朽。这还不够,再兴出一张虚拟的网,让垃圾堆上墙脚边上的琐碎东西,都密密麻麻满世界飞扬。人已占尽天下物质世界,还再多出一种精神世界。如今,就那些精神享受,有十个愚公再世,怕也搬不尽了。还可以看看他们的名片,要见上一位不高级,不成名,不是家,没个官衔的,简直都不是人。他们一个个都是作者,都不想好好做读者;一个个都在声嘶力竭吆喝,都不想好好倾听。能吼出几句让一伙人起哄的声音的,身价也能提到没个一二十万元不会露脸。

　　自然界沉静而内敛。地衣、蚂蚁那样渺小,不会自卑;老虎、狮子那么强力,也不去争夺天空、海洋。大自然造就了喜马拉雅山,开拓出四大洋,也不声不张,即使像宇宙大爆炸,经历长达百万年的冰河期那样的大事,也没留下一句话,设置一块纪念碑。

其实，世间最不和谐的是人，但人最喜欢把和谐挂在嘴上。人就那么一点能耐，还好斗。他们生活在天地之间，却一心想着改天换地；他们是自然化育的，却大言不惭自称自然的主人。一部人类史，细想想就是一场烟火弥漫的厮杀史。

真正钟情和谐的，还是自然。地球上有千山万水，亿兆草木，但河流怎么流，草木怎么长，从来井井有条。我们看到的这个世界，风雨与雷电和谐，电子与原子核和谐，西瓜与芝麻和谐，老虎与老鼠和谐，猫儿、老鼠、丸花蜂、三叶草和羊子它们在一个食物链中，也坚守着某种特定和谐。这里是一个真正的大家庭，所有成员兼顾大局，既包容，也互助。

想想人类，一方面，人将人间原本不存在的贫富、权力、信息、知识一类的差异，挖出了很深很深的鸿沟；另一方面，又将原本存在的多姿多态的山水，个性各异的城乡，千差万别的男女，搞得越来越像一个模子里复制的。

人执意快速扩张，热望一网打尽，幻想一飞冲天，一夜暴富，一天等于20年。刷新与再刷新，搅乱了天地的元气；速度与更快的速度，迷惘了自身的灵魂。他们宁可快得过了头，然后再反悔、捶胸和抓狂。

自然乐于慢工出细活，恪守慢而不急。慢，让混沌宇宙沉淀成今天，让自然没有犯过一次大错，最终让人相信，慢也是世上不可或缺的一种生活方式。

人喜欢制定新规则，不喜欢遵守规则，他们常常将自己划在规则之外。自然不增加规则，永远恪守为数不多的几条规则，所以没有一次会在规则之外。

人，鸡肚狗肠，有利必争；自然，从来不与人争利，即使被人抢占了利益，也不争。人会走后门，占便宜，还会做假、闹鬼、哭穷、忽悠、显摆……自然压根没有这些，只固守"以耐事了天下之多事，以无心息天下之争心。"

人因为有了自然，才有今天的风光；自然因为有了人，才有今天的不幸。

人与自然，好比一个儿子一个老子，但这儿子十分不孝，从来没有买过老子的账；也好比一个学生一个先生，但这学生口头上一直说师法自然，但这话从来没有往心里去。

这种位置关系，人至少搞错了一万年。要说人还有希望，那是被人恶搞了一万年的自然窟窿，他们终于开始考虑修复。

做个天使也不难

有一种能耐，其实只是柔和。

比如月亮，不热不烈，不香不甜，月亮上面水没有，空气也没有，就那淡淡的光也是借来的。但她目光柔柔的，心肠慈慈的，连对你的关照也是无声无息的。月亮来了，孩子的儿歌就多了，奶奶的谜语、故事也多了，"春江花月夜"的箫音，"僧推月下门"的名句，"月亮代表我的心"的歌声也来了，星星的童话，竹影的婆娑，我们心头柔软和慈爱的那部分，都来了。

月亮在，我们夜行有了胆量，倾诉有了体谅，我们的反省和忏悔也有了深度。

我们只听说"月黑杀人夜"，没有听到过趁月色皎洁去杀戮去抢劫；只听说"人约黄昏后"，没见过"月上柳梢头"了我们来吵一架。

月亮不是故乡，你仰望明月，亲人就在心中；月亮不是亲人，有明月在，再多的浮躁和烦恼也少去大半。

月亮不是诗人，但一句"云破月来花弄影"，成就了半个张先；

一句"暗香浮动月黄昏",已经不朽了林逋600年诗名。一个诗人可以不歌颂太阳,不会没有歌颂过月亮,如果他还写情诗,但没有谈到月亮,九成已在假冒。

诗人胡弦说,一个人就是搬无数次家,总有一件丢不掉:明月;一个人就是什么东西都用旧了,总有一件还是新的:明月;一个人就是再失意,仍有一个老伙计陪着:明月;一个人就是再穷,仍有月亮这块银子。人类到过的地方,没有比月亮更荒凉更冷寂了,但并不妨碍她的这种亲和。

月亮真的没有做什么,但她真的已做了太多。

这世上,我们还能找到一种比月亮有更好人缘的存在吗?

有一种力量,其实只是善良。

比如生活在宾夕法尼亚州莫克小镇的杰夫森,他只有一条胳膊,心脏还很不好。他无力谋职,一生有30多年都在行乞。他应该是社会多余的那一个了。但就在这样的岁月里,他向消防部门报告过3次火险,他无偿给一位截肢青年献血500毫升,他花一年多时间帮助两个走失儿童找到了亲人,他协助警方捣毁一个贩毒窝点。他一生没有砍伐过一棵树,也没有乱扔过一次垃圾,哪怕背着垃圾走两公里山路。他收留过7只流浪猫3只流浪狗,悉心照料无数穿越公路的青蛙,甚至,还向受飓风袭击的佛罗里达州的灾民捐出他三分之二的积蓄。即使他那极不起眼的小屋,也屋前花卉,屋后果树,里外干干净净。你可以想象,他守护在公路边看着一只只青蛙跳过公路的样子,是怎样的慈眉善目和无忧无虑了。

杰夫森没有受过什么教育,没有作过一次演讲,没有说过一句让人无法忘记的话,更没有任何职称和头衔。他的足迹,只留在方圆数公里以内,他体力不足,智商平平,更不懂什么主义和定理……

可在我们这个世界,他有无数民众为他美丽的人生心存敬意,他甚至强大得不用向耶稣或者佛陀,提出任何帮助或要求!

世人如果想活出些样子，真的不要什么条件，即使像月亮那样遥远和荒芜，像杰夫森那样无奈和不幸，只要有了柔和或者善良，也可以做得像天使。

时间有两大嗜好

时间嗜好讲故事。

有一天,她讲了这样一个故事:

从前有一粒飘忽无定的种子,被风吹到了山顶,又掉进一个险恶岩缝。一日,种子得到了一滴水,开了芽嘴,又过了些时日,芽嘴长出了根系,一年后,世上多出一棵小松树。之后,又历尽了百年干旱和风霜,它长得奇特而丑陋。一天,一位诗人远远地看到了这棵畸形的松树,不知怎么来了灵感,给它起了个"梦笔生花"的名字。从此,引来了千千万万男女的瞻仰。它不仅是树更是景了,年复一年,它有了无数的朋友和粉丝,给它拍照,给它画像。它虽然还是松树,但已有了专人的护理和单列的档案,享受着人间精英的待遇。如此被人拥戴了二百余年,它的大限到了,枯萎了。可人们还是一如既往地去朝觐和膜拜它。山上的管理者挖走枯松,用一棵仿制歪松插在那里,路人依然将它作为"梦笔生花"顶礼膜拜。它不仅是景,已经是宝了。大家觉得应该让"梦笔"世代不朽,于是,一株不是松树的松树,成了"梦笔生花"二世。

时间用这种方式，疏导卑微，诠释狂热。

时间还嗜好调侃人，尤其喜欢调侃名人。

名人在世的时候，被人们前呼后拥，风光无限，七个伟大，八个非凡，都加得上去。名人死了以后，时间做主了，那些虚夸泡沫通通没了，只留下最实在最要紧的东西。比如秦桧，二十五岁进士，做了十九年宰相，书法好，诗也不错，但他奉旨害死英雄岳飞，割唐、邓、商、秦等地给金，向金贡银、帛各二十五万……后来，时间没有记住他的诗他的字，只记住了他后面的这些。

每次，我们看作家排行榜，都有排在曹雪芹前边的陌生新手，新手当然也有石头一样的大作，但过了几年，曹的排位没怎么变，排在曹前面的那几位，换成其他人了；再过些日子，坐在曹雪芹前面交椅上的那个，屁股都没坐热，就又不在了，他的位子让另一个新贵抢去了。就那位戴瓜皮帽子的曹先生位置不变，因为时间喜欢。

比较起来，时间更喜欢做美人的对手。无论什么时间什么地方，人们选出的新科小姐，没一个不令人心跳不已、一见刻骨。一个个，迈玉步风情万种，放秋波娇媚了得。可要不了一年，美人便换成新面孔了。看那西施，老粉丝不减，新粉丝又增，两千多年了，一直坐在中国第一美人的交椅上，一动不动。西施姐吃过雪蛤了吗？洗过牛奶浴了吗？用过香奈儿 5 号香水，穿过爱马仕套装了吗？人家电影没拍过，照片都没留下一张，也不知美容院是做什么的。

时间，喜欢打不败的对手。

仙风道骨"一"(外一篇)

一竖是它,一横也是它,站不改姓睡不改名的,只有它。

做"1",霹雳世界数坛;做"一",销魂中华文坛,能兼上这两条的字,也只有它。

数学世界,作为一切数量的起始,"1"是那么个小辈,又那么瘦弱,却接过一切数量基石的重任,承担从无到有的突破,开创"一元复始,万象更新"。有了1,才有2,才有百、千、万、亿。一切事物只要想起数量关系,就与"1"密切上了。单位圆借助它构建,数轴和坐标系借助它构造。正是在1的进取中,才出现风流的圆周率 π,才出现自然对数的底 e,才拓展出美妙的无理数世界和虚数世界,才建立起带小数、成分数、佩根号、执负号、戴指数……这样一个朝气蓬勃的数学大家庭。

它拥有这么庞大的事业,却那么低调;它那么低调,却又有这么强的凝聚力。这给我们怎样立世,是不是也有点启示?

在数学界,也许0的出镜率并不比1少,但,许多时候,0只是个帮办,只在哄抬。而1,绝对一滴水一个泡,不卑,不亢,当你加上 1 或者减去 1 的时候，不急不急，都在徐徐地给你上升，徐徐地给你下降，要是这样的加、减锲而不舍，同样把你带进非常世界。当你乘以 1 或者除以 1 的时候，换了其他的数，非搅得你翻天覆地不可，1 不，1 尊重本原，无意改变对方意志。太多的数，有了方幂，立即浮躁，不是膨化爆炸，就是泄气锐减。唯有 1，任你给它多少（实数）次方，像成了佛，坚守着自我。应该算条汉子了吧，这样本分，这样厚道。

像人一样，并不是厚道和本分就少了能耐。如果得上 0 做帮手，再借助一下电源的开和关，立即成就了电子计算机，成就了互联网。这个时候，世上一切数，一切文字，一切音响和图像，一切科学知识，一切精英思想和你我言行，统统有了全新的彰显和表达。"数学，自然科学之一"，由它俩敲定；"一网打尽天下"，由它俩梦想成真！

1 这样告诉我们：渺小不等于没有力量，平淡也不注定失去大作为。

如果它走进汉语世界，它便有了"一"，又打下了另一份天下。"一"作为一条汉字，并非像"的""了"那样，只是文字的添加剂。任你选出一篇文章，我们找不上一个比它更忙碌的字了：出示最小是它，代表全部是它；数一数二，是歌颂它；独一无二，是赞美它；一点一滴一丝一缕，它在示小，一概一切一统一律，它在显大；最细微最简单的，最复杂最庞大的，也只要一个"一"已足以概括。

一，这样活泼，这样快活，这样尊严。

我是一，你是一，一粒芝麻是一，一个宇宙也是一。"一"杂于亿、兆之中，既不傲慢，也不浅薄。于是，一笔可以勾销，一鸣可以惊人，一本可以万利，纵使"一夫当关"，也有让"万人莫入"时候。

一个人，若有这等自信，是不是也够尊严了？

这"一"还应该是一位非常诗人。以一述怀，"一叫一回肠一断"（唐李白），悲愁了得；以一状物，"一声梧叶一声秋，一点芭蕉一点愁"（元徐再思），入木十分；十个一集聚，也成"一帆一桨一渔舟，一个渔翁一钓钩，一俯一仰一场笑，一江明月一江秋"——那是苏东坡，那天他赶到渡口，船已离岸，船家看出呼船人，是豁达苏子，存心寻份快乐，要他作首应景诗，方可调头回船。谁知大学士脱口急就，就有了这首回船诗。我们无不以此称道东坡将一堆枯燥的一，做成了诗，却忘了正是这十个一托起了先生才智。

你瞧，让"一"出示"苏格兰情调"，老到在行；让"一"秀一把"苏格兰调情"，也毫不含糊。这个"一"，活跃、浪漫，充满梦幻，会缠绵悱恻，亦可气势恢弘。

有时候，"一"可能还兼着哲学家。待到老聃手里，"一"又成他喻"道"的有力帮手。在那篇名贯天下的《道德经》中，"一"作为万物的本原，万物负阴而抱阳，简单而复杂，于是，"一生二，二生三，三生万物。"再是，"一"作为万物发生发展的总规律，作为社会最高的道德标准和行为规范，那就"天得一以清，地得一以宁，神得一以灵，谷得一以盈，万物得一以生，侯王得一以为天下正"（《道德经》39章）；所以"贵以贱为本，高以下为基"，"一"的美誉和成就是毋庸夸耀了。这样看来，"一"的仙风道骨，也有一半得助于它的内省和进取。在那个看似一无是用的形体里，却有着一个敏锐而深邃的心灵！

这个"一"，不读书的人也熟悉，但读了许多书的人也未必真认识。我这样说，真不知是否说出它的万一。

顺道儿与逆道儿

有一个难问题，就会跟上一个奇办法。要想将大型石材劈成周正两块，古时候是很难的，用榔头、火药，硬对硬，石头宁碎也不会成方成圆。有人想法离奇，想到了木头，先在巨石上凿开一条缝，将木楔嵌入缝隙，滴水，木楔因潮湿而膨胀，石材顺了诱引方向裂开，木头劈开了石头！

江苏溧水有条胭脂河，长10公里，贯通了石臼湖和秦淮河。朱元璋想定都南京时，西部安徽还受陈友谅干扰，长江水系保证不了南京城粮草的安全供给，想到了开凿这条河，让太湖流域的粮草，由大运河、胥河，经固城湖、石臼湖，从胭脂河运到秦淮河，进入南京。可那段河床，全是胭脂石结构，极硬，破石艰难。工匠们想到在岩石上凿缝，嵌进苎麻，浇上桐油，燃烧，待硬石烧红，再浇上凉水迅速冷却，热胀冷缩中，坚石崩裂，运河得以顺利凿通。这一次，用的是比木头更柔软的苎麻！我们都晓得，强硬是对付软弱的好办法，但，真正要让强硬土崩瓦解，还得靠柔和！

小蠓虫相比于大水牛，决不在一个档次，但，蠓虫可以戏耍水牛，又叮又咬，肆无忌惮，也满不在乎。水牛长尾甩打，犄角挥舞，都无济于事，它除了愤愤不平，一无奈何。这让我还想到蚊子，它应该是人的对手吗？可是蚊子们连人肉似乎都不在它的视野，要吸就吸比人肉更精华的人血。宣称过"只有想不到，没有办不到"的人，这次，一直拿不出一个像样的办法来，就这么个小东西，人类至今仍停留在咒骂、痛恨和定它"四害"的层面上。说来可悲，有着上帝般神通的人，常常丧命于连神经也没有的病毒，病毒是比细菌更小的病原体，它更等而下之了。

微小并不意味柔弱，柔弱并不意味失败，聪明也绝对不会少了可笑。这世界，有条顺道儿，就不会少了有条逆道儿傍着。

企业发展有条规则，叫第一通吃，站上了第一位置，就气吞万里如虎了。但，一定时候，那吞下的，还得吐出来。还有一条相似的马太效应：谁有了，就会让谁更多。但等你到了顶上，任你从哪个方向走下去，就都在下坡了。

聪明人最向往称王称霸，现在的你我，势如破竹地一天比一天更像在主宰自然；大自然最鄙薄称王称霸，现在的自然，不动声色，一天比一天更让人感到是你我错了。

曾经沧海难为水
——佛陀的苦经

自我尼连禅河边苦修6年,又菩提迦耶那棵菩提树下澄思静虑7日7夜,终于,心智彻悟,证得无上大觉,也远离了烦恼和痛苦。

几乎同时,有人把我,安排进了名山秀水,接着,红绿男女,不畏山高路险,百里千里前来顶礼膜拜,至今门庭若市。开始,众生求个公正、平安,后来,胃口变了,想升官、想发财的来了,想读书上进、获取功名,想讨美妻、早生贵子的也来了,再后来,连一纸告发能否胜诉,男女合欢能否久长,也来祈求询问。我的每天接待,纷纷杂杂,满满当当,不得安宁久矣。渐渐,有人把我当成万应灵膏,把我当作保险公司总裁,把我当作万能电子计算机在使了。无奈之中,我闭目塞听,以慈眉善目回应。谁知我的慈眉善目,也在坏事。烧香拜我者,不想修心行好,只来托我办事,把一切都依托在我的身上,一心痴迷于我的保驾护航。

有位妹子,病重卧床,求我给她健康,后来她健康了。继后又来求如意郎君,郎君碰巧也满意了,再要聪明儿子,儿子读书倒也不错，想不到娇生惯养中，染上了偷窃恶习，今儿个她又来了，说：佛祖你真灵验，如能保佑我儿子不偷不摸、不懒不馋，日后当上大官，我定当终生香火不断。

原来，她让我把她的一生都承包下来，还不算，连子子孙孙也全交给我了。欲望是本世纪最大的奢侈。但，纵使你有这能耐，你愿意这样承包下去吗？

我忽生一想，门前挂出一联："只有几文钱，你也求他也求，给谁是好；不做半点事，朝来拜夕来拜，教我为难。"哪知，她的回话更了得：你就别谦虚了，都是佛祖了，佛祖是功德无量法力无边的。

我告诉他们：我一直主张以自性具有的能觉，来教化自性的暗迷，笃信内修净心，外行好事，相信自助者天助，度人者度己，从来没有许诺过有什么保佑能耐。可他们不信，反把我的规劝，统统理解为少了香火。河北有个（原）常务副省长丛某，给我上一流供品，又请高价香火，把人间那种贿赂和拍马的功夫，全用了上来，办公室、家居室都设我金身像，敬我供我，每月初一、十五对着我念经、打坐，只为求我庇护他的巨贪！我在门前再出告示："存心邪僻，任你烧香无点益；持身正大，见吾不拜有何妨"，然而他，文字的东西不读不思，干脆夫妇两个跪地不起，磕了头破血流也在所不辞。背地里还拉来一批帮手，一边替他念经说项，一边广施香火，遍洒花银，将我置于云里雾里昏昏然不知天上人间。

人间有种他们屡试不爽的办法，叫作有钱能使鬼推磨，但是，这是佛界，难道有钱也能使佛推磨？分明蓄意扰我净土，减我功德，将我重新拖进泥潭！更有一位内蒙古（原）赤峰市市长，一面家设佛堂，一面又6年敛财3200万元，且每收赃款，必在"佛龛"下压一段时日，让我挡灾，有险情来了，多将赃物转移寺庙，托我看管。他们视我为家犬、妖魔，处处糟蹋于我，难道还想把我抱团成同案贪犯？

近日，堂屋来了个恶贯满盈的毒贩，他一到，扑通跪地，又是眼泪又是鼻涕，说，我这就最后一次了，下不为例，佛陀慈悲为怀，帮个忙吧，别曝光治罪了。我目不旁视，示意他再读楹联："德之不修，吾视汝为死矣；过而不改，子亦来见我乎？"那毒贩看出苗头，补充说：你的部下地藏菩萨也说，"普度众生，方证菩提；地狱不空，誓不成佛"，你，今日……。我面有愠色，不语。他再补充："佛祖大慈大悲，你弟子弥勒都大肚能容，就你……"看我仍无松动，第二天，他本人不好意思来了，来了个替身，又拜又叩，仍然是要保佑、照顾。他们根本没有想过，我若那样还能不能坐在如来位上，还能不能六根清静，根本不管我慈我悲，我死我活，只在存心拖我下水了。

2500年前，我从无比烦恼中得到解脱，不想，"普度"中又生出另种烦恼。原本设定的那种轮回，只是我发明的一种人生救赎之路，不想，也成了我的宿命，连我本人我也跌进了"烦恼，解脱；再烦恼，再解脱"的轮回之中。

虽说"众生以菩提为烦恼，菩萨以烦恼为菩提"。而今我，一心如来而无力如来，我让我的跪拜者也快拖到地狱边上了。

不知俗界听到没有，救世者也在呼救了！

麻辣修辞

首次读上"千万别把我当人""您就当个屁把我给放了吧",真吓人一跳,登大雅之堂的语言,也能这样写?

这让我想起一种怪异的调味品,麻辣,初入口的时候,真难受:咂嘴、出泪、皱眉,来不及往外吐,却又吐之不去,它粘在舌头上。吃了这样的亏,别的什么早就离得远远的了,但尝这种滋味不同,第二次出现,心里痒痒的,又想再尝了,尝过3次,上口了,"真难受"变成了"别有一番滋味在心头",觉得这才叫过瘾、叫刺激。自从川菜用它为主打口味,便稳稳地坐上了中华4大菜系宝座,以独树一帜的风味领着风骚。

像上面那种文字表达,把三朋四友侃大山的话搁进对话,把看似损人的野话,转个方向写进文章,制造出一种陌生而奇特、通俗而俏皮的效果,这应该也是一种修辞,时下虽然还没有名称,但已风行天下,是不是可以姑且称它为"麻辣"。

现代人口味重,什么味道都尝足了,感觉相对迟钝,不给出一定刺激,很难有热情,"麻辣修辞"应运而生,有几个不畏"螃蟹"

的人一尝鲜，活力立即四射，显示出强劲的生命力，尤其是在青年群体中。这也像作用力和反作用力效应那样，这样的人气，反过来又成就了一批擅长"麻辣修辞"的写手。

京城王朔就是突出的一个，他就忒有这方面的功夫，影响力也大，有些句子只要你碰上一次，就会让你记住它一世。一篇王朔写的文章，读上它几句，不用看名字，常常也能认定出自王朔之手，典型的如"过把瘾就死""爱你没商量""我是流氓我怕谁""我是你爸爸""看上去很美""一不小心也许会写部《红楼梦》出来"……尤其是用这样的语言做文章标题，效果更为特别，比如"我是你爸爸"，如果这句话写在有前言后语的文章中间，无论是对话、叙事还是骂人，都十分普通，十分平庸，但将它拎出来做了没有承上启下的标题，怎么做人爸爸了？利用一眼扫过在头脑里产生的歧义（小时候我们常常用这样的话讨人便宜），眼球立即被吸，就会产生疑惑，这书究竟想说什么呢？买本看看。这次，它俗得刁钻，粗得别致。王朔聪明，要的就是这种放大，这种好奇心，市上立马疯了。

语言的力量是不可低估的，不仅这类书畅销"没商量"，且"一不小心……""过把瘾……""我是……我怕谁"……都成了时下流行的俏皮话，也有了《看上去很丑》的书在抢《看上去很美》的风头。你可以愤慨，可以骂这种语言俗气，不入流，但无法堵住由它而笑，也无法阻挡它不流行。王朔以这种"麻辣"，成功地进行了一次语言突破，把原先的许多呆板语言激活了。本来一些死气沉沉的话，到王朔手里，有时也只是调调先后序位，换上一两个字，立即鲜活起来："一点儿正经没有"，"80年代这拨孩子成色不好"，"我看过心理医生了，心理学家说我严重正常"……他读金庸的书，说"捏着鼻子看完第一本，第二本怎么努力也看不动了"……观点不说，单单这"拨""成色"，这"严重正常"，这"捏着鼻子""怎么努力""看不动"还不精彩？还不是一种修辞？

运用这种修辞的另一高手，应该轮上李敖了。如果说王朔的用语是尖头辣椒以辛辣见长，那么李敖的用语则是花椒，以麻辣取胜了。敖先生以他博学强记做后盾，把他人和自己统统放进一架天平，创造出一种"横批政治，快意恩仇"的笔锋，以一种特别的腔调，用别人不敢用的词语，调侃。读他的典型句式，像吸雷雨后的空气，新鲜！他的拿手好戏，表现在"自赏"和"他伐"两个方面：

自赏，包括自嘲，比如，"李敖：其文五百年不朽；其人一千年不朽。""五十年来五百年以内，中国人写白话文的前三名是李敖、李敖、李敖。"又说他自己"是顽童、是战士、是善霸、是文化基度山、是社会罗宾汉、是侠骨柔情的大作家兼大坐牢家"，"有的人（李敖之流），做他朋友要头疼，不做他朋友要高血压"，记者问，中文圈子里还有没有文化大师，李敖答："有，我要照镜子就出现了……"

他伐，比如，"生前常常写匿名信的，死后往往是无名尸。""笨人做不了最笨的事，最笨的事都是聪明人做的。""因为不了解而结婚，因为了解而离婚。""得天下愚才而骂之，一乐也。""有两种人没有想到李登辉会当上'总统'，一种人是所有的别人，一种人是李登辉自己。""我们不会正眼看吕秀莲，因为她太老；我们不会斜眼看吕秀莲，因为她太丑；我们只会傻眼看吕秀莲，因为她竟当上了这鬼地方的'副总统'。"……

某种程度上说，是"麻辣"成就了李敖，其次才是他的才气。你可以说他的自赏"麻味"过重，你可以认为他太狂，但就李敖那脑袋，能不晓得这样海口自夸，一定惹人笑话？他会不清楚这样直白，一定比嘴上"哪里，哪里"地"谦虚"，心里却一直在盘算哪一天我才得诺贝尔奖奖金，更得人心，更见清透吗？所有这些，都可以从这些话一直挂在嘴上，被人引、被人批、被人讽得到证实。

至于《爱你一点点》，就更麻得别致、俏皮了，"不爱那么多\只爱一点点\别人的爱情像海深\我的爱情浅\……别人眉来眼去\我只偷看一眼……"这"一点点",不是"海枯石烂"那种谎言大话,不是想了死过去活过来的神志不清,不是"真的好想你",不是"我的心要碎了",也不是"你是我的心,我是你的肝",而是卤,是汁,是爱的至醇至厚的酒。就这一点点,让人感觉不一般,让人觉得真切,觉得疯狂,且明明在表达一种痴情,还给自己留足了尊严,留足了面子,机智不机智?难怪一首牢里偶得的打油诗,也这样风靡天下。

麻辣,很刺激。凡刺激性强的东西,都不宜滥用,都容易上瘾。好东西的应用,也是一种风险,东西越好,风险越大。所以,在这里"弄潮"的有千千万,但真成大家的,没有几个。

快乐数学

农村生活清苦，单调，一有闲暇，喜欢聚在一起讲鬼怪、讲侠义，传播村头趣闻。那年，我还在读小学4年级，一天的放学路上，伯父双手张开，不让我通过，问，100个和尚，分100个馒头，大和尚一个人分3个，小和尚3个人分一个，正好分完，你说这寺院里有多少个大和尚，多少个小和尚？我钻向东，他拦在东，我向西，他闸在西，说算不出来，不让我回家。心急火燎中，我一下冒出了大和尚25个，小和尚75个。伯父呵呵大笑，让开了大道，眯细了眼睛，表扬。此后，我将这个问题搬到了学校，问这个，考那个，成了我逗趣的一个经典法宝。

其实，我那次并没有算出来，只是直觉让我撞上了，读中学以后，才晓得这是我国唐代高僧一行提出的一道名题。一行的办法是将3个小和尚和一个大和尚分为一组，这一组正好分4个馒头，如此，100÷4=25（组），得出25个大和尚，75个小和尚（明代数学家程大位著的《算法统宗》，也选用了这道题）。这法子真聪明，比传统算术或初中方程都高明多了。就这100个和尚和100个馒头，建立了我与数学的初情：不用背，不用记，也不费钱，想想算算，情趣就来了。

　　进中学以后，平面几何给我打开了一扇缤纷之窗，让我晓得古希腊有一个生活在公元前3世纪的欧几里得，他写的那本《几何原本》，两千多年了，仍在作为全世界中学生的教材！天下如此奇书，谁见过第二本？这本几何让我晓得不仅仅是计算，就是画画、证证，也属于数学，且可以推得那样环环入扣，滴水不漏。我（可能也包括你）的许多逻辑知识，不是从逻辑书上学到的，而是由它给的，初有的判断、推理、论证、演绎、归纳、类比，全得自这门课。因为逆命题与逆否命题等价，就有了反证法；因为要保证思维的确定性，就有了同一法的证明；因为反证法和同一法的反复运用，反过来又加深了对同一律和不矛盾律的理解。刚学平面几何时，觉得新鲜，证得一个命题就想尝试证明它的逆命题，从中寻趣。由"等腰三角形两腰上的中线（高）相等"，去证明"两条中线（高）相等的三角形是等腰三角形"，都轻而易举，但当我触及"两条内角平分线相等的三角形是等腰三角形"时，麻烦就来了。记得那段时间，全班男女厉兵秣马，形形色色的草稿图形飞了一地。为此，我尝试图内添线，图外平移，都无结果，这么一个问题，全班溃败。最后，请教老师，才晓得这也是一个有名的问题，虽然全世界已有100多种方法证明了这个命题，但大部分都是间接证法，直接证明远非易事。老师说，如果你能想出一种新的直接证明，就是发现，上杂志不成问题。后来我读了些书，才晓得，这个问题《几何原本》中只字未提，1840年莱默斯给斯图姆的一封信中提到，希望他能给出一个证明，未果，后来，现代综合几何创始人之一瑞士数学家斯坦纳，首先给出了一个答案，但很复杂。但后来的一段时间（1854年至1864年），每年都有新证法产生。

　　这一次，数学给我展现出了另一面，提醒我，许多疑难正面屡攻不克时，应该尝试反面出击或侧面进击。这不仅是数学，已是一条人生箴言，也适用其他领域。

进了高中以后，说不清是谁了，一天，拿来一个方程让我解。我说，x=10，还用算？同学说，且慢，猜出来的，不算解答，数学得有推导过程，你坐下来好好想想。于是，我开始转换成对数方程，设辅助未知数，尝试因式分解，我动用的初等数学方法，全部沉舟折戟，穷途末路中，我尝试用作图方法逼近，以一个幂函数和一个指数函数，分别描述方程两端的数值变化关系，待画出它们的图像后，直观发现，除第一象限有一个实数根 x=10，十分明显第二象限在 0 和 –1 之间，也应该有一个实数根，但是，这个 10 怎么得出呢，那个负数根的精确值是多少呢？我一筹莫展。痛苦中，数学在悄声告诉我：年轻人，大千世界变幻多多，即使一眼看穿了，也可能隔了一重洋。（1824 年 22 岁的挪威数学家阿贝尔发现，一般五次和五次以上的代数方程不可能有用根式表达的一般式求根公式。）

还有一次，有位同事说，考考你们的智力，有 13 个小球，大小、色泽、重量应该一样，今晓得混进了一只与其他 12 只重量不同的次品球，给你一架无砝码天平，准许你称 3 次，能把那只次品球找出来吗？我问，那只次品，是较重还是较轻？同事说，晓得轻、重不是太容易啦。当然，如果是左右两盘各放 6 只，又刚好持平，一次就找上了，但会有这样的好事吗？那天，我为这道题目考虑到深夜 12 点，无结果，只好上床，上了床那 13 只球还是在眼前不肯离去，迷迷糊糊中有了路子，起身，开灯，再战。我以两盘各放 4 只，一次先称 8 只入手，费了些周折，成功了。

数学给人的快乐是很特别的，这一次虽然没有像阿基米德那样光了身子跑上大街高呼，但绝对比我第一次吃上大龙虾，第一次钓上 3 斤重的鲇子鱼，都要刺激。就这一题，分类和次序，递进和反推等思维技巧已深植于心（后来晓得，称球也是一类古老的趣题，你想了解更多，不妨参阅倪进、朱明书编著的《智力游戏中的数学方法》）。

数学给我的最近一次撞击是2000年，那次我在常州龙城书店买到一本《费马大定理》，书柜上仅此一本，是啊，平时有几个人去关心一个世界难题呢？权作收藏吧。天下事总是七彩的。当我翻开它后，已无法歇手，300多页的一本科普读物，包括序言、前言、附录，一口气就读完了，还未尽兴，一年后，我又读了第二遍。这枚费马采来，怀尔斯砸开的坚果，350多年来，一直立于云端，时隐时现，让人感受天神一样的神秘。

怀尔斯10岁立下宏愿，冒着一生埋没，一事无成大险，7年闭门，孤身奋战，将他30多年围绕它研读的那些数学，包括最现代的技巧，凝成一股巨力，终于攻下这个偏执怪题。350多年来，众人尝试证明中出现的疏漏，没有一个能得到补救，怀尔斯居然自己给自己堵住了那个漏洞！

这本书，让我领悟到了数学真正的艺术，欣赏到了"数学，另一种大自然的语言"的活力，聆听到毕达哥拉斯兄弟会的故事，重温了从古希腊到17世纪法国的许多数学轶事，了解了费马制作这个数学史上最有趣最深奥的谜的前前后后，浏览了17至20世纪一个个数学的革命性变化和大事，且全都化解为诙谐故事和轻松趣话。跟随西蒙·辛格深入浅出的笔触，高傲数学的错觉荡然无存，只留下博大胸怀和慈祥魅力：是无理数的欧几里得证明；黑先生白先生灰先生的3人决斗；雪花为什么是六角形的解构；高斯、柯西、欧拉、希尔伯特、闵可夫斯斯基的音容笑貌；用最少砝码称重的贝切特方法；17年蝉的生命周期传说；销魂的点猜想论证。还有，传奇的女扮男装的热尔曼；天才中的天才伽罗华；慧眼过人的哥德尔；因这个定理获得第二次生命又让怀尔斯加上5万美元奖金的沃尔夫斯凯尔。我完全不是在读一个难题，而是在结识大批毫无架子和脾气的伟大朋友，他们都那样的博学和亲切，一次次唤起我对数学快乐感受和对人生的快乐思考。这书，我已通读两遍，还完全没有过瘾，不是我喜欢上了费马大定理，完全是费马大定理喜欢上了我。我好幸福，像我这样一个凡夫俗子，也会得上她的青睐！

总以为数学是一位不苟言笑的闺阁丽人，其实她也亲近多情，只要你走近她，就一定会领略到她的千种风情、万种魅力，且无时不在以她的独特方式澄人心智，教人欢乐，并一次次指导到数学之外。

数学与文学的对话

数学，理性、阳刚；文学，感性、阴柔。数学，刚正、肃静；文学，随和、豁达；数学，深沉、内向，攻下费马大定理了，也没有几个人晓得这事；文学，热忱、张扬，孩子一句"鹅、鹅、鹅"，也会一千几百年红不够。

数学与文学，一左一右，一南一北，天生有非常距离。

作为人类文明的两大基础，数学，西方早已发源于希腊，柏拉图时代，他创建的雅典学院门前就高悬"不懂几何者，不得入内"警示。中国则大相径庭，中国是文学霸道的国家。著名诗人于坚说，文是中国的神龛，一个人如果能"下笔如有神""诗成泣鬼神"，境界也就不低了。早先的儒、道、法或官府，皆不看重数学。孔丘在制定礼、乐、射、御、书、数六艺之教时，数处六艺之末，且这个数，也不是现今框架下的数学。有一部《周髀算经》，也不是当时的"主旋律"学问，关心的人很少。文学则相反，四书五经中，《四书》至少有《论语》《孟子》应属文学，《五经》至少有《诗经》《书经》《春秋》应属文学。官方直言不讳，那里面既有"黄金屋"，也有"颜如玉",学之所进,可以直接"售于帝王家"的。中国要到20世纪,西风渐进,兴办中、小学以后,数学才有中、小学基础学科地位,才听到"学好数理化,走遍天下都不怕"这类声音。

文学,很入世,以点拨人生、快乐人生为己任。在这里用功的人,天天都在思考人生,跟俗世扣得很紧。一个能弄文舞墨的人,也不难找到一口饭吃。当然,滑进索尔仁尼琴那种政治陷阱的,或者阿里巴巴那种生财陷阱的,也就难避了。

数学,如果不是做应用(包括教学)数学,有些近乎宗教。迷恋金钱、权力者,请勿入内。一个忠诚于纯粹数学的人,钻进一个方面、一个问题,他的灵魂就跌宕在那种虚拟的快乐或者烦恼之中了,很容易被那种纯粹的思维体操,搞得"不知有汉,无论魏晋"。搞基础数学的,即使做出了成绩,那种成绩也远离现实社会。技术是生产力,财贸是生产力,公关、艺术、演讲、体操,乃至选美都可以是一种生产力,要说基础数学也是生产力,就远得勉强了。等到它的成就与市场沾上边,不是时间已过去很久,就是距离已拉开很远,与最初那个发现者,已八竿子挨不上边。伽利略父亲不让他搞数学,费马做律师,当法官,再做议员,到30岁才开始投身数学,不是他们怕数学搞不出成就,而是怕搞了数学连自己也养不活。

纵观上下五千年,当了官,赚了钱,另想在数学上出成就的,极少;一个有分量的数学家,再想去当官去赚钱的,也极少。牛顿成名以后,曾经通过朋友,弄到一份"造币大臣"的差事。但,他的那种数学思维模式,决定了他只会干得一团糟,他的这段插曲,只给后人多出一个笑柄。事实上,一个人如果迷上了数学,也就远离时尚和政治了。即使来了"文化大革命",纯粹是数学原因受到迫害的,没有,相反,倒走出了一个搞纯粹数学的陈景润。

比较起来,文学很像一个性情中人,很率性,情之所到,一棵草,一个梦,都能演绎成篇。在文学那里,将一池水往海里说,叫夸张；挖空心思将其写得天花乱坠，叫修辞，都被看好。平白、浅显地说好一件事，叫白描；想方设法往深水里说，叫哲理，都称功夫。说一个小故事，让人没法忘记，叫短篇小说；像《清明上河图》那样（但不用图），将一个城市的市井琐碎，编成长长的故事，叫长篇小说；一种情怀，抒发成高山流水或者孤鹜落霞的，叫散文；这种情怀，如果还能酿成一杯茅台或咖啡，叫诗歌。总之，无论什么话题，说了有趣，说了动情，说得别出心裁，说得点开人的情窦或心窍，都叫文学，都称创作。

数学不是这样，数学一本正经，不苟言笑，这里没有包涵，不讲妥协，只有铁面一张。既忌讳泡沫，也反对弯弯绕。数学不是说明问题，而是发现和解答问题。提问和答问是数学的两大发动机。谁提的问题深邃，答的问题简捷，越受人尊重。数学用的是另一种思维，一种不对即错的二元思维，过与不及都不允许。数学的较真，近乎迂腐。不妨让全世界的国家元首，考考中国中考的数学试卷，虽然他们都是天下俊杰，他们的文学都不会差，大多数也读过大学，但是，能让那张卷子给出60分的，绝对是条好汉了。数学喜欢把一切重蹈覆辙，交给计算机，把一切以往成就的继承，都叫学习。能称上创作和发现的，台阶真的不低！

现代文学与经典文学相比，花式够多了，但能称上了一个台阶的，寥若晨星。现代文学的表现手法也有长进，但就深度和感染力，找不到有什么大的进步。现代数学和经典数学相比，千年一贯地在向前，向远，向深。现代文学，人人能懂，个个都可"作文"；现代数学，99%的人不懂，但100%的人直接或间接会用到。

数学家的数学生命短暂。许多人20岁之前（像帕斯卡、高斯、伽罗瓦、冯·诺伊曼、希尔伯特等等）就做出重要成果，40~50岁开始下坡，50岁以上，一般没有突破了。牛顿24岁发现微积分、找到万有引力公式，40岁时自认为创造期已过去。阿德勒说，25岁或

30岁以后很少有更好的成果出现。哈代甚至说，年轻人应该证明定理，而老年人则应该写书。欧拉的数学生命算长了，数学一直做到76岁，但后来的，远不是他最好的东西。文学不同，德国歌德的创作持续了60年，离世前一年完成他最重要的代表作《浮士德》，那年他82岁。百岁老人杨绛，96岁还有《走在人生的边上》受人热捧，99岁还写书译书忘记自己。英国的言情小说家麦克里德更厉害，101岁了，还在写她的第130部作品。

数学看文学：能说会道，八面玲珑，擅长从天下所有学问中，汲取素养，但也难免言过其实和花里胡哨，难免无话找话说和有话泡沫化。文学的门槛很低，写个产品说明，叫说明文；写个通知或者假条，叫应用文。出个匾额，对条楹联，都是创作；村头俚语，场边山歌，都称文学。文学一旦搞出了头，几页日记，一叠书信，都有人替他出集子。崔八娃一天书没读过，他的《一盏油灯》也能见报，他的《狗又咬起来了》，也会选进小学四年级语文。不识字的倪萍姥姥，通过口述，也能有分量的书面世。有个小学文化，就能看懂《战争与和平》。水平如我和我娘子的，就能对《奥赛罗》或者《忏悔录》指手画脚了。文学曾经把大跃进年代的那些疯话，编成《红旗歌谣》，赞不绝口，也曾经让高玉宝和曹雪芹坐在一条凳子上"排排坐，吃果果"；可以将《欧阳海之歌》评为之最，也可以将有35顶博士帽的胡适的文章，批得七荤八素。

文学看数学：孤寂清高，不近人情，态度生硬，无孔不入，一副不食人间烟火的样子。数学人可以为西摩松线、九点共圆一类怪物，可以为哥德巴赫猜想、黎曼猜想，把一颗脑袋禁锢在远离现实的神秘里，吃空饭、耗一生。它几乎在给一切门类和行业，提供攻城略地的子弹，却不在意还有比严格更重要的兼容、比理性更重要的情感、比逻辑更宽泛的非逻辑。即使是包青天，皇帝做错了事，也有打龙袍的时候，但数学不是，什么事一到数学手里就绝对，哪怕万分之一差错,也一定黑着脸。它只认识一个实在世界,不认可水中月亮,镜中景象,海市蜃楼、孙悟空大闹天宫,也是世界的一部分。

有一天,数学对文学说:过去5000年,正是你的太过得势,中国不知毁了多少个欧拉和高斯。文学对数学说,正是你的一意孤行,过目不忘的钱锺书考清华大学时,也只能接受15分,"新概念作文"才子韩寒,也只能从松江二中退学。数学说,你们那里,随便出个什么题目,小学生能作文,刚扫盲的也能作文,从来不存在不会做的作文题。

文学回话:你是一贯以公正、公平自诩的,小学生能做中学生的题目,中学生能做大学生的题目,有什么不好?2002年,让巴蜀鬼才魏明伦,科学院院士何祚庥,棋圣聂卫平与高考学生做同题作文,结果,一个跑题,一个规定至少400个字他没到,一个暴露身份违规,全不合格,难道不是一种公正、公平?

数学说:你们会毫不在乎数量概念,比如"叶垂千口剑,干耸万条枪"(宋·王祈),为了对仗,让十根竹竿共一片叶子,也称最得意的写竹诗?比如"霜皮溜雨四十围,黛色参天二千尺"(唐·杜甫),四十围的竹子,直径大约7尺,区区七尺之径,要支撑两千尺高,可能吗?

文学哈哈大笑:先生过虑了,依你之见,那个写"白发三千丈""燕山雪花大如席"的,是不是也该唤他来替你磨墨、脱靴?孙悟空一个跟斗十万八千里,是不是也该实地丈量一下,看看究竟在吹牛,还是缩水?

数学,硬邦邦的,一根筋,严格按照逻辑办;文学,海阔天空,信马由缰,老子的"大音希声,大象无形"是道理,惠子的"子非鱼,安知鱼之乐"和庄子的"子非我,安知我不知鱼之乐"都成道理。

文学讲理，举上三四个例子，就下结论了；数学讲理，对的就必须100%，即使一万个例子都对了，另有一个例子出了偏差，也一定不对。

按文学思维"论道"，数学绝非文学对手，但是，文学归纳出来的东西，能全当真吗？

数学，科学技术的教父；文学，诗书艺术的养母。正是由矛盾的万物构成了和谐的宇宙，数学与文学，两山对峙，二水分流，才成就了今日大好风光。

第三辑

乡情碟片

春来了

春,弹着三弦唱着"杨柳叶子青啊喂"来了。

她来了,风、雨、雷、电,甚至甜蜜的梦,缥缈的光,一高兴,统统改了姓了"春",风风火火地忙乎了起来。

春天的第一站是乡村。春风轻轻推开冰凌,给了一个吻,溪流乐了,叽叽汩汩,挤眉弄眼,一个笑涡接着一个笑涡。春雨用情细腻,麻麻酥酥地一阵细说,说了蚯蚓翻了个身,怎么也睡不着了,起身,春耕。蝴蝶姐还在寻梦,蒙在厚厚的被子里,打鼾。大嗓子春雷急了,上门就是大喊:"轰隆——"这姐还没来得及睁眼,就摸那件花裙子了,三月三她还有舞会呢。

孩子还呆得住吗,寻上一片春草绿地,翻跟头,打虎跳。春草看见了,孩子跑到沟壑,跟到沟壑,孩子跑到溪头,跟到溪头,然后田塍,然后墙角,孩子跑到哪里,草儿跟到哪里,天南地北,开起一个个杂货铺,好家伙,绿的,黄的,香的,甜的,都是孩子能玩的,能吃的。

村里的劳动力都外出打工了,主家的只有阿婆和阿公。他们要带好"留守"孙子,还要下瓜秧,点豆种,将新抱进的猪崽喂好——年底要宰的"年猪"。春先帮了将一丘一丘茶园做了像上了釉,再将大片大片的油菜都佩上金灿灿的铃铛,然后,把蔷薇做白了做香了,把鹁鸪叫春的身子藏进最深最密的绿丛,还有孩子最喜欢的茅针(茅草花的芽苞),东一支西一支地藏在的茅叶堆里,让那些机灵鬼,一个惊喜又一个惊喜去发现。

春在乡村像那千手观音,一千只手上上下下,忙个不停:吵闹的榆钱、自卑的地衣、不思进取的荆棘、满身是刺的毛毛藤、根本成不了调的虫鸣,只会打乱拳的孑孓,名声不好的,老犯错误的,全有照应。

但,这个观音还是怕有疏漏。那天,她开始点名了:蒲公英,到;小蝌蚪,到;绿萍,到;草菇,到;苜蓿,溪头、田埂的苜蓿呢?远远地,有了微微的回应;调上糯米粉就有很香的青团做出来的绒絮草呢?喂过伯夷、叔齐的野豌豆呢,只在墙边找个位置站着的灰灰草呢?再贫瘠也不嫌弃艰苦的野蒜呢?灾荒年月,它们可是一直养着穷人的命的啊,怎么就不见了呢?

春是生而不杀予而不夺的,她在满世界寻找!

第二站,春到城镇。城镇大厦庄重,大道嘈杂,终年一副面孔。春擅长缤纷,可是这里已红红绿绿满街;她心怀和煦,可是这里有空调让其终年一个温度。太难为她了。

她走进老巷深处,以"老吾老以及人之老"的礼数,掸去积聚一冬的寂寞。然后拉开粘在墙上半年的阴影,给那面手脚冰凉的阴墙披上阳光。小巷暖了,悄悄地,茶花上了阳台,吊兰坐到梳妆窗台,内秀的春卷,耳朵似的馄饨,都携着荠菜异香迷漫了整条巷子。

城里的草木也像城里人一样机灵。她只是轻轻地呵了口气,就活泼上了。见上幼儿园没有,孩子你搡了我我搡了你,迎春花也你搡了我我搡了你;孩子喜欢唱"春天在哪里呀,春天在哪里,春天在那湖水的倒影里……"迎春花不会，就把四个花瓣的小花缀了一身，围着孩子们，东边跳跳西边舞舞。

城里人奔放、唯美，春知道。于是桃李、红梅，等不上长起叶子就满枝放花了。樱花有些放不开手脚，春挽了她在城里遛了一圈，不羞了，出入东风都着一身缤纷套装，悄悄地温馨着湖滨、点缀着园林。

阿强30出头还单身一人，刚在湖滨垂下钩子，水中鱼，就将他的钓线和鱼竿拉成了一条彩虹。文伯年迈，儿女又在大洋那边，春天看见他进园林了，立马，茶亭翘首、玉兰举杯。伴着他，立在荷尖的，挂在廊桥的，曳着金鱼尾鳍的，都围住这老翁，说起了春天的故事。

春在城里，还兼着心理医生！

场·桥

谷　场

场、圃、桑、麻，农家4大件，所以孟浩然的"开轩面场圃，把酒话桑麻"成了名句。桑、麻、圃三样，安静、敦厚，它们不是作物，就是作物的生长地，都在兢兢业业成就事业。场不同，场豁达、活跃，除了收管谷物，还兼任村里的"文娱干事"。

1990年以前，乡村土地99%在操劳天下人的衣食，只有不到0.5%，做了谷场。这0.5%，一年大约两三个月，打谷晒粮，是它主业，其余九个多月，专门化解乡里人的紧张和单调。谷场有这样两种使命，所以无不得到精心呵护。每年入夏，先细细刨松表土，捡尽碎片杂物，用碌碡压上一遍，然后，浇透水，敷上草灰，再细压第二遍，这时的场面，已油光如镜，光脚踏上去，像挨上面团一样柔软舒适。讲究些的人家，还用草绳围栏四周，鸡鸭不得进去，挑粪担灰不得进去，车轱辘、硬底鞋不得进去。要知道，一旦接收了五谷，脱粒聚堆，沐浴阳光，谷粒收身净体，就全靠它了。

这里是乡村的舞台：每户的红白喜事，都在谷场上演绎；一个村的大喜大乐，都在场上上演。它似也特解人意，热天收工回家，一张矮桌一放，小凳一围，饭菜锅子往桌上一端，蒜泥拌黄瓜、青椒雪里蕻或是豆瓣丝瓜汤一上，开饭啰！乡亲们，一边听着上窝鸡鸭的浅吟低唱，一边接受着旷野凉风的殷勤揩拭，顿时，疲劳和炎热烟消云散。

遇上后生婚嫁，抑或爷爷奶奶做寿，谷场更显才气。需要出门的，花花绿绿的陪嫁和礼品，七挑八抬，铺陈一场；需要接进门的，早半个时辰，鞭炮、喇叭已在场头造势。一村的闲人都汇集来了。熟悉内情的女人，嘴巴就忙了，叽叽咕咕，你点一样，她介绍一样。盼着发糕发糖的孩子，左顾右盼，跑进跑出，搜索动态和机会。八方紫气，一门福气，全让这谷场装进兜里了。

寒冬腊月，仍然是那块几户拼连的大场，晚饭一过人气大旺，全套锣鼓场中央一摆，欢乐来了。我们村总是海洪敲锣，海金张钹，击鼓是戴雷锋帽的徐伯，他是头头，一举鼓槌，蒸腾就上来了。徐伯嘴上背锣鼓经，手上示范，嘴上手上气象万千——那是他在培训后生。这边锣鼓一响，那边会唱锡剧的，嗓子就痒了，装小姐的，尖声细语唱开了；装小丑的，那副歪相上脸了。东婶子、西嫂子领着孩子，一边睃着，一边打着毛线。有些身份的前辈，不上前，只袖手立在草垛边，交头接耳点评："嗳，阿福错词了"，"呀，这小李子还嫩着"……七岁八岁的"萝卜头"更忙，他们轮不上这些，剪个纸板脸具戴着，扮出刘、关、张满场直飞，飞了脸颊像搽了胭脂，鞋洞里渗出水来。最是正月半了，有几年，唱戏和电影已看倦了，改了请东村的"闹花灯"来热闹，大场上，又是龙灯又是马灯，踩高跷、摇旱船、扮戏子郎中，扮渔翁农夫，三十六行，舞台要多大就多大，步点要多撒野就多撒野。你瞧那"蚌仙戏渔翁"，躲在蚌壳里的仙子，一张一合，张的是漂亮，合的是神秘。一个戴毡帽、背鱼篓的渔翁，飘步左右，做出"想吃天鹅肉"的傻样，不比本山大叔差着幽默。整场表现，没一句台词，没一个规定动作，单单蚌壳夹牢渔翁的头脚那几个回合，就足以笑痛一场人的肚子。"闹花灯"呢，种田人自己编的土唱词，真来劲：念书人看了我的闹花灯，大学毕业留学生；种田人看了我的闹花灯，十担一亩好收成；老太婆看了我的闹花灯，脱掉了牙齿重生根……

  角色月月更换，动作年年更新，气氛上足了，场上无一人不是演员，也无一人不是观众。上我们那个村看看，再大的苦难，再多的不幸，也压不垮李顺大、陈奂生他们。

桥

总是在流水与大地顶牛、赌气的时候，或者山险水急，山和水互不买账的时候，桥就来了。桥将身子趴下，手搭牢这边，脚踏实那边，此时，争强的双方笑了，气也全消了。这个世界，总不少磕碰，有了桥，不知少了多少疙疙瘩瘩。

我们常会在悬崖或者惊涛前，被一桥飞架天堑所震撼，它像虚空中的一句佛经，点悟了莽山蛮水，让一切任性和撒野来了禅性，彼此相对一笑，合十成了风景，修行成了名胜。桥，是大地的良心，无论大小、高矮，无论构筑它的是铁、木、石、塑料，无论多险的山和多急的水，只要桥在，我们就不再见到山穷水尽，大道就不再有穷途末路。

我有时也想，将生命渡向彼岸的办法多多，桥为什么总是把最大风险揽在自己身下？驮或者背都可以，为什么总将整个身子曲成一张弓，不分昼夜？就算它是专门救苦救难的，难道就没有劳累和病痛，就没有忧伤和迷惘？

"为什么"，从来不是桥思考的，桥只守一个理：有一天我不再驮了，我的生命也就没有了。

童年时代，村西长脚沟上也有一座桥，说它是桥，其实也只是三块长长的条石，架在五六米高的块上，那样粗疏，那样憨厚和不加修饰，就使龙冈上过来的那支不讲理的泻水心悦诚服了。石桥没有发出任何惊扰，龙冈来水依然欢欢喜喜地流着，两岸草木依然悠悠然然地枯荣，它以身示范，弓腰趴着，我们村的男女进城，对岸村落的孩子来上学，便如履平地，没了艰辛。

一匹马生来是跑的，一座桥生来是驮的。载货的独轮车，迎亲的红灯花轿，不守规矩的蚂蚁蚱蜢，它一样驮一样背；蛮缠的金钱草，耍赖的苔藓，它一样搂一样抱；紫槐和野蔷薇干脆将根须毫无顾忌地伸进石缝石隙，它也不弃不嫌。要说它的好性子，更在晚饭以后，那是一日中相对消闲的时候，乡亲们喜欢来此养神宁心，石阶、石栏、桥块，任坐，任依，任枕，那种别出心裁的接待，比我们现时的星级宾馆要可心多了。这真是村上的孩子和爷们最舒心的时候，乡间的一天新闻来此发布，村里的百年史话在此钩沉，忘情时候，桥的身影也飘进水中，与天上的云月汇在一起，共描村民祥和。

三块条石，成了桥，就这样尽心，这样亲民，就这样日复一日，直至1959年坍塌。

坍塌以后，代之以堤，到后来农村格田成方，小石桥连影子也没有了，此后，没有谁再提到它，也没有谁再记起它。它，一直连名字也没有。

桥会像人一样考虑声望或者尊严吗？会去想一生有什么意义吗？会去问这样做究竟是憨傻还是聪明吗？

生而为桥，就是驮人驮货的，就是以身铺路和出示风景的。

这让我想起我的祖母，想起我们村的那些前辈，在世的时候，他们终年一身灰黑布衫，像桥；终日田头地头重担在肩，像桥。他们常常也没个正规名字，只有诸如大眼睛，姚老四，老来子一类代号。我的祖母她连称谓也不固定，丈夫呼她"我家里"，村上人称她"长荡佬"（她出身于长荡村），最好听的一个，叫"小伟他娘"，偶尔一次，要慎重地在纸上写上名字了，我看见她居然叫"潘周氏"。

他们一辈子没做过一件大事，没说过一句让人记牢的话，没发生过一则动人的故事。来这个世界，他们是专门来出力和流汗的，是专门趴着身子让后人顺顺当当过山过水的。我的祖母，男人24岁眼睛就瞎了，她驮着一个8口之家，在那个家里，她每天最早起来，做最脏、最累、最琐碎的事，还总是吃馊了酸了的食物（她要把好些的，留给丈夫留给子女）。后来，她年纪大了，驮不动家了，改了去驮孙子驮猪圈灰。她是一座桥，一座一个家的桥。1952年，她病得直不起腰了，没法子驮了，这年，她静静地走了。

第一次进城

过了 10 岁，可以向大人申请进城了，金坛县城离我们家 18 里，那时还没有这样车那样车，到哪里都是步行，早上跑进城，晚上跑回家，没这个年龄走不动。

那年 9 月，父亲批准了我的申请，我跟在他屁股后面，一蹦一跳上路了。

走得肚子叽里咕噜喊饿的时候，巍峨的城墙矗立面前了，高大、森严，那真的是山啊，偌大的护城河也只配匍匐在它脚下，待走到城门口，说是门，其实比我们村哪家的屋脊都高大宽阔，三头牛并排进出也不碍事。本来跟了大人进城就心虚虚的，到这重门前，就只有七上八下的胆怯了。

乡里农民来做一会儿城里人，都不少自律规矩，不赤脚，不敞衣，找个城下埠头，沿几十个石阶下到城河边，洗净泥脚，取出那双一直揣在怀里的干净布鞋，套上，再将那件出门才穿的布衫拉扯周正，随身携带的扁担也不再扛在肩上了，改成握在手里，进城了。

从东门进去，街还窄，店还少，不过已是满目新鲜。同样在做烧饼油条,案板上发出的声音已多出诡谲节奏,连沿街的叫卖,也像是在演小唱了。小葱算点什么啦,蘸上油捏进面粉,炉子里烘一下,改名叫葱油烧饼,那种香可以蹿进鼻子沉到心底。还有种"叫麻子"(蝈蝈),乡下的山冈上茅草边到处是,城里人将它锁进篾笼子,一声声"瞿瞿——瞿瞿——",也在为他们变钱了。

　　再向前就到思古街和司马坊了,那是金坛的闹区,百货公司、人民银行、金沙戏院、开一天面饭馆,以及城中央的大、小二"乔"(清河桥、文清桥)都坐落在这里。百十种布匹一溜儿竖在柜中的布庄,穿短衫剪分头一个比一个神气的朝奉(店员);忙得不亦乐乎的红锅师傅;备有各式纽扣、发夹、针头线脑的小摊;灯草盘在头顶,皇历端在胸前推销的行走小贩;明明只有两屉黄梨、香蕉,后边给块大镜子一照,眼前一下来了两倍货色的水果店……把个首次进城的乡下孩子搞了不知看哪个方向是好。最是思古街北边的那片砖块石子踩踏成的场子了,说它是民俗游乐场,成色十足。那一天,两个女人在场上打点上下两排"西洋景",她们分站两边,耳朵上那对"金耳环"像有半斤,一个唱"瞧啦里个瞧啦",一个应"西洋那个景啦",这头,一张张镶边画框在暗箱中上排推进,下排拉出;那头,另一女子接过上排推来的画框,再按入下排推去,形成循环"回流",二十多个画框这样流水往复。看客花5分钱买上一票,就可以在一个小洞口细瞅里面的"西洋景"了。父亲去剪布那阵,我一直站在它边上,十分想"瞧啦里个瞧啦",那个洞里究竟出现些什么"西洋景"呢?我转向背面,一无所见,再弓腰张望洞口,一团模糊,至今仍是遗憾谜团。

　　再一景,就要数街头理发了,也在这个场子,匠人的全副装备,一担可挑:一张杂木骨牌凳,一个尺把长的器具箱,一副三根木棍支撑的脸盆架和一个竹壳热水瓶。来客往骨牌凳上一坐,和尚头或是锅铲头就开始了。师傅态度和蔼,一把头只收6分钱,他们的手脚一直闲不下来。数年后，我到县城上中学，也成了这个景点里的角色，每个月我给他们6分钱，他们终年包我头发不长。一段时间，我还常来这场子看耍猴子、举石担、卖狗皮膏药……现在想来，这里不就是金坛的（南京）夫子庙、（上海）大世界吗？

  那次进城，主要是让父亲给我买钢笔的，那时，钢笔是学生的时髦，我多次提议，又经多次家庭协商，成了决议。父亲带我在大沿巷找上一家文具商店，普通钢笔、铱金笔、金笔三种自来水笔都有。父亲准我买最便宜的民生牌钢笔。站在柜台前，父亲带了我，旋下笔套，再旋上笔套，拆下吸水弹簧，再装好吸水弹片，随后蘸水试写粗细，看笔尖刮不刮纸。钢笔的好坏虽然我们一无所知，还是挑了十多分钟，因为，这是一笔家庭重大开支，包括一瓶蓝黑墨水在内，得支出7角8分。

  那天我太高兴了，脚板是走肿了，到家已成"瘸子"，也没觉得累，只是比平时多吃了一碗大麦粥。

西红柿·南瓜

西红柿,异类,躯体细毛怪异,枝秆鸡皮疙瘩,哪怕只摘它一片叶子,那两个挨上的指头,也会臭上半天。

人不可貌相,西红柿也是。就这样一位"丑妇",也有俏小子生出来。一落果,便圆得滑溜,一成熟,就绝色娇艳,不知你什么感觉,反正我一见上它,就想咬上一口。

有一天,那是1950年代,不知新婶子哪里得来一只西红柿,她递到了我的手中。那时我还小,等不及洗净,就急吼吼地一口咬下去了,唷,太怪了,不脆不嫩不香不甜,舌头和牙齿,齐心协力声讨。

不是说这东西营养好吗,十分狐疑。我再试,还是忍受不住它那怪味,余下一半,扔进了灰堆。

可是,城里男女一个个都吃它津津有味,全不用愁眉、苦脸。

是啊,这么漂亮的家伙,怎么会不好吃呢?再次尝试,来了——,有点酸,不大酸;有点甜,不大甜,但那满口奇水,却是尝遍天下所有生吃的东西都出不来的特别滋味。

第三次再见它，还没闻到气味，便有满口馋水，从舌底渗了出来。时值盛夏，我再次吃上它，酸酸的，水水的，既解暑又煞渴，满口舒服。原来，有内功的精灵都这样奇怪，这样不轻易露才。这一上口，此后，西红柿一直是我夏令首选"果品"。用这家伙去做肉丝西红柿面、榨菜西红柿汤、糖渍西红柿块，都有极好人缘。倘再携手鸡蛋，一个香一个鲜，一个金黄一个绯红，一个才子一个佳人，无论烧、炒、做汤，都是绝配，都是舌头上奇缘。

　　此后，我家三代人都在栽种西红柿。时令头上，你到我家菜园看看，先是枝上一个米粒小子，再是一簇簇、一茬茬，争先恐后，此绿彼红，养眼养心。大葱、萝卜它们，哪个不是与它接受着同样的阳光、水分和养料，惟它，真不知动用了哪门子工艺，一根臭秆子，也能制造出如此高营养、俊模样的果果？且，只要给它一个合适的温度和湿度，都会长果子给你看。找不上一种蔬菜，与它相类，与它匹敌，东方人和西方人都喜欢它，蔬菜和水果都欢迎它加盟。它的单价，甚至也会是衡量俄罗斯人生活质量的重要参数！

　　当初，仅长在南美洲的时候，惧它大毒，恶狠狠地称它"狼桃"，蒙受数千年大冤。直到有一天，有个淘气包觉得，有毒也不该妨碍观赏吧，将它移作盆景。又有一个馋鬼，不尝它一口心有不甘，试了西红柿炒牛肉。就这样好事多磨，它越过大洋，走进欧、亚、非，走上亿万餐桌。

　　现在狼桃当然是没人叫了，称番茄，称西红柿。过去成熟后只一种红色，现在五颜六色都有；过去只一种球形，现在长的、方的、圆的、扁的、大枣形、纺锤形都有；过去只在夏季成熟，现在春夏秋冬成熟都行，要长多大，红多早，全都任着人的性子。

　　园子里的西红柿，它想什么肥料喝多少水分，它的冷、热、旱、涝，全有主人替它打理，出什么味道长什么样子，也全听命专家设计。

冬春鲜果很少，市上的西红柿，仍一身通红，蒂叶碧绿，再次惹动我的生吃陋习，哪知一进口，硬似山芋，山芋还有丝丝糖味漏出来，它只像一口木渣。看它那身红，那种彻底的反季节，疑虑来了，我等待一种负面报道。三年、五年，终于出来权威声音了：它们营养不减，催熟无虞。但是，我忠诚的口感不同意，至于专家，我不也常常被人这样称呼嘛，分量心知肚明。

下一步，有人在动它基因的脑筋了，想做个土豆西红柿、牛肉西红柿什么的出来，轰动天下。不管是福是灾，反正，西红柿好话听足，赞赏说遍，名誉地位都来了。

一个成功者的历程，我发现，大抵与西红柿相当。

六月地里，最亮眼的怕是南瓜了。南瓜放荡，秉性撒野，大叶撑伞，大步跑藤，步履所至，郁郁葱葱，稍不在意就铺出地毯一片，还毛毛刺刺的，不可轻慢，碰碰它也会刺你痛上好一阵，所以称它倭瓜、北瓜、番瓜的都有，没一个名字是好听的。

主人看南瓜胃口大，食口粗，性格粗俗，身板也结实，怕它惹事，总是让它离大伙远远的，找个边边拐拐的地方安顿它。这些南瓜全不计较，不过，挡大道、占地盘、抢养分也全不当回事，兴致上来了，搭牢茄子肩膀，扒在苋菜背上，压了豇豆直喊"阿唷"，也决无歉意。

天下哪能这样随心所欲的，哪个地方哪个岗位能全凭性子办事，没个约束？主人来气了，过去拎住它耳朵逼它改道，甚至，干脆掐去那个鲁莽藤头，要它改改脾气，学点文明。你瞧南瓜怎么着？看上去像是认了，但过了两三天又照原样纠缠上了。

人群中有种性情中人，南瓜也属这种。你看它，放起花来，一如不这样不足以抒发它的恢弘和大度。雄的，朵朵金黄，华贵如帝王华盖，雌的，怀着幼仔也不忘高举那只大喇叭。如此自得自信，也就由不得蜜蜂不去亲密，蝴蝶不去伴舞了。软肋当然也有，如果你一再想它按你的规矩行事，那么，雄花则立马耷下脸色，雌花呢，一赌气也会流产给你看。你纵然100次教训它，它也会101次我行我素。

主人对南瓜的心态，一如母亲对顽童，又喜欢，又无赖，恨起来"作践""刺头"都骂。可南瓜生来没心没肺，不会生气，只要有吃有喝了，一根藤上一二十斤的南瓜，照样两个三个地结。

最是那饥荒年代了，麦子已经吃光，稻子还登不了场，憨厚南瓜，那真是"匹夫有责"，顶上缺口了，且，即便一日吃它三顿，也不像山芋那样烧心，也不会豆渣那样咽不下口，顶起真来，嫩藤头儿也来助菜，青皮小子也来助餐。

现在，饥荒年代早过去了，它也不肯闲着。这里有个湖滨酒家，开张时瞄的是高档浓味，以鱼肉为主件攻打市场，一年下来，亏损5万，急了老板团团转。掌柜小姐想轻松一下气氛，指了新来跑堂的说，让小青弄些农家菜打打局面。不想，这一点竟点开了老板的心窍，想到小青进店前曾在街头做过南瓜饼，可以尝试。是啊，城里人被鱼肉吃麻木了，早已眷念那些久违奇货了，待店里端上金灿灿的油煎南瓜饼，甜丝丝的清蒸青丝（嫩南瓜丝）饼，顾客胃口大开。特别是那道"珍珠南瓜"，端上桌还是一只完好南瓜，提走瓜蒂，热腾腾的"珍珠"便呈现眼前，且甜不腻舌，香不熏人，顿时比败了一桌饭菜。既当主食，又作消闲，既"补中益气"，又"补血排毒"，人气自它大升。

时下，南瓜不仅拯救了湖滨老板，也成了城里人最青睐的副食之一。这关口，南瓜又赶来了。它让我想起那些能做事的"粗俗人"，纵然有这样那样的缺点，但关头时刻，起紧要作用的，也是他们。看来，无论如何，南瓜也应是位"好同志"。

泱泱母亲湖

这里还称丹阳大泽的时候,那是一片汪洋,水域浩渺得堪与鄱阳湖、洞庭湖称兄道弟。那时,濑水一方的土地叫濑渚,春秋吴国,在这里筑了个"濑渚邑府",城坚垣固,取名"固城"。后来,跟这方水土要饭吃的人,越来越多了,挤开一片片水面,筑起一方方圩田,大泽分隔为石臼湖、丹阳湖以及无数沟汊,也有了你——固城湖。

你,慷然接过皖南丘陵乱了手脚的匆匆来水,安顿住了,好生养息,也不知你是怎么抚慰的,一二十天,粗野浊水,便清澈得像了酒,随后一手东递,自胥溪送到太湖;一手北赠,自官溪直达长江。也许是你生就的侠胆义肝,2400年前伍子胥纵横吴楚,1940年后代陈毅将军游击江南,都助力非凡。

本来这里工、矿不见长,人、物不见传。上苍也许也觉得有些亏待了这方子民了,给出了最丰、最澈、最秀的水。小汉子高淳,挥出长臂,随心一挽,泱泱固城湖,便坐怀不乱。都说常熟的阳澄湖很风光,惜从城到湖,汽车也要跑好一阵子。杭州有可比西施的西湖，可西子挤在如山的楼群里，已歌舞不得。惟你，一下营造数十里荷花香，成就数千顷鱼米乡，百沟千渠像百千乳腺，一直送到千家万户的门前。曾有人说，即使女人灶下点起柴火，男人出门取鱼进釜，也不用慌张。无怪乎李白先生来了"天外贾客归，云间片帆起；龟游莲叶上，鸟入芦花里"的赞词。这里东有游山，历代文人墨客留下无数华章，南有秀山，秀色四时可餐，西面花山更奇，白牡丹居然从石缝里长出，传它是铁拐李脱落的仙丹萌生，也就不怪了。这里历来是权贵边际，又承袭吴音软语，民风古朴。当初范蠡、西施没有选这里安度晚年，是个失策。

近年，护堤石坡，连绵环绕；蜿蜒长堤，雄伟远去。岸柳夹道，飞桥过水，数十公里的湖堤成数十公里风景。晚来时分，波光潋滟处，就像一个母亲在呼唤了：孩子，一天劳累，来歇歇脚吧。如果，哪一天晚归的阳光来了兴致，会将云霓、芦苇、船影，还有堤上游人，顺手绘成磅礴水墨，是沈周的《山谷云吞》还是唐寅的《落霞孤鹜》，是石涛的《淮扬洁秋》还是八大山人的《墨笔山水》，请鉴赏吧。

湖趣最多还在垂钓。这地方，无论什么时节，都可以看到几十根鱼竿环湖，长枪短炮一字儿排开，不用招呼，不用跋涉，随到随钓。几十根鱼竿向几十颗心输送恬淡，也给几十家餐桌带去湖鲜。且只要垂下钩子，就一定会有鱼上钩。水惊处，鱼儿翘尾挂在钩上，那滋味，只有钓翁清楚。算算看，这湖一年生产了多少吨快乐？特别是退休老人，头发白了，眼睛也花了，可能还缠了慢性病，可他们可以像找上了一份工作一样，作息着起程和收竿。他们一个马扎，一根鱼竿，待选定了钓位，那半天也就入定在那里了。头上那顶草帽，本来也是金黄的，如今褪成灰白，见证着他们的投入和精诚。老翁不用"漂"，用传统"浮子"，鱼饵也是老式的菜饼浸酒，但一心抱定上钩是他手气，脱钩是鱼儿运气，得失都是健身良药。替他身边的鱼儿想想，也会觉得挺公平：既有充足美餐，又不用太多惊慌，就是那次失足，也只能怪自己太馋、太贪了。钓翁风雨有备，寒冬也来，手臂和脸膛都让阳光铸成了紫铜，但，湖边的那碟山色，那碗湖光，以及醉了东倒西歪的柳条，已将他们的这份原始快乐，放大了千倍。固城湖，他们也在享你的福哩。

信不信，即使在这里劳动，比如捕鱼，也是挺高淳、挺风情的。他们不围，不电，秋冬湖面开禁以后，夫妇俩荡一只小船，她摇橹，他弄网，网是丝织的，很长很细，也很白很柔，秀气得如同哈达，一入水就不见了。收网、放网随心所欲。这里的鱼，也学了像春秋名士，其实钻深一点，或者绕远一点，就完全没事了，可它们不，它们只想着游乐，三游四游就不认识回家的路了，柔柔的白白的丝绸缠在身上，权当淑女披上了婚纱，躺下了。只在渔翁收网那会儿，才觉出大事不好。鱼不好，船上人正好，左提网，右操兜，是鳊是鲫都收在舱了。

看看渔家夫妇，也年过中年了，慢手慢脚，不急不歇，从不慌乱。过去，家就是船，船就是家，一门三代，全靠这一手撑日子。现在不是，渔船只是他们的工作间，吃住都在前边那幢高楼，子女都有一份体面的工作，就在前边开发区。自己手头也有一份兼职，渔，已成他们真正的副业。

这番固城湖，太钟情，也太让这里人高兴了，名义上我们还叫你固城湖，但心底里已是母亲湖，一位勤俭、忘我的慈母。

回想起来，我们的污水、垃圾难以排除的时候，是你敞怀接纳，精心点化；我们只想着子孙满堂的时候，是你收身再收身，让出大片水域，给我们种麦栽稻；我们吃饱了饭，又在想钱，用网箱养鱼，用鱼粉喂蟹的时候，水是清不了了，还是你这次只能改了制作"可乐"了，一种专门长鱼肥蟹的"可乐"。

当年，还没有以母亲为己任的时候，你是多么的漂亮，鱼，喜欢得在云天上游,云,动情得在鱼虾边飘。现在不见了。青青的蒿苗子,倩倩地立于水中,一倾情,便结出特香特糯的米粒,做团子绝对是宝。有着洁癖的面条草,将湖波转译成旋律,水中就跳起带舞。现在没有了,全没有了。野鸭,本是这你最忠实的朋友和追随者。那可是一个庞大的家族,个儿最大的,叫头鸭,一只足有八九斤,其实已是天鹅。次一点的,叫二鸭,也至少五六斤。依次排列,最小的称八鸭,这里亲切地叫它"油葫芦","八脚子"。"六弟"是这里的当家兄弟,体态绅士,羽毛碧绿,故又称"绿鸭",绿鸭肉细味美,是餐桌珍品。现在,除了"油葫芦"还能见到,其他几乎绝迹。六鸭虽然市上还有,但湖已不是它的居所,它终生困于笼罩之中,不得戏水,不得飞天,生命只待催肥和供餐。它们已不是鸟,只是盘中菜!

我们的湖母亲,一天比一天消瘦,一天比一天更不自在。然而,消瘦而不自在的你,仍在为子女一日不停,竭尽全力!

作为母亲,是不会计较子女怎么待她了,也不会说半个"不"字的。问题是她子女,那些子女,难道就一直这样忤逆下去?

何姑·老叔

何姑，出身贫农，没上过学，不识一字，但人长得标致。那时候的人，只求不愁吃不愁穿，不去想国民政府就要垮台了，18岁就把她嫁到大户杨家，给杨老二做了填房。

不愁吃穿的日子没过上几天，新中国成立后，杨家评了地主，地主要自己做农活了，老二不会农活，又常年闹病，轻担重担都交给了何姑，她成了杨家长工。这种日子过了十几年，老二丢下儿子女儿死了，他死了，地主成分没死，运动来了，斗争对象改了斗何姑，她是地主婆。

一眨眼，儿子晶晶到了要成亲的岁数，哪个姑娘肯嫁到这样人家来呢？要劳力没劳力，要人气没人气，一个闷脾气，一个寡妇，家里没一点活气，孤独起来，儿子还拿母亲出气。何姑有口难言，打碎牙齿肚里吞。

有一天，何姑又哭又喊，说儿子打她，要赶她出门，还挽起裤管露出青一块紫一块给村上人看。村上同情她的人也不少，但像这样的地主家的事怎么说呢？纷纷争争闹了几年以后，女儿出嫁了，晶晶还独身，终于传出何姑要换门庭了，她靠上了一个打了半世长工的光棍木根。就这么一点变化，何姑虽没有返回到贫农，好歹成了雇农老婆，木根呢，一下抱上了细皮嫩肉的娘子，生活不是出新，而是出鲜了。

那何姑，人是跑出来了，心里总是惦念那个宝贝儿子，白天还好，晚上眼睛一闭，儿子的婚事就跑到她心头上来，暗地里，她四处托人介绍。但，本来"小地主"已经很难办，再加上打母亲的事一传开，连搭腔的人也没了。

又过了小十年，改革开放来了，台海关系松动，台湾那边有亲友的，纷纷回大陆探亲。杨家的一个小姑姑杨老二的妹妹，也来了。也不知这个女人是啥来头，她一来，乡里有接待，县里有宴请，还有人传她，随身带来一茶缸金戒指，见一个亲属发一个，只有何姑没份，她已不是杨家的人了。杨家姑姑回到台湾，独身侄子成了扶持重点，不断寄钱来，几次一接济，晶晶房子有了，老婆也有了，奇怪，脾气也好多了，想到当年那样对待母亲，他内愧，主动上门想让母亲回家。

俗人就是这样俗。

何姑看看儿子，什么都有了，人也变了，高兴，三天两头往儿子那边跑，又帮料理又帮出点子，弄了从小清贫、耿直的木根很看不惯，无名火直冒，觉得到底是地主家人，秉性难改，哪里有财气就往哪里跑。木根见上她，打当然不会，但，不是踢凳子就是摔椅子，脸唬唬的，没事找事。何姑的气又回来了，只是换到了另一头，她到七十岁出头，还是转不了运。

晶晶晓得了，去找木根评理。

木根见这小子也来倒算，火上加油，凳子踢了更响。

无论是晶晶对木根，还是木根对晶晶，火发在对方身上，气全积在何姑心上，比顶地主婆那会儿都难受。

其实，她从来都只有"一家人不愁吃，不愁穿"一条想法。她要不那么标致，要是不嫁杨老二，哪会受这些多窝囊气？

老叔是我的最小叔叔，岁数小，辈分大，一村的人都称他老叔。小时候，老叔喜欢哭，哭起来眼泪不多声音大，有事无事，张开嘴巴干号。那时候，我们夏秋两季光膀子，他一哭，肚子右边那个块就一上一下地跳动了。一看到，我们就喊了：喏，一个块，一个块。这一叫，他的眼睛、嘴巴全忘记在哭，忙吸上足足的一口气，将肚子鼓起来，把那个块挺到最大，"献宝"。有一年，我的腹部也让B超查上了一个块，一家人紧张得要死。老叔晓得了，托人捎话过来说，肚子里有块没事，我右肚子那个，小时候有鸡蛋那么大，我一直不放在心上，现在，连摸也摸不上了。虽说那次是医院的检查员弄错了，不过就老叔那句话，也确实给了我不少轻松。

老叔从小怕念书，每学期的成绩单上都有赤字，三年级还留了一级，留了级还是不行，念完小学，就到生产队挣工分去了。他性子也慢，村上人说他蛇钻屁眼都不急。有个经典故事：有一天，一队的劳动力在耘田，突然头顶一块乌云炸开，雷雨来了，田里人个个丢了农活，拼命往家奔跑。有人看见他还是迈着四方步子，一点不急，对他说，老叔，雨这么大了，还不快跑？他说，急什么啦，跑到前边，前边就不在下雨啦？

同村有个同学，叫文信，嘴巴甜，人活络，脑子好使，也喜欢帮老师做事，在校就是学生干部，初中一毕业，就被大队选上做团工作了。干部又结识新干部，他们家办点什么事，说句什么话，都顺风顺水的，后来，提拔到乡里，又调进县里，做上了县供销社副主任。村上人，在县里有个职位就算大官了，有什么事都想请他帮说句话，买袋官价化肥，孩子上重点校，连安排个合适些的工作，也请他通关节。那时候，碰上他，没话也会寻句话讲，即使他爱理不理的，也忍着，能请他上门吃顿饭就更是面子了。

要比吃香，老叔就差远了，他一直在村上，每分钱都从土地上出来，手头的钱很紧，不过，老叔还是有办法快活起来。那些年在队里做工分，都是挨时光，时光长，也没什么，老叔笑话多、新闻多，几个段子出口，太阳就偏西了。村上流传的，比如上庄的小松扒螺蛳扒上一枚金戒指，南段村的豆腐老板，夫妻俩101岁生出儿子……都是他嘴里先说出来。分田到户以后，更自在，老叔力气大，干活快，人家三天的农活，他两天就结束，还不用流汗，余下的时间，赶集，做媒，喝老酒。

时间一晃，就30多年过去了。这些年，耕种的土地更少了。老叔每天上午，与老婆两人打四盘草绳，每盘10元，40元到账。中午，饭碗一丢，把老婆也带着，夫妻双双上牌桌，输赢是象征性的，很小，图的是个开心。有句话觉得在理，叫"仙者自仙"。

文信呢，没到60岁就退下来给儿子顶替了，帮儿子，助孙子，连城里的房子，还有老存折，一齐给了儿子，自己又回到了农村。60岁赋闲在家，主任头衔不存在了，嘴巴甜，人活络，也派不上用场了，原本专门指挥他人的，现在家务又做不来，连一直"一切命令听指挥"的妻子，反过来也在指责他、指挥他了，心里不自在，一琢磨，入了老叔那一伙，上了牌桌。文信生来一丝不苟，万事不肯输人，也不知怎么搞的，这玩牌，与他当主任、做报告用的智力全不在一个区间，文主任一上牌桌就输，一输就更感到没面子。过去为了一点一捺，为了一个观点，与人争了面红耳赤，是学习是工作，好事，现在是打牌，是玩，也与人争了七荤八素，给人的感觉就小料，赢得输不得，时间一长，没一个愿意与他在一起玩了。一个堂堂主任，家里被妻子管，村上被人嫌弃，窝囊不窝囊？自从回到村上，连上门的，闲聊的，也越来越少了，过去请他帮过忙的，大小意思，都表示过，对方认为已经不欠人情，可他觉得还不应该忘记。这文信，小事大做，小气大生，加上长年陪酒、吃肉，肝质不好，血压也高，情绪越来越坏，在这个村上他本来算得是上等日子，可话头一到枪口，还是肝火直上，牢骚直冒，不是痛斥现在干部腐败（不包括自己），就在感慨现代人势利。他心中，妻子、村人、世道都不顺心，一天不吞一颗降压灵，血压猛蹿。有句话也没错，叫"凡者自烦"。

那天，老叔的牌打得快，太阳搁在西山，晚饭桌子已摆在门前场上了，两三个小菜，一碗酒，悠上了。正好文信从门前走过来："享老福啦。""嗳，怎么样，你也来陪上一杯？""我没那福分，肝脾都不好。""不要太在意，酒少一点，只上精神不伤脾胃。""那种酒家里没有呢？没那份心情。"

老叔呵呵直笑，他想不通，夫妻两个3000多元一个月，儿子小业主，孙子胖乎乎，怎么还没心情呢？

这生活，真的不合逻辑；

回头想想，好像也很合逻辑。

村里的老俚语

走村游乡的,不缺智多星;烧锅煮饭的,不少杨排风;乡村俚语里也不乏金子。

我们村从来没人说过成语"孤芳自赏",但如果遇上这号人,他们有句"一村看不得老王,老王看不得一村";也听不到人说"坐享其成",但他们爱说"吃包子不问小麦价";他们从来不会说"助人者自助",但他们会说"端板凳给别人坐,就是端板凳给自己坐"……

有个"土著"成语,是村上专门用来对付紧跟得势、躲避失落的马屁精的,叫"跟红避黑"。每次,这四个字一出口,我就觉得一个屁颠屁颠的势利家伙,摇着尾巴在眼前了。

有一条只有我们村用的歇后语,同样精彩,叫"中段村失火——谣言(窑烟)",真编得聪明。村里的田地都在村前,但村后有两座砖窑,窑一点火,窑烟直窜天上,田里劳作的男女远远看去,黑烟在村头的屋顶上翻滚,第一感觉就是村上失火了。"谣言",不就来自"窑烟"吗?还有一句"看戏卖麻团",应该诞生在很早以前了。那时，特别是冬闲，村上、镇上兴庙会、集会，这时候，会请"草台班"来唱几天大戏。乡里生活枯燥，每逢这种日子，就是村民的节日了。三里五里以内的男女都会赶来凑热闹，小商小贩更是不会缺少的角色。有个故事，说村上的双龙小子，他专卖发酵糯米粉做的麻团。这东西，外边滚一层芝麻，丢进滚开的油锅里一番翻滚，金黄、中空的圆球就纷纷浮出油面了，撅起看看，通体发亮，咬一口，甜津津也香喷喷，很诱人。那天，双龙手腕里挽一只敞口浅底竹篮，里面卧一层刚出锅的麻团，在人群里钻进钻出，转悠着叫卖。这本来是件既看大戏又卖麻团的好事，无奈总在这时候，台上不是许仙官人突然撞上娘子白蛇显身，就是梁山伯与祝英台黏糊着十八相送，每次等戏唱完，糟了，才发现一篮麻团还沉睡不醒。此后，村上凡有人"一心两用，两缺其空"，就会用上这个"双龙看戏卖麻团"典故。双龙卖了一世麻团，连个老婆也没讨上，村上人用这个成语，一半是调侃，一半在警示。后来这话用多了，"双龙"两字干脆省掉，成了"看戏卖麻团"。

  乡亲们不习惯说道德、品行这类硬邦邦的东西。上年纪的人对话，喜欢用"良心""作孽"替代。乡亲心里，惠顾他人是良心好，不忘恩德是有良心，办事公道称有天理良心。要是有人恩将仇报，那便是"良心让狗子吞掉了"，那会受到满村人的谴责。要是村上出了位孝敬后娘，赡养叔伯，照顾鳏寡孤独的，那便是良心样板，一村人淘洗时码头上讲，炎夏纳凉时讲，进城路上同道也讲，讲了这个门楣的女儿好嫁、媳妇好娶。

  与此相反，有人落井下石，那是作孽；虐待公婆，也是作孽。冤枉好人，说谎栽赃，贪心不足都是在作孽。作孽这词，意义宽泛，它在我们这里一大片人群中的含意，超过任何一本词典和辞海的界定：欺压弱小，作孽；浪费粮食，作孽；旱了稻麦、饿了猫狗也是作孽，吃了青蛙、捉了飞鸟都在作孽。做了坏事是作孽，亏待所有老弱病残也在作孽。乡亲们认为，作了孽的人，有病不容易好，有灾不容易消，还会遭到雷公报应、毒蛇报应，今生不报，下世也难有好日子过。

村里没一个虔诚佛教徒，可有句"阿弥陀佛"相当流行。村上人心里，佛，是良心样板，是专门暗中做好事的，所以把专门做好事的，称菩萨心肠，将这个"阿弥陀佛"，诠释成近乎"有良心＋不作孽"，用它教育后生。乡亲们有了灾难用它祈祷；受了冤屈用它呼吁；赌咒发誓用它加强；心存不轨以它排遣。

直到后来阶级斗争来了，这些统统被摧枯拉朽。再后来，讲时尚了，又嫌那些俚语太旧，太土，渐渐地网上的、洋人的，风行起来，越来越花哨。连村里人也不再说那些俚语了。

野渡人家

这次回家,不知不觉就到了村后的老渡口。

但,渡口呢?河中一望芦苇呢?对岸那个摆渡人家呢?

芦苇滩,全挖成螃蟹塘了,河道,真成一衣带水了。对岸目及的那个村,应该仍是后潘,楼房参差,静静地坐在远处。小时候,心中的江湖,就是村后这条大河。河不是县里最大的,但它叫大河,多长呢?不知道,晓得它通常州,通上海,什么地方都通;多宽呢,也说不清楚,对岸一大半都让芦苇挡不见了,有几个豁口能见到对岸,看那里的人也都像孩子了。我们到河对岸去,全得摆渡。

渡口只是一条小径终点,杂草满路撒野,说它路,只是有个路影子。对岸的渡口,也是一条小径终点,不过,那里有一座小屋,让天生天长的野桃包围着,里面住着艄公一家,艄公是位退伍军人,腿不灵便,后潘人,也姓潘。一顶豁边芦帽和人未到先咳嗽,是他两大标志;一头母猪和一条柳叶船是他两大家产。如果能坐下来,头件事,抽出腰上的烟袋装烟丝,点旱烟;第二件事,咳嗽。要是不咳了,那个烟嘴也就一定衔在潘伯嘴里。

摆渡的人很少，只有河北镇上办集场，或者两岸有对男女牵上红线，办迎娶了，才会热闹一阵，平时，"野渡无人舟自横"是寻常事，不过我们从来没见过艄公闲卧船尾，这里有渡则渡，无渡则男人张网，女人养猪，小儿放虾笼、打猪草。艄公如果犯病了，他老婆上，老公老婆全有急了，十多岁的儿子也会上来顶，摆渡，从来不会误事。

有两件事无法忘记，一件是，那年唐婶的小儿子高烧不退，又淌鼻涕又流泪，到半夜，又添手脚抽筋。早春三月，正是脑膜炎高发季节，听说河北的李中医看小儿毛病老道，一家子半夜赶到渡口，那次又是顶风又是雨，电话什么的，更说不上了，咫尺就是天涯，唤不应艄公就急死人了。唐叔"摆渡——摆渡——"，两声，对岸有了亮光，再一声，亮光到了船上。船还离着三四丈，就听大嗓门潘伯放话了："有急事了吧。""孩子抽筋。""咳，咳噔……我晓得有急了"，他一边咳嗽一边回话。待唐婶唐叔两个把孩子抱上船，橹摇得像出弦的箭，不一刻，听见岸边一个女人提着围灯（四周围着玻璃的油灯）在怨了："老头子，咳一天了，遍身滚烫，我要替他，硬不肯，说人家有急事了，你有我快？这老东西，我连鞋也没来得及套上，他的橹已摇上了。"

他不理这些，只对唐婶说，"李先生家你们来过没有？"没等答话，就下跳板了，腿又不好使，一个踉跄，险些下了河，老婆赶快去搀，他转脸对上老伴，"我要你搀什么？你有围灯，人家人生地不熟，去送他们一阵啊！"

这人嗓门高，脾气犟，说这话就像命令。

再一件是1982年暑假，我听说对岸的汉辰同学从新疆回来了，过河去与他会会面。到了渡口，远远地，见那条"柳叶"横在那里，我双手窝成喇叭用尽力气呼唤，但只见芦苇，不见人。那时"改革"已在深化，潘伯是不是改行啦？正想回头，又来了一个渡客，两个人齐声喊了好一阵，终于看见对面有了动情，渐渐地，那顶芦帽，那件给风吹了很野很野的中式布衫，显现了。

"害你们等急了，母猪难产，12只小猪，只活下5只……钻在猪圈里，一点也听不到"，他说。上了船，聊了几句家常，他听到我是老师，话转了："正恼着呢，老师，帮我支个招吧，去年我咳嗽严重，老婆要守渡，让儿子陪我在医院半个月，这一陪，笨仔的数学好歹上不去了，明年就要中考，这个暑假让他去学校补补功课，这小子硬是听不进去，作业也不做，约了几个狗屁朋友，田头捉黄鳝去了，今天老师带信让我过去，我怎么去？我去，只一个字，'打'，让他妈去了。"

我说，打不是办法。他说，怎么办，我们这个门里，上代连下世，没出过一个吃过公家饭的，现在兴考试了，想让他换只饭碗。

我问，孩子回家做题目吗？他说，啥题目？我只看见他那盏油灯，每天也亮到老迟，他要的书，哪怕我烟丝不买，也一定先把这钱给他留足。

"你晓得他看的是什么书吗？"

"哈哈，听人说，他看的是武功（武打）书。你说，这数学搞这么难干吗？摇橹，他一抓上把子，就成把式了，黄鳝、吐沫子的，造细泥的，一认一个准，再滑的家伙，他三个手指下水，就拎得出水"，他一脸无奈，"龙生龙，凤生凤，老鼠的儿子会打洞，是不是？"

看那一脸无奈，又"咳，咳噔——"在咳，支什么招，我连话也接不上去了。

船靠岸了，岸边已站了个十五六岁的男孩，潘伯冲了那孩子说，"吃饭，下午到你舅舅家去一趟，他们那里养母猪的人家多，让他帮我们捉七八只野鸡（抱他人家的多余猪崽，作补充）回来，快！"

我晓得，"捉野鸡"特别要抓紧，错过了这一两天，母猪不认崽，野崽赶不上奶。摆渡，只是他们的一个社会责任，母猪才是依靠，失去这窝猪，半年的收入就全泡汤了。不过，娘舅家离这里15里，"野鸡"也不是一跑去能到手的，再顺当，明天的补课也得耽误了。

丢开回忆，想打听一下潘伯，问了四个老乡，都说不知道。河边一位大爷听到了，他说，"痨病鬼"（当地对肺结核的俗称）吗，死了，现在渡不用摆了，他儿子还在河对面，改行做泥水小工。

嫁过来了,就好好过日子

院子的空地上,挖了一排坑,埋下一伙棕榈,之后,它们自己长高长大,不论昼夜,不管风雨。

棕榈老家在亚热带,那里有它们舒适的艳阳和水汽,有亲和的土壤和同伴。在那里,它们开心、疯狂,怎么出腿怎么探头,都自由自在。有一天,有人看上了它们的秀气和神韵,便要它们背乡离井,克服水土不服,像当年去新疆的左公柳,去黑龙江的水稻。

开始那些时,身板虽然还那么硬朗,就是不见长高长粗,三四个月过去了,才冒片新叶——它们在学了接受新生活。我们这里的土壤酸,气温低,又是城镇,规矩也重,相聚这里的"兄弟姐妹",都必须粗细相类,高低相当,连间距也有严格尺寸,还只有阴冷背阳的间隙让其栖息。它们依然笔直,依然躯体滚圆,依然圆叶翩翩、棕须飘逸。没有谁想过它们的艰辛。

如果是人,一定被夸毅力非凡,评优什么的,也该带红花了。

管理院子的华先生,看见棕榈稍稍不拘小节,刀斧就上去了。还有三楼张姨,她要它们既保持风雅和三围,又留足阳光和地盘,总是修了又修，剪了又剪——她还有更心疼的芍药和牡丹要照顾。立冬以后，就更难为它们了，无论风霜还是雨雪，都态度生硬，动作粗鲁。它们仍不落一张叶，不减一分色，映衬着院里的蓝天，镶嵌着我家的门窗。春夏两季就更给力了，巨叶托天，苍翠尽兴，棕衣棕须，凤冠霞帔，远看近看都是一位美髯公。棕榈这番打理，雨有了滑梯，风有了琴键，麻雀的蹦蹦床、蜂蝶的《蝶恋花》，全有了。

可以称"德之至也"的志士了，如果是人，主持公司，出任经理也是人选了。

环顾这方乡土，长过这么硕大的叶子吗？有过这么修长的蛮腰吗？还有南方娘家那边带来的轻盈舞蹈，还有黄灿灿的穗状花序，以及那种清香。

棕榈，没见她闹过情绪叹过气，只知道嫁过来了，就好好过日子。

要是一位"保安"什么的，早已百家传颂，八方称道了。

今年一月，大雪一场接了一场，松柏都勉为其难，何况祖籍在热带的它们。雪压上来的时候，棕叶抱团互撑，一棵棕榈，一座雪山。我们这幢楼的电线正好从它身下穿过，担心压断电线断灯断炊，我举篙推搡，无奈雪已成冰，打、砸都上了，一次次积雪，一次次打、砸，叶柄耷拉，叶片撕裂。半月以后，我发现弯曲处，又在抬头，又在做鲜空气，制氧送爽了。

也十多年了，这些院子里的棕榈，没有给它们浇过一次水，施过一次肥，再热再冷再旱再涝，也不管不问。当然，纵使营造的风光无端被损，第二天，又在营造。它们天天这样做，天天被人遗忘，也依然故我。

如果是人，要算圣人了。

可它们是棕榈，是外地迁居来的棕榈。

高淳喇叭

每年喝过腊八粥以后，我们高淳乡村的一种长杆喇叭就吹开了。先张村，再李村；先傍晚，随后下午也带上。到年脚了，快过年了，年的喜气，年的快乐，由它发送开去，挨家挨户地飘进屋前屋后，床头灶边，最后落进庄户人的心头。

这是一种造型幽默体态夸张的喇叭，特长，足有一米多，也特细，靠嘴子那一段居然只有小拇指那么粗，很招人喜欢。喇叭出自何年，是谁发明，已无从稽考，也没有专门商店出售，只有赶集了，才会在地摊上见上，左右县市也很少有，就是有，也不像高淳乡间这样情有独钟——它，十足的高淳民俗乐器。

喇叭只取材一块白铁皮，不镀，不饰，吹奏起来，高亢而激越的音律一下就8度16度地上去。这里，丹湖的"打水浒"若少了它就不足以表达水浒英雄的气概；定埠的"跳五猖"若少了它也就没法让人相信能驱除邪魔的纵恣狂妄。它的阳刚和粗犷，让人一看就觉得这是男人的乐器。演奏它不用乐谱，节奏也只在各自心中，不受"哆来咪"约束，连工尺谱也不沾边，痛快了就好，全不在乎唢呐的呜咽和铜管的虚张,制作它也不用器乐师操劳,而只出自聪明工匠的匠心。好的喇叭常常是好的白铁师傅的一种广告和品牌——它十分自信,一开始就远离着文人墨客。

更让人心仪的是,每次"呜嘟嘟——呜嘟"一响,就由不得你不心动,不快活了,通常是龙灯来了马灯来了,诱了你非马上推开窗子,跑到门外去寻它的源头。顷刻,女人抱上孩子,儿童逗了狗子,你呼我唤一路小跑,直至找上"源头",围成人团。

有它就会有喜欢,有着喜欢也就会有它。

有年年脚下的一个傍晚,一个叫光华的村民在吹奏高淳喇叭(那是培训性练习,真正的吹奏都是伴着游艺活动进行的)。我走过去看热闹,光华递过喇叭说,潘先生,你也试试。我接过喇叭,摆足架势,对准了嘴子逼气,喇叭一声不吭。再吸饱气,鼓足腮,也只有俏皮的"吱——吱"跑出来。光华说,与你教书一样,不是凭死力气,吹这玩意,吸气要均匀,出气要集中。我按他的指点,侧起了头,涨红了脸,眼泪都快出来了,喇叭还是不肯"呜嘟"。边上的庄户人接上手往嘴边一沾,"呜嘟嘟——呜嘟"就来劲了,二胡、笛子都来得的我,却连门槛也不让进去。真叫"有巧成艺术,得巧成艺人"。

每年春节或民俗节,县里都办"自己演唱自己乐"的游艺。马灯、龙灯、高跷、抬阁,处处都有,但高淳的马灯龙灯,还有前面讲的"打水浒""跳五猖"等不同,都必定有这种长杆喇叭顶梁,一加上它,地道的地方味就上来了,南湖北湖的波光潋滟,长城似的百里长圩,一下子就在怀里激荡起来了。凡此场合,当然是爆竹开道,锣鼓激情,而画龙点睛的,还是长杆喇叭的"呜嘟嘟——呜嘟,呜嘟呜嘟——呜嘟",它似一位壮硕汉子,引领着一乡的欢乐,漫入大街小巷,流进田野山村,到得一方小场,打一个漩涡,大片欢乐荡漾起来。吹奏人脸膛铜紫,目不斜视,体态祥和,立于演场边沿,好个编导形象。开场、收场、高潮，鼓点主宰一半，这"长杆"主宰另一半。讲究一些的吹奏手，上着对襟杏边丝绸中装，下穿爽朗干练白色灯笼裤，脚蹬流苏沿口的花鞋，喇叭一举，腮帮一鼓，音律铿锵起身。喇叭翘首向天，欢乐一蹦入云；喇叭俯身对地，快活抛落一地。憨憨的音律，飞上重彩街灯，滚进入梦田塍，粘在娃娃的棉花糖上，歇在姑姑的新烫发上，追着赶场的快步，甜了男女的呼喊，把个东坝大马灯送到北京的全国春节联欢会，又把沉积了上千年的乡土艺术带上广州交易会，整个儿将国泰民安和欢天喜地推上了极致。庄户人的一个个平淡日子，在它的翅膀上起飞了。

　　这喇叭，每年腊八开始，到年后元宵成高潮，然后，卧进柜底，睡上 10 个月，又到来年年脚，再起身与大伙一块儿快活。

古镇风情

上街小人物

1960年代。上街。古镇"林家铺子""豆腐西施"的后生。

钟表修理兼营镶牙的,是爿父子店,店主姓俞。小师傅叫小牛,他本来应该是老师,"调整、巩固、充实、提高"时候,学校撤了,学生回乡。老俞原本是这里的钟表匠兼牙医,"开水下面条",小俞做了顺水学徒。每次走过上街,都能看见一个小伙子,左眼戴着铜板大小的放大镜,钻在油灯下,起子镊子,更替拆卸着手表零件,又在汽油里洗净,再分门别类放进一个玻璃器皿,稍息待岗。小牛旁若无人,连呼吸也不出响声。年轻人眼力好,脑子灵,三五个月就接过了父亲手艺。那时,手表列为成功人士"三大件"之首,手腕上有只明晃晃的家伙,袖子一捋,就能报出当下时间,是很有面子的。这对父子,从事这种复杂劳动。

可那时候,这个镇碰来碰去都是只拿工分不拿工资的社员。田里农活，要精确到分秒吗，掌握了太阳也就掌握了时间。他们的牙齿也坏得厉害，但镶什么牙呢，再花钱吗，拔掉了事。又，那时三四十岁的户主，就有三四个接班人了。镇上有几个拿工资的，管上吃饭已经不错，哪有闲钱买手表、镶牙齿。小店生意清淡，小俞这手技能，成了"屠龙术"。女人是象征生气的，我没见过。我看见老俞常常捧杯清茶，发呆。

荣生面业，主营春卷和狮子头，一间门面，店门板一半落地，另一半，矮墙顶着半身门板。这半身门板一卸，既是窗口，又是柜台。凌晨3点，灯火已亮。荣生将醒好的面团，打理成油光发亮面坯的时候，婶子负责的那个大煤炉，也在熊熊燃烧了。等作业面板有了叮咚滴答响声，边上的油锅也就噼里啪啦跟上了。那时的油锅，还是人见人爱的。油锅里的滚油，受不了那热情，纷纷化油为汽，逍遥街头，将条上街飘了喷香。于是，早读孩子、早班旅客，嚼出一路香甜。

待窗口那只喝足了香油的竹匾里有了余货，婶子泡的那杯秋叶茶，也就端进了荣生手里。高不盈尺的槐木靠椅，桐油涂了贼亮，就在他身边，长长的靠背，能托到肩膀，还有一杯热茶在手上，春卷荣生，跷起二郎腿，享受小康怡乐，还有家庭权威。

荣生春卷，甜的，取赤豆和红糖打底，精油辅佐；咸的，荠菜和雁来蕈打底，香干辅佐。看不出有什么特别，可就是：同等用料，荣生的东西最便宜；一样价钱，荣生的货色最好吃。荣生头发稀少，点子不少，有句山歌这样流行："荣生癞痢头，春卷狮子头"。我的同事汝俭先生回忆，腊月心里，天麻麻亮，一家子还熟睡在热被窝里，外边"春卷啊——狮子头"，已经一声比过一声了。叫断屋外叫卖，坐起身子，窗洞里递过几个小钱，人还在被窝里，荣生叫卖就在嘴里香了！

杨鞋匠，初见会吓你一跳，他患过严重小儿麻痹症，整个身子不到一米，下肢萎缩得可略去不计，行走全凭那双超常的手，两张20公分高的小凳，从不离身，左右手各握一张，手、凳和谐合作，左右交替向前，甩出一个个"人"字。"走"上一阵，小凳塞进屁股下，休整片刻，即使连接上街与主街的高坎，也难不倒他，高坎一下，摔开臂膀"大步流星"。

与他熟悉是因为他的调皮鬼弟弟在我班上，当他知道我是他弟弟的班主任以后，每次见面必有招呼。有几次根本没在意边上有他，但他的大嗓门和夸张的表情，总能让我很快就发现他。少不了的话题是弟弟的在校情况。如果听到一点进步，他会笑得忘记边上还有人。如果弟弟又犯事了，脸色立即凝重，说"我就这样子了……"。八成是希望我能对他弟弟开点"小灶"，助他弟弟出彩。

15岁以前，他大门边也不肯出，怕见人，自从安排他进了鞋匠店，先是创造出杨氏小凳行走，再是手艺独一。两年后，一镇的人改称他杨师傅，再一年，每月工资18元。杨师傅，话也多了，人也勤了，每天贴紧了坐在门前，一边忙乎，一边跟熟人点头，微笑。

他们也曾是天空星星，很小，可都走远了。

咸菜，咸菜中的蒜菜

咸菜，"小儿科"，但诚如庄子说的"承蜩"故事，用长竿在树上粘蝉的驼背人，只要功夫了得，一样流芳百世。单单东坝酱菜，名闻一方的就不下七八种：外黑内红的酱黄瓜，嫩不乏脆的盐渍莴苣，香里藏辣的五香萝卜干……更有拉丝萝卜，将整条萝卜洗尽，菜刀与萝卜取30度角，斜向切出三分之二深度的等距离平行切口，反一个面，调整为150度，再一排切割到底，腌成这种萝卜，抖开萝卜，一个白萝卜就是一支大花，均匀细腻的螺旋花纹，看看都想给钱。

单说程绪园一家，那时候，院子里的七箩大酱缸，一下排出去三四十只，还不包括屋里的。程家酱油，名声至今还在，不用黄豆直接酿造，而是在黄豆做甜酱的时候，太阳勤勤地晒，夜露细细地弥，日晒夜弥中精华积聚，缸中酱，悟性来了，渗出一层薄薄精华，滗出那层精华，成程氏酱油。这酱油黑而生光，鲜而不野，一经"端子"提起，满屋生香。全不似现在办法，只图快图多，而它，偏偏任慢任少，失传成了必然。

南京知青下放在这里的时候，拿什么孝敬父母呢，东坝咸菜帮了大忙。每次回城，香辣萝卜干、拉丝萝卜、东坝豆腐干是他们的必备礼物。吃腻了金陵风味的南京人，遇上了野性不羁的东坝咸菜，又是子女孝敬，口感还用说吗，带动了七邻八舍都成了东坝咸菜"粉丝"。那几年，东坝萝卜干，拉丝萝卜，东坝豆腐干，叫响半个南京城。

30多年过去了，如今知青已成"知老"，但旧情不改，他们再来高淳游老街，逛慢城，仍不会忘记寻找东坝香干、东坝萝卜干，那些舌尖上的东坝。

要说咸菜，更不能忘记蒜菜，它已不仅是东坝，而是高淳一绝。当地一种粗俗大青菜，菜帮瘦长，菜叶尖窄，像马的耳朵，故称"马耳朵"。帮长叶细，本应是青菜中等而下之的品种，做蒜菜偏偏选用这种青菜，且选这种青菜低贱的下半部。"马耳朵"洗净后，剥去二三外叶，切下靠根的那一半，将每片菜帮斜切成两寸细条。每年入冬，家家门前，竹匾里，席子上，竹匾席子不够用，被单上、石头上、瓦楞上，一片片一块块，晒满这样的细菜条。家家这样邀集阳光，虔诚"备冬"，精心伺候菜场。日光收去菜条的六七分水后，主妇的碎蒜子和辣椒末也已准备在边上了，还有茴香、精盐，它们也要进场辅而佐之的。一番炒拌，一番亲和，便可捏进陶坛，让其修身养性了。十天过后，坛中物修成鲜不失嫩、辣不夺香正果，蒜菜。

有客上门，取出一碟，加少许白糖、麻油，无论就粥下饭，一筷入口，诱人香甜，立时满口生津。

非议者当然也有，即因"蒜子"所造成的"冲"。不过，"聊斋"不正是"妖"在生"娆"，臭豆腐不正是"臭"在生"味"吗？蒜菜的"冲"，正是它的"诱"人灵魂。传说1800年前，东吴大将周瑜在丹阳大泽操练水军，天寒地冻，蔬菜紧张，多天劳累，到晚上，部将寒痴想起喝酒祛寒，厨师给他寻来一碟当地土菜。谁知一根进喉，脱口来诗："笑看曹营千头猪，不敌东吴一根菜"。将军一时叫不出它名字，姑且以"一根菜"代之。"一根菜"者，高淳蒜菜是也。

这玩意，每每尝过一次，便难以忘怀。痴情一点的，当即讨要腌制办法，掏笔寻纸一步步记下酿制过程，准备回乡复制。不过试想，回家以后"马耳朵"哪里去找？蒜菜之于高淳，已不下2000年历史，内中紧要，是三言两语能一下说清楚的吗？复制再显的，只能是二流货色了！

我也曾有这样体会，酒兴来了，有蒜菜在边上，足矣；客人来了，没菜，坛中有蒜菜候着，心中不慌。蒜菜这样贴近平民，还这样为平民争面子、办实事！本想，像《齐民要术》这样的经典，也应该有条记载才是。无奈，无论"四大菜系""八大菜系"都没它影子，就是等外级小菜，也未见菜谱记载，你说"出身浅薄者"要出人头地有多难！

接下来，我以"蒜菜"百度，出来大片"酸菜"和蒜子类炒菜，好不容易寻到条对号的，点开条目，也只在说甜蒜子，腌蒜子它们。复以"高淳蒜菜"再度，有了，有了几则"开胃健脾，佐酒上品"的商业广告。拉到广告下边的跟帖，终于见到了知音：一个说"高淳蒜菜，好东西"；另一个跟随"拌花生米，超好吃"；还有一个显然急了，"哪里有？好久没尝到啦！"

南山，我嫉妒

5个月里，两次游览一个地方，只有溧阳南山竹海了。

第一次到南山，我与妻两个，车还未到山下，满目青翠已在眼前，举目上下，重重叠叠，只见苍翠不见山。进入景区就更惊讶了，上下四方6个面，竹的一统天下，内秀些的，远远地，山上山下依山相拥，一边眺望一边挥手；克制不住的，干脆跑进栈道，跳进游人队伍，与我牵手，与我贴面。

两山夹峙已是神来之笔，更有一涧，跳跃成湖。这湖，也兴致非常，我想她定然有台数码相机在手，一会儿摄山，一会儿摄亭，一会儿又跟牢了我与翠竹，再不放手。

仁山乐水在此再成黄金搭档。

缆车是有，如果还不步行登山，太辜负南山的那腔热情了。我俩取右路拾级而上。栈道平缓而宽阔，间有麻石辅佐，它们都不时提醒前方景点和到顶距离。来的时候，还一路有雨，待上了登山道路，老天已收起雨帘，只留凉风伴随。如果是风入松，一定一腔豪情，只有"十面埋伏"可以领略，此番是风入竹，5月的风穿行竹林，缠绵，梦幻，一似仕女团扇出秀，翠楼赋诗。再看身边的竹兄竹弟，一株株纪律严明，修养不凡，一般高低一般粗细，不争先，不落伍，取名士之风；竹与竹，不即不离，不疏不亲，作君子之交。同在俗世，这般不赶潮不浮躁。

不知不觉已过了卧虎石，近了观潮亭。身后，有一群不说你、我，只称"侬"和"阿拉"的青年男女，超过了我们。妻说，停车场上不是还停了好几辆标着"浙A"的车子吗？是的，上海、浙江的游客也选南山，也步行冲顶。

入亭小憩。远处，竹涛成潮，云雾飞渡，虚实之间，山成了竹的航母，竹成了舰上将士，我也不像亭中观潮，而成舰上的瞭望哨兵。

不到一小时，我们也登在"吴越弟一峰"上。七八十平米的峰顶，游客挤满。我到的时候，万亩翠竹一望汹涌，好客一些的，嘻嘻哈哈，一直赶到了我们跟前。南北游客，操着南腔北调，互赠笑脸；一头冒着热气的小伙子，对着远山大喊，我们登顶罗！登顶罗！那几个"阿拉"，已排队等着敲响那口高2.18米重2.18吨的洪钟了，洪钟给他们向远方亲友送去南山祝福。

峰上，鸡鸣苏浙皖，钟致福禄寿。"层峦耸翠，上出重霄；飞阁流丹，下临无地。"之中，我似读着一章不可多得的文字。遥问本土状元郎马世俊，唐县尉孟郊先生，还有那个明进士马一龙调皮蛋，当年，你们有过这等福分没有？

登南山之前，只知南山得寿，来了南山，更知南山洪福！

再上南山，我们一行10人，已是金秋10月。前番体察的是南山与自然的亲和，这次体悟的是南山人文，着力于传递当方文化，陈述坊间传说和再现历史风貌。南山这样构思：茫茫竹海之中，让古官道、古石碑亭、黄金沟，以及民风民居、中华竹艺竹技和乡土竹制的农具、家具、渔具、玩具，浓缩在一条三四百米的环形走道上，供游客博览。

如果你有运气，这游道上还将遇上一只山中"狮王"。狮王虽是两人模拟，风采，已不输文殊的青狮坐骑。"大王"下山途中，一条10米长的梅花桩拦住去路，那桩，高1-3米，粗仅容得一足，参差错落。"大王"虽身怀绝技，惧怕和退却，俏皮和惊心动魄的失足，都在真情真境中得以惟妙惟肖表达。待狮王四足腾空，跃上梅花，进则万难，退已不是王者选项，试足再三，飞身各踏一桩，闯过一关，得意中，转身180度回跳，作王者顾盼，随后，后足直立，前身举天于一桩。绝了！最险还有两索上一壑过渡，以及高桩上半身悬空旋转360度，惊了全场观众一时忘记鼓掌。

狮王告诉你我，世上一切精湛，无不出自沉着、勇敢和战胜自我之后。

须知这里本没有熊猫、民居和浓缩的竹文化，"狮王"也非本土人氏，更没有导游引客进店，还是在一路兴奋中，过了一条短街，丢下了心服的消费。

又想起"吴越弟一峰"了，作为天目山脉，清凉主峰1787米，它，508米，但是，南山称老大了吗？那"弟"，不是只在出示一种幽默吗？

这一路看到的南山，两个字：聪明！

应该说，这山也修身万年了，自从发现它边上的沙河水库，转身成了天目湖，那一刻，也心动了。竹海本是个经济林，也一心兼上文化；南山本是个扛锄头唱山歌的农人，也像在读中学进大学，硕博连读了，20年吧，跻身苏浙群雄，修炼成了AAAA级名士。

比比周边弟兄，宜兴三洞，天给它造，地给它设，天生就是个名角；无锡鼋头渚，一个太湖已成就了它80%的风光，一如荣国府门上的怡红公子，怎么着也是大伙的关注重点。南山，有仙人洞、太湖石了吗？有"大漠孤烟"气势，抑或"断桥相会"传说了吗？与孔子、庄子，哪怕猪八戒、刘阿斗沾上点缘分了吗？就那么一座不惊不险的山，一地朴朴实实的毛竹，也年均50万游客？

网上说，2011年春节的南山游客，上海占35%，浙江占10%。上海，中国东部经济引擎，杭州，与天堂比试的地方。有道是旅游一业，得沪杭者得天下。同属天目山和茅山山系的苏南大小山丘，一个没有能上，让这南山小子拔了头签？

5月那次，妻与我回到南山麓下，妻一眼瞄到了野山笋，冲上前，一下买了两斤。我也发现了野草莓，地下摆了一溜，两元一杯，不称，它甜得撒野。10月这次，还是山麓下那条小道边，野山楂、野柿子，仍然是我平生第一次相逢，南山人仍然不称，用杯子计量。入桌，又端上了雁来蕈和野猪肉。雁来蕈，在我的鲜菇排行榜中，它老大！来兴致了，我问当地老翁。他说，我小时候上山采摘的胡颓子，乌饭果，葛根，蕨菜，现在山里还长。有一种"八月婆婆"，褐色，形如香蕉，体短，咬一口，一世难忘，现在难找了。山羊还有，比家养的小一些，竹鸡你听说过没有，拳头大小，就在这竹林里，奔窜，它在竹丛穿行，比飞还快……

我也生活在苏南丘陵，这些我们家乡都不见了，但南山有！

没有得天，却独厚。南山，我嫉妒了！

有福和聪明，其实还不算什么，最厉害的，还数维护着亘古不朽的大自然。100年后，我当然已不在，但我将嘱咐我的孙辈、孙孙辈，隔100年再来一次，看看南山是否还在让人嫉妒。

第四辑

昨夜星辰

总统那些尴尬事

小布什做总统那段时间,外边的舆论,不是说他做错了事,就是说他说错了话。至今我还记得他把"今生"说成"来生",把7岁男孩说成6岁,甚至说出"他们想出新办法去伤害我们的国家和人民,我们也是"这样的笑话。

小人物听到大人物的差错,看到他们不如自己的地方,多痛快啦,一度时间只要听到布什说话了,就有人去寻找他的"纰漏",找上一条,就上网一传十,十传百。偏偏这个布什又总在提供这样的话柄。那个档口,不读书不看报,几乎成了大家对他的共识,连他小时候不爱学习,成绩从来没有风光过,也家喻户晓。有张十分流行的小布什的摄影,喜欢上网的人可能都看到过,图片上,总统手里倒拿着一本打开的书,目光游移,书上的文字与读它的方向完全反着。还用文字说明么,这老伙计,不仅不学无术,还喜欢装腔作势,以爱读好学作秀,一不小心马脚全露。

网络就像一台膨化机,无论香的、臭的,都会一夜成灾。

更大的考核来了。2001年耶鲁大学学生毕业典礼大会上,校长邀请总统以校友身份去演讲。那一次，当布什讲到"我要恭喜2001年的耶鲁毕业生们"之后，话锋一转，"对于那些获得荣誉奖项，以及有杰出表现的同学，我要说，你真棒，做得好！对于那些丙等生，我要说，你们将来也可以当美国总统！"顿时，全场活跃，掌声雷动。就是那一次，他还以"用功读书，努力玩乐"一句，既勉励了同学，也保护了自己。

其实，说什么他也是一轮一轮选到这个位置上来的，能那么窝囊吗？小布什先在耶鲁大学读历史，后又就读哈佛商学院，好歹也是两个名校的毕业生，即使做总统的那几年，也没有少读过书。所有政府管理资料自不必说，有资料反映，2006年他就读书95本，2007年读书51本，2008年比较少，也读了40本书。但是，他能像网友那样可以四处"发飙"吗？

一个人一旦成了大人物，也就失去了对他人吼叫或者嘲笑的资格了，即使面对一个大庭广众的伤害，你也不能。你有义务拯救一个伤害过你的灵魂，但你决没有权力对伤害过你的人还去伤害。紧抱了心中的一个疙瘩去粉饰，只会更添花脸，愤怒就更糟糕了。也许是这个原因，我们没有见到布什对那些负面报道有过什么澄清或者反戈一击。

任何人在他人心中的高度，都不是靠你自己去"拔"的。做了大人物，也不是只有茹苦忍辱一条出路，比如这一次，小布什就以自嘲，结实地扳回了一局。

艾森豪威尔在美国总统任上的时候，一天，他发函邀请著名作家詹姆斯·米契纳进白宫做客。很快，总统接到了詹姆斯·米契纳的回信，信上说，亲爱的总统先生，我3天之前接到了你的邀请函，很遗憾，我不能如期赴约，因为我已经答应在那一天出席我高中老师的晚宴，是他教会了我的写作……

这是一件很尴尬的事，一位在职总统的面子，居然敌不上一位过往的中学老师；一次美国白宫的宴请，居然改变不了一个美国普通家庭的宴请！

不来就不来吧，这事，照理到这里已经结束了。可艾森豪威尔没有，他郑重其事地又给詹姆斯·米契纳写了一封回信：是的，我很理解，并赞同你的做法。毕竟，一个人的一生会经历十五六任总统，而有幸遇见的好老师并不多。

这封简短回信，它是多么的亲切和温馨。是它，让原本的总统尴尬，反过来成了总统亮点。当然，也只有一个心里清澈的人，才会想到这样写和这样做。

更棘手的事还有。一次，德国战后第8位总统约翰内斯·劳，去汉堡参加一个公益活动。一个孩子全力挤到了他的身边说，"总统先生，你的嘴怎么是歪的，不疼吗？"约翰内斯·劳患有面部神经麻痹症，嘴巴有些歪，但他没有介意这番"不敬"，反俯下身子，对孩子说，"谢谢你的关心，孩子，爷爷老了，嘴歪了。"孩子没有想到他的话会给总统造成伤害，听到这样的回答，更大胆了："我爷爷是汉堡有名的鞋匠，有的鞋子开了鳄鱼一样的嘴巴，都被我爷爷修好了，你的嘴巴，他一定也修得好。"总统笑了，仍然没有什么不自在，他接过孩子的话茬："谢谢，我现在已经请一位医院里的鞋匠在修了，如果那个鞋匠修不好的话，我一定麻烦你爷爷帮忙。"

一个面部神经麻痹的人，是痛苦的，嘴巴都歪了那就更加痛苦。如果他的工作只需要面对电脑或者看护森林，还好说，但他的工作是总统，那次他正在面对众多记者和广大公众；如果他面对的是成人，也好办，他面对的是一个"不知哪里是一个人的最痛"的孩子。

我们总只看到无限风光在总统，而想不到叫声总统不容易，原来，公众人物还可以这样去做。这一次，他不仅把孩子的童稚"发展"成了自己的幽默,还给他的"让人们的一生多一些人道"政治理念,做了一次优秀的实践。

这是一次对大人物心境和能耐的急性考试,约翰内斯·劳考了满分。

人生哈哈镜

灯下读史，读到两个近代人面前，一个汪精卫，一个曾国藩，心过不去了。

汪精卫，18 岁中秀才，20 岁赴日留学，二十出头，参与组建同盟会，发表、宣传革命主张，主编《民报》，27 岁，因刺杀摄政王载沣，被判终身监禁。狱中，保国之心不渝，口占一绝：慷慨歌燕市，从容作楚囚，引刀成一快，不负少年头。

这人，聪明，仗义，胆识过人，应该是中华脊梁。

事隔一二十年，南京被日本人攻占，一年后，汪精卫潜逃越南，发表艳电，公开投降日本。绝对讽刺的是，那时他的本人身份还是国防最高会议副主席，国民党副总裁。再两年，他宣布"反共睦邻"，与日本特务机关签订《日华新关系调整纲要》，1940 年 3 月，干脆在南京成立伪"国民政府"，自任"行政院长兼国民政府主席"，再往后，以"友邦"身份访问日本，猥琐在东条英机边上，最后在日毙命。

无羞无耻，竟走到了这一步，到头来，钉在中华头号汉奸耻辱柱上。

再说150年前的湖南书生曾国藩，在洪秀全起义大清岌岌可危时刻，他应召出战。首战岳州他自攻靖港，谁知一战即溃，精心操练的水师几乎被太平军全歼，无地自容间，曾国藩羞愤投水。被救上岸后，一年，再战九江，那句"肃清江面，直捣金陵"大话，没说出口几天，就遭石达开截堵湖口，精打细造的百余艘大型战船，遭到灭顶焚毁，连他本人的座船也被夺走了，仓皇中逃得一命，羞愧交加，再次投水。他也再次被官佐拉起。接下来，武汉被克，退守南昌，又遭包围。曾国藩对天悲鸣"呼救无人""魂梦屡惊"！这人前半生，两次投江，多次自刎，还给儿子写过绝命信，足见他是何等无能，他的团练又是何等"豆腐渣"。

还是这个人，就因他那手修身养性功夫和屡败之后的屡战精神，最后，在大清王朝打出了一个"无湘不成军"的局面，他也成了清帝国驾驭千军万马的最高统帅，并誉为清代中兴第一重臣和"文人封武侯"的第一人。

回头想想，要是汪精卫吟完那首狱中绝句后，真有人给了他"成一快"，这汪某人，说什么也是国人偶像而被世代顶礼膜拜了。要是曾国藩投水或者自刎就一命呜呼，情况也大不一样，也许只多了份我们酒后饭余的笑料，怎么还会有一位曾文正公端坐纪念大厅？

人性是多面的，错综的，时空是多态的，无限的。什么人，都永远不会一副面孔到死。俭朴克己，谦卑似犬，养护寡嫂兄子的是王莽；扫除异己，毒杀平帝，阴谋篡位的也是王莽；一战中率法军对付德国的第一功臣，是贝当，同样率法对德，二战中法国的头号狗熊，也是贝当。每个人在每个特定场景，只展现特定的一面，其余99%的面目都潜在暗处。我们的视角有限，目力有限，百米以外情况看不清，红外、紫外光区看不见，胳肢窝、毛细孔、干细胞更无法看到。我们产生的一切感触，其实都是"瞎子"摸到的"象"。我们又从来不肯承认看不清，就那么一点极有限的所见所闻，又特别喜欢哇啦哇啦谈见解、下结论。因为这种人性弱点，我们在看王莽或看孔丘的时候，看你、他，还有"我"的时候，无不有着很大的偏差和失真。

还是说汪精卫，要说他才疏学浅，肯定不靠谱。这人书法一流，作文、口才乃至脸蛋，无不在一般人之上；要说他贪生怕死，也服不了人，银锭桥下埋炸弹那一着，性命交关，那可不是玩虚拟游戏；要说他生来就是铁了心的汉奸，怕也武断，汪精卫算计过人，凡事一环套着一环，精明着呢。但是，要说他心迹诡异，出人头地不择手段，眼睛始终没有离开过第一把交椅，绝对不算冤枉。那个曾国藩呢，嘱咐下属"捕人要多，杀人要快"是他，一日自省三遍，一天冥思两个时辰的也是他。有些人看他，就是一个"曾剃头"，攻下天京，杀人十万秦淮河尸骨如山；另一些人看他，言必尧舜，爱民如子，亲自给湘军颁布《爱民歌》。再一些人说他，就是伪君子一个，给人看破的是廉政形象，背地里使的却是豪取手段，太平天国的万千资财，也偷运老家；还有人说到他，立马就有一腔豪情文章出口，就有说不完的忠、义、孝、悌故事。

我们常说盖棺论定，其实人"盖"了棺，"论"仍然难以"定"。自然科学方面的"论"，相对稳定，盖了棺，变化不太大了。人文观念上的"论"，就不一定了，相对隐晦，虽然大方向会在正道上前进，但这种前进，十分缓慢，常常过一段时间，会遇上一个弯，甚至倒退好一阵，然后再向前。特别是人物方面的评价，我们不仅十分喜欢把一个人的最后几步，分量加得很重，还喜欢过一些时间算一次账，再过一些时间，又算一次账。这样的账，不像数学，正值、负值定得死死的，正的、负的可以对冲，然后得出一个确切得数。发生在人物身上的许多事实，他的正值、负值，都是由时代的主流意识和读史写史人的主观认识，去设定和权重的，且正、负两项从来不对冲，只"正"的晾在一边，负的晾在另一边，然后由你去辨、去鉴，最后得出一个公理或者婆理。美国人常把他们的总统，像做游戏一样，过了几年，又晾出来让大家重新评价一番。有趣的是，每次评出的最高和最低得分的那几位，都有差异，有的年代，差异甚至很大。

历史事实本来是一种真实存在，但这种真实是由人"看"了得出来的，是通过人造的文字叙述出来的，与海森堡发现的"测不准原理"（——我们观测到的微观粒子，只能以一定的不确定性处于某一位置，也只能以一定的不确定性具有某一速度）相类，待我们描述出来，已成了"哈哈镜"图像。

这方面，我们很像一个孩子，一个永远长不大的孩子。我们读史，总在成、败上反复无常地划进划出；看人，总在好、坏上褒奖无度或漫骂不休，不知不觉就忘记了读史、读人的唯一目的，只是进化社会和改造自己，只是一个"鉴"字和一个"戒"字。

成了史的事情，再成，再败，已无可改变。过了气的人，再好，再坏，对他本人也毫无意义（他们既高兴不起来，也难过不起来了），他们早已是一团飘忽无定的碳、氢、氧。唯一有意义是：对我们那些尚未发生的言行，怎样以史为戒以史为鉴，使之无悔于生命，无愧于后人。

昨夜星光料峭

历史像一面三棱镜,许多人事,当初看看五颜六色,煞是热闹,转个面再拿它照照,常常啼笑皆非。尤其是大人物,似乎人物越大,时间做的手脚越大。

给出3个视点——一个大数学家,一个绝代佳人,一个非常政治家,供你审视。

伊萨克·巴罗

剑桥大学三一学院礼拜教堂里,塑有牛顿等6尊象征剑桥国际学术地位的巨人石像。17世纪世界著名数学家伊萨克·巴罗,有一个位置。

怎样介绍这个巴罗呢?如果你知道他供职于绅士摇篮剑桥大学,又是该大学卢卡斯讲座的首任教授,你也就很难想到他是一个穿着十分随便,又嗜烟如命;如果你知道他是一个训练有素,功底深厚的传教士,曾写过大量久负盛名的布道文章,也就不容易相信他会在特别需要严谨和逻辑的光学、几何和宇宙运行方面都有极大的兴趣和造诣。数学是他的最长,可他同时又精通希腊文和阿拉伯文。他译写的古希腊《几何原本》,作为英国中学的标准几何读本,长达半个世纪。想象中,他应该沉浸于象牙塔中,然而,巴罗走遍地中海和中东,曾在肉搏战中打倒过一个"饶舌的土耳其人",还"击退过袭击他座船的马耳他海盗"……

这个人,文理兼通,文武全才,且从不掩饰,从不勉强,只做性情中的自己!

伊萨克·巴罗,是一个绝顶天才,还是一个性情中人?是一道黑旋风,还是一颗智多星?是一位理想主义布道者,还是一员实践主义猛将?我们似乎已立在桃花源口,非看个究竟不可了。

1663年,当卢卡斯用他的遗产在剑桥大学创建那个数学物理讲座时,巴罗是以他的绝对声望坐上这把光荣交椅的。此人一上任,不是专注于那些已经闪亮的明星,而是很快盯上了一个连话也懒得说的小伙子。这小子他正热于数学、光学,往往领带不结,袜带不系好,马裤的纽扣也忘记扣,全身心地投入在伽利略、哥白尼和开普纳开发的那片新天地上。巴罗教授根本没有在意对方比他还小12岁,而是将自己的私人藏书无条件敞开出借给他,同时向他推荐那个时代最前沿的数学和光学著作。更没有在意一个学术权威最该守密的个人发现,而是将自己的最新成就——运用连续变量证明级数求和的方法,包括曲线图形面积的计算方法,统统告诉了这位年轻学生。他不在意学术秘密,没想过"一招鲜,吃遍天",反在自己的专长方向,导引、助推和开发一个毛头小伙子。

没有看到巴罗对人说过,他是怎样培养和提携这个青年的,但两年后,当这个小伙子避过瘟疫重返剑桥的时候,他已被荐为"初级院委"(1668年),再一年,又成了"高级院委"。我们看到巴罗在接到科林斯对《用无穷多项方程的计算法》一文的赞扬信时,巴罗他这样回复：这篇论文是一个叫牛顿的不满 26 岁的学生写的，他是一个罕见的天才，有了他的努力，数学会得到进一步的发展。这样回信，他觉得还没有说到位，接下来，巴罗毅然辞去卢卡斯讲座教授，并向剑桥大学的精英和领导这样荐举牛顿：我虽然对数学略有造诣，但与牛顿相比，还只能算一个小孩。

蹲下身子就蹲下吧，做垫脚石就做吧，但，谁能像他那样贬损自己去托举一个无名学生呢！

那年巴罗 39 岁，39 岁还没有走到出成果的巅峰。无论是过去的剑桥大学，还是现今的研究所，我们看到太多的权威，因为过去出过成就，便手握权杖，给后生来点鸡毛蒜皮的指错，或者拣个世上早有的观点铺张大篇文字，吃着软饭。39 岁，无论是学者还是官员，都是最迷恋"位置"的时候。位置，不仅意味尊严，还有钞票，也是成功人士和社会名贤的品牌和云梯，况且，他荐举的那个青年只有 26 岁，还是他一手扶植起来的助手。

这次，我们不仅理会了他的"侠骨"，更看到了他的"柔肠"。——一位教授，也有这种侠骨柔肠。

18 世纪英国诗人亚历山大·蒲伯这样写，"自然和自然规律隐匿在黑暗中，上帝说让牛顿降生吧，于是，一切就有了光明。"无疑，没有巴罗，牛顿还是会照亮世界的，但有了牛顿，我们这个世界早亮了几年呢？

下面一则故事，也许更能帮助我们了解巴罗。一次，他在路上遇上了罗切斯特伯爵，英王查理二世的宠臣。正是罗切斯特的为人使然，巴罗不准备分一条视线给他。然而，伯爵认为他应该得到巴罗的尊敬，他傲慢地说："博士，请你帮我系上鞋带。"巴罗没有看他，只回话："我请你躺在地上，伯爵。"伯爵火了，"博士，我请你到地狱的中心去。""爵爷，我请你立在我的对面。""我，请你到地狱的最深层中去。"巴罗放慢了语速，"不敢，爵爷，这样高雅的宫殿，应该留给你这样有身份的人！"

我猜测巴罗说这些话有时候，声音不高，面孔也不对着伯爵。

他明知与这样的对手无理可说，但还是要将自己表达清楚。

他这样面对权贵，当然也就不可能不遭遇排挤和暗算了。其实，他只要不理睬，径直向前就是了，但他做不到。少说两句也行，但那还叫巴罗吗？

巴罗的后来，长期流浪，流到意大利，流到德意志。

他像雪，洁白而容不得杂乱和污秽；当然也像雪一样，无法保全自己，47岁，一个天才过完了他短暂的一生。

安托瓦内特大公

她是一支重瓣玫瑰，惊心地夺目。她很快凋谢，且不结果。

作为奥地利哈布斯堡家族的成员，玛丽·安托瓦内特一出生就是女大公了，比公爵的爵位还高，因为，她是奥地利女王特里萨的女儿。她的众姐妹个个出落得如出水芙蓉，而她则是芙蓉中的极品，又在兄妹中排行15，最小，加之乖巧伶俐，一直被宠爱有加。安托瓦内特从小不喜欢看书，虽然家里为她请了名师，历史、法语这些学科仍然很糟。宫廷里的孩子有的是闲散时间，她习上了跳舞和弹琴，芭蕾舞跳得似翩翩天鹅，竖琴弹得让人迷魂，拿现在我们的话说，近乎专业。

那年代，法国的波旁家族和奥地利的哈布斯堡家族连年战争，女王想到了她的价值，像中国汉朝的昭君，将她作为礼物嫁给了法王路易十五的孙子奥古斯特。公主出国那天，随行浩浩荡荡，场面豪奢万千，甚至年迈的路易十五也亲往迎候。临行时，奥王特里萨以女皇和母亲双重身份，嘱咐她说：别了，亲爱的孩子，你要对法国人好，让他们能说我送给他们一个天使。

那年她 14 岁，还是"红领巾"年龄，便享有如此尊严，在这样的排场中出演主角；14 岁，刚刚开始懂得天下有男孩女孩之别，就有如此沉重的担当了！

如果她出生在一个平民家庭呢？

一年后，安托瓦内特与奥古斯特完婚。她丈夫的日记透露，他们居然首夜"无事"。再三年，奥古斯特接了祖父的班成了路易十六，她也顺水成了王后，接下来七年夫妻"无事"。这无事，不是天下无事，而是男女无事，这让年轻活泼的安托瓦内特如何找到情感出口呢？她，有了任性，有了对服饰、舞会的热衷，也酷上了假面狂欢和赌博。奇怪的路易十六呢，除了忠厚，就是冶铁和做锁，他不仅那个方面糟糕，对国家的管理也一无办法。于是，她的漂亮分赏到了权力，她的撒娇乃至怀孕（后来得知国王只是有包茎毛病，手术后功能正常）也分赏到了权力。娇宠，让一个小女子忘记她坐在皇后位上；权力，让她将国库几乎看成了私库。那年代，穷人一天已挣不上一个里弗尔，她的几副手镯就是 25 万里弗尔，她的那个钻石耳环更是天价。阿基米德撬起地球，需要一个支点，且只是一个假想，她几句枕边话，就真真切切地让一支法国军队在替奥地利打仗了。

至于"对法国人好"，一个在法国讲着德语的女人能了解多少国情？一个从宫廷到宫廷的女孩对人民有什么概念？"法国人"，成了她身边给她出主意说好话的几个马屁精。于是，依照她的标准，居心叵测的菲茨雅姆公爵升任元帅，说真话的戴居公爵被免去外相，放逐到阿吉努瓦。因为权力，她这样做，仍能听到干练和大胆的称道，她怎么也想不上那些人，是在一边捞好处一边送她进坟场。

时值以奥尔良伯爵为首的革命派，急需点燃民众激情，又普罗旺斯王弟的接班做上国王的梦想，正被王后一而再再而三的怀孕扑灭，他们都急切需要一个活靶子。于是，就有了王后叛国通敌，诬陷主教的传说故事，更有了克林顿与莱温斯基那类八卦故事，乃至，王后与儿子乱伦的谣言，都编辑成册，编成民谣小调，在法国四处传播。

权力是个多么狡诈的东西啦，人处权力中心，耳朵里全是奉承话，眼睛里很快七色难辨。她的牛车经过香榭丽舍大街，满耳灌的都是"王后万岁"，怎么也想不上她已是法国最后的王后了，怎么也想不起他们夫妇俩12年就让国家亏欠10.5亿里弗尔的债了。

权力又是多好玩的东西啦，大权上了手，有几个肯松手？愤怒的民众已攻克巴士底狱，把他俩关进旧宫。他们设法逃跑，又再次被俘成囚。这种情况下国会要他们废除封建制度，限止王权和取消否决权，可她，太迷恋权力了，仍在怂恿丈夫不让一步。

1792年丈夫被推上断头台。1793年，这朵世界名花，在高大的自由女神雕像身边，成了世界断头王后。

如果她不处在权力中心呢？

那个清晨（1793年10月16日），安托瓦内特吃力地爬起身，被一辆三轮运货车押到协和广场。她一直穿的长袍，被押解士兵勒令脱下，说长袍也意味向人民挑衅，昔日每天两个小时梳理的长发，也被剪尽。就在她走向人生最后那一步的时候，也只是踩到了刽子手的脚面，她给世界留下的最后一句话竟是"对不起，我不是有意的"。

每读它，心无法平静，从那种尊严到这样卑下竟有如此落差。

那年她37岁，37岁已白发苍苍。37岁，中国人认为还没有到达"不惑"，30岁上下，还是一个不成熟的年龄，一个难以摆脱冲动、自负和被人利用的年龄。

如果她……

每说起这段历史，容易让人想起油画上，1789年那个蓝色外套，白色裙装，手持书本，白兰花一样吐香的少女；想起人民在饥饿中煎熬时，少女说的另一句"名言"：若无面包，那就吃蛋糕好了；也想起"七年无事"之后的一个清晨，那个少女，兴奋地对丈夫说"陛下，你的一个小公民，在我的肚子里捣乱"，却不知正在被人东猜西测"是哪个人的情种"。

打倒自己的德克勒克

历史这样为难过一个人，要他拿出自己的浑身解数，将自己打倒。他切切实实地做了，他叫德克勒克。

想写他，不是我一时的心血来潮，至少有17年了，之所以一直未敢动笔，是对他的了解太少。忽一日我的想法改了：材料是不多，但分量还不够吗？

德克勒克出身于白人权贵世家，聪明、活泼，学生时代就显露出了非凡的演讲和组织才华。这个家庭，从他曾祖父开始，祖父，父亲都是南非政坛要员，德克勒克本人一度也是种族主义中的强硬保守派。

面对这样一个孩子，他的母亲喜悦，也担心。她专门为儿子写了一首小诗：志大者行高／无志者落伍／自信且自勉／勿忘此至嘱。后来，德克勒克没有辜负母亲的良苦用心。

那时候，南非黑人的自由民主运动风起云涌，种族主义政客的软硬两手，处处显出捉襟见肘和力不从心的尴尬。这一些，深深地敲打着年轻的德克勒克，最终，他在众多的社会实践中完成了华丽转身。

22岁，他毕业于波切夫斯特鲁姆大学法学专业，一个受人尊重收入优厚的岗位,就在眼前闪烁,但他有志于中流击水,毅然放弃了律师职业,选择了一个大厦将倾的政府职位,接下来,他将自己的阳光思维和凝聚能力发挥到极致。

1989年9月,德克勒克从博塔手中接过南非总统,走马上任,便允许各地举行反对种族主义政权的和平集会,开始与黑人为主的非洲民族会议,协商民主改革,并促成南非共产党合法化。第二年一月,在卢萨卡非国大执委会大会上,他当众宣布"暴力革命已经结束,重建与和解的时刻已经到来"。就在那次会议上,他让一些黑人领袖都喜出望外了。颇负盛名的图图主教感言,简直难以置信。另一位黑人宗教领袖甚至说,如果他再给我们多一点,我们可能不知道拿着该怎么办了。

什么是摧枯拉朽,我想,这应该就是。

2月,在议会开幕讲话中,宣布解除"非国大"等33个反种族统治的政党和组织的禁令,仍然是2月,释放曼德拉及其他政治犯。再一年,废止种族隔离制度,废除人口登记法、原居民土地法。

一似"向我开炮",他这样对旧营垒刮骨疗毒。

须知,这时的他,正坐在旧营垒盟主的席位上。

常听有人说,他这样做是出于审时度势和顺应潮流。这能让人信服吗?度势是被动的,顺应是无可奈何,这些通常是弱者不得已的选择。但他无可奈何了吗?被动过一次吗?这样说未免太"看人做事不吃力"了。当他一反"保守",叛逆祖上,推倒那些用法律形式固定下来的白人种族主义特权的时候,我们可以认为是大势所趋;当他一边隐忍激进集团里的对手对他以往言行的调查和指控,又一边承受本营垒极右势力发出的"为一己虚名,出卖全体白人利益"的责难的时候,我们仍可以认为这是一个政治家必须具备的胸襟,但,到由他主导并策划南非和平大选,一手把曼德拉选为新总统(这种结局,在他起步那一天起,就已料到),这样不让全国流一滴血完成政权更迭，这样从几十年努力而登峰的位置上坦然退下，进而，孤独地站在一边，为一个个过去的对手，坐上原本是自己的座位而鼓掌，这样的德克勒克，历史上有过几个？

不妨稍稍回顾一下前人足迹：法国革命力量已经攻入杜伊纳王宫，国王和王后已死到临头，革命一方也只希望能取消他们的否决权，他们同意了吗？1860年代美国，只是要废除极不民主的黑奴制，既得利益的权贵也死活不肯，以至南北双方从1861年打到1865年，造成61.8万民众身亡，100多万人受伤。

权和利有多大诱惑！让权和让利是多么艰难。

史上让出"皇上"位置的，真是凤毛麟角。宋徽宗让了，但他那皇上也快做腻了，儿子也等久了，且退了位还有太上皇顶着。战国的吴公子季札也让了，但他跑掉不接王位，是他没有那个兴趣，又怕污染了自己。至于温莎公爵，王位是定给他了，可他丢不开一个更暖心的女人，他觉得她才是他的首要。惟德克勒克，他痛苦地打倒自己，痛而快地，交出权力，为速成南非人民民主。

之后，德克勒克辞去副总统，再一年，辞去南非国民党主席。再后，他的名字只在2001年他妻子被害，2006年去台湾大学演讲才有闪现。

回想曼德拉和他："放下仇恨，宽容仇人"，很难，曼德拉做到了；手握庞大军队和国家机器的时候，将自己头上的桂冠，摘下来，戴到对手的头上，更难，德克勒克做到了。如果没有曼德拉坐牢27年，斗争矢志不渝，民族自主的南非新政权，一定要等更长时间；但如果没有德克勒克的政治智慧，黑人的自由、民族的平等一定仍会到来，但生灵涂炭，血流成河（曾有黑人起义，失去几万人生命的前例），一定更是事实。曼、德两位，应该是20世纪末世界星空的双星子。可如今，曼德拉光芒依然四射，但德克勒克呢？

当初，他俩那样做的时候，大家已清楚，曼德拉做的一切一定会被时间肯定，即使他没能改变白人政权，也肯定会被人类颂扬下去；德克勒克呢，他代表的是没落一方，下台只是迟早的事，下台以后也一定渐行渐淡，像一条沙漠里的河，先细流再末流，然后消失。

其实，他们这样做的时候，都已经清楚，曼德拉会一直光荣，德克勒克只是这一光荣的一种烘托。

但德克勒克还是这样做了。

那只手,在做平世界

他诞生在一个不大的国家,在他的祖国,也不是很有影响的人。有一天,世界上的大小国家聚拢来,要选一个信得过的人,来领头商讨全球发生的大事。他选上了。就这一天,他成了联合国秘书长,一个世界各国政府的协调人,一个商量世界大事的首领。

他坐上了"世界总统"的高位,成了世界级新闻人物,全球各大媒体的追逐对象。

但也是这一天,他每天一早起来,就必须留意人类的各种悲剧,倾听地球每个角落的呻吟和叹息;他必须设法解除人类的饥饿和瘟疫,遏止艾滋病和禽流感的蔓延;必须防止原子能失控和恐怖灾难的发生;必须密切注视全球的环境污染和温室效应。人们期望他去做的事,太多太多,给他的资源却十分有限。他没有一次可以随心发号施令,也没有一天可以完全自己支配;他远离了恬适和宁静,也疏远了子亲妻热的温馨。从他有了那个光芒四射的尊号,也就顶上了"全世界最吃力不讨好的职务"。

再说一个人,他 12 岁(1654 年)发明计时水钟,20 出头就有了创立微积分、发现万有引力和光谱理论的蓝图，26岁成了剑桥大学卢卡斯讲座物理数学教授，45岁写出了震撼世界的《自然哲学的数学原理》，他一直站在巨人肩上，在迈克·哈特那本《历史上最有影响的100人》中，他排第二。

也就是他，他挖大小两个猫洞，说为了让大猫从大洞出入，小猫从小洞出入；煮鸡蛋他会把怀表扔进沸水，而鸡蛋仍在桌上不动。他头发蓬乱，袜子拖在脚跟，马裤不纽扣子，屋子里狼藉一片。他求婚也会思绪溜号，把"她的手指当成烟斗捅条，硬往烟斗里塞，痛了她直叫"。他终身未娶，不是不想老婆，而是娶不上，还将他生命最后的50年，全花在上帝第一推动力的研究上，并写下4500页神学手稿，十分可笑地，得出2060年战争和瘟疫毁灭地球的结论。

一个人，有多少辉煌，就会有多少遗憾。像是有一只看不见的手，在我们得上一份厚礼的时候，绝不会忘了塞进一些头痛的东西，每一个都不会幸免。一位很风光的权威，治理单位可以如烹小鲜，玩人际可以像转魔方，但，就在他一言九鼎的时候，已经听不上真话；就在他没有办不成的事的时候，已经看不到事情的真相；就在他接受100%的选票的时候，已经收进了不少虚票和假票。他的听，在靠别人传话，他的看，在靠中介转播。那只看不见的手，正在将他推向不风光的另方面。

绝顶聪明的人，照理是极难犯错误的，但真正的大错误，总是他们在犯。绝顶漂亮的女人，应该很怡心、舒畅，但"绝顶"没有让她有一天安宁，她们没有找上过称心郎君，5000年来都极少例外。那只手，让"西施"的婚姻总承受着"东施"数倍的悲凉。也是这只手，成了巨富，便成了歹徒算计的对象；多了德高望重，也就少了贴心知己；有了万紫千红，也就不会少了变灰、变黑。倒不是有什么神力作祟，而是"世界是平的"（弗里德曼说）。

翻过这一面，还有另一面。说说我的表兄吧，他从小双目失明，但从来不用搀扶，上河边，过马路，走亲戚，都只靠一根棒。35岁时，为生计学了算命，他走村串乡，去宜兴，到丹阳，仍然一根棒一个人，也没听说过撞破头、出过事。算命是要记命书和学二胡的，要记的，两遍三遍就烂熟于心；要拉的，紫竹调、大陆调、梅花三弄，也很快有了板眼。各色钞票，抖抖响声，再掌上量一量，谁也蒙不了他。他学唱民间小调，自编顺口溜，再有二胡相助，到哪里都人气十足，不算命也挣钱多多。40岁以后，几个"二婚"争了嫁给他，日子过得比村上的"亮眼"，滋润多了。

不是表兄一个，我看到不少瞎子，眼睛不行了，听力、记忆力、触觉……都会特别灵。看他们走路，脸色平和，步子平稳，全神贯注，从不大意。没听说瞎子出过车祸，车祸都出在亮眼人身上。

失去一种生存力的时候，大致就会从另一方面得到补偿。这种补偿，让聋子贝多芬仍能指挥交响曲；让爱迪生发明最需要听力的留声机；让缺菜缺粮的人发明叫花鸡，让失去皇位的李煜成为词界真秀，让失音倒嗓，哑了喉咙的周信芳创造出一种麒派唱腔……

只要心力不竭，那只看不见的手，就会伸出来相助。所以，当哑巴邰丽华不相信自己就此残疾无能时，最后，她成了"千手观音"。反之，当思想家尼采认为自己无与伦比的出色时，最后，他患上了精神病。那只手，总倾情于公正和公平，青睐于善良和平衡；总喜欢唤醒人的善良，弥补人的不足，鼓励人的自强，也提醒人的过分。

两个奇才一首诗

一个英吉利天才,一个南印度天才。

英吉利的那个,绝对另类。聪明孩子也多,可他两岁就能写出亿位数了;到教堂做礼拜,人家在唱圣歌,他在默默地将圣歌中的数字分解因数;父母都是教师,从小就受到良好教育,很正常,但12岁就进入以培养数学家而著称的温切斯特学院并获得奖学金,就只有他了;每门功课都在班上考第一,也是聪明孩子的共同特点,但是,他会对站在台前接受颁奖十分厌倦,为此,他想过在试卷上故意做错答案;他是一个解题能手和分数英雄,可他小小年纪就认定,当时英国流行的那种数学比赛是对教育的一种亵渎,用一个早有结论的刁钻题目诱引青少年,是打一场毫无意义的消耗仗——那时候他就想到题海弊端,反对"奥数"式教学了。

这人简直是奖学金专业户,读书的时候连"微小失去奖学金的概率也没有"。他从小迷恋数学,认为所有学科,数学是最能使人好奇的,也只有数学才是他生存的理由。可到他立世社会的时候,却是一个坚定的反战主义者。

他英俊，风雅，有地位，慕名才女身边多多，却终身未娶。

他叫戈弗曼·哈罗德·哈代（1877—1947），20世纪最著名的数论和分析数学家之一，一生写下8部专著，350篇数学论文。他不仅数学厉害，音乐、绘画和语言也伴随他的一生熠熠生辉。

南印度的那个，十足一只苦瓜。虽然也算婆罗门贵族后裔，但到他，气数已尽，只剩下贫穷和不幸了。父亲是个布店小职员，顾不了他，小时候大部分时间依偎在祖母身边，苦日子调养了他的孤独和瘦弱。这孩子，想读的书都只能向高年级同学或亲友借，可他喜欢的又是数学，一本数学拼命读完，还要读出自己的独步境界，这也太难为自己了，可这种"难为"也成了这孩子的一种习惯。13岁开始自学《三角学》，14岁有了自己的正弦函数、余弦函数的无穷级数展开式——他完全不晓得这已是一条早有人发现的著名定理！15岁又借来《纯粹数学与应用数学基本结果汇编》，厚厚的两大本，罗列6000多个公式或定理，只有结论，没有答案，绝对枯燥。可对于这个人，他不枯燥，他像孟德尔侍候修道院里的豌豆，像居里夫人淘选那山一样的沥青矿渣，钻在里边5年，将每个公式或定理都作为一道研究题，尝试独特的证明、推广或改进，最后写下几百页笔记！16岁，以优异成绩考进贡伯戈纳姆学院，可他的心还在那本"汇编"里，且几乎忘记还有其他功课要考试、要及格，年考过后，学校取消了他的奖学金。他能失去这个吗？转入另一所学校读二年级，还是无法改掉偏科毛病，他又一次失去奖学金。书，念不成了，工作，又找不上，靠替人补习功课换口饭吃，再继续他的连环分数、超几何级数和数论钻研！这个时候，他连草稿纸也买不起了，他靠的是一块石板和一枝石笔，用石笔在石板上写和算。对于他，用布擦拭石板上的算式也是奢侈，他用胳膊肘，捋上衣袖就是抹布。看看他的臂肘吧，他的臂肘皮肤比谁都粗糙，比谁都黑厚——有这种原因！

　　好运似乎总避了他远远的，23岁，又不得不按当地习俗和家人的安排，与一个9岁的女孩"结婚"。本来，他只是一个长子，又多出了丈夫身份，还没有工作，他就在这样的荆棘里追寻他的数学梦想。

　　这个青年叫斯里尼瓦瑟·拉马努金（1887—1920），一个迷恋得只剩数学的落拓者。

　　与拉马努金完全不同的哈代，他好像一直处于阳光明媚，雨露滋润之中。还在上大学，他就遇上让他拨云见日的乐甫教授，指示他读通了获益最大的《分析教程》，那时候，他就对数学分析有了透彻的概念，并悟得数学真谛，进而成了牛津大学、伦敦大学教授。同样是23岁，他已经"拥有一个男人所需要的安逸，且有了足够花的钱"，33岁已是英国皇家学会会员，24岁结识比他小8岁的里特伍德，且个性相合，志趣相投，从此开始长达30多年的合作。他们居然合作了100篇论文，他的许多重要论文都产生在这个时期。同样，哈代他也只痴心数学，但他的痴心完全在快乐之中。他快乐地告诉我们，所有学科中数学是最能使人好奇的，数学的成就是最持久的，巴比伦王朝的汉谟拉比，萨尔贡都成空洞名字，而巴比伦创造的60进位，仍在天文学中应用……

　　对人杰来说，苦难在一个人的成长中不会总做坏事，比如，苦难就反哺过拉马努金的刻苦和奇思。还在上小学，拉马努金就向老师提出了星座之间的距离，地球赤道长度等一类问题。当老师在课上说"30个果子给30个人平分，每人得到1个，14个果子，给14个人平分，每人也得到1个……任何数给自己去除，得到的总是1"时，他举手问：如果没有果子在没有人当中平分，每个人也得到一个吗？——这个小脑袋会这样动。15岁，也就是在他的"豌豆苗圃""沥青矿渣"中单打独斗的时候,他自己解答出了自己提出的赤道长度问题,他的结果居然与赤道实际长度只相差几英尺——当然,他又一次在重复他人的发现,然而,他的方法全新!

数学再好也挡不住一家人的饥饿。拉马努金带上他的研究成果找上了艾亚尔,希望有份工作。艾亚尔是印度数学学会的奠基人,他知道这个数学奇人,不忍心用琐碎事务埋葬他的才华,将他推荐到拉奥门下。拉奥也有同样心情,他说,这样吧,我每月给你生活费,你呢,继续你的研究。这办法看来是没有可说的了,但是每个月到一个没有义务给他经费的人那里去领这样的钱,是种什么滋味?领了些时间以后,拉氏再也没脸面上那样的门了。拉奥也是聪明人,他知道这青年的心思,把他介绍到马德拉斯港务局做一名书记员,以工作换报酬。

没有入过迷的人永远也理解不了入迷人会怎样神魂颠倒。接下来,这个港务局里有了包裹纸上做草稿,数学算式夹在文件里送到上司手中的趣闻。

这种日子,能长久吗?

此刻,我想到身挂佩剑游弋于巴黎街头的数学家笛卡尔,想到有一个休闲而尊严的法官职位的数学家费尔马,拉马努金要像他们那样在搞数学会多好。即使也生在印度,能生在泰戈尔那样的家庭,情况也一定好得多。然而,这都是假设。

直到1913年,命运神终于有了一次慈善安排。前边说的那位哈代教授收到了一封来自8000公里以外的来信,信中说:我是马德拉斯港务局信托所的一个职员,我未能按常规读完大学的正规课程,但我在开辟自己的路……本地数学家说我的结果是"惊人"的……如果你认为有价值的话,请你对这些结果发表看法。信的最后,还特别列下他得到的120个定理和公式。

哈代和拉马努金，一个直觉的化身与一个严格逻辑的门徒；一个单纯的揣摩者与一个坦诚热情的学者；一个在天堂吹洞箫的与一个在炼狱钉着十字架的，迎头相碰了。

作为著名数学家，收到这样的信太多了，他们很不愿意在这里虚耗宝贵时光。可拉马努金这次碰上的是"宽容，诚实，生气勃勃，含蓄地溺爱朋友"的哈代。面对这些公式，即使博学如哈代，也深感陌生，初次看信，他就认定：有本事造出这类公式的"骗子"，也比数学天才更为罕见，根本没有人可以有如此想象力在无中生有。里面有一些论证和预言，甚至难倒了哈代本人。他立即邀来里特伍德一起鉴定，虽然那里面不乏差错和重复发现，但更多的是新鲜视角。3个小时后，他们得出结论：一位顶尖水平数学家。

哈代没有多大职权，更没有这种职责，但他当即决定，为了数学，为了一个素昧平生的天才，一定要将拉马努金请来剑桥大学！

接下来，他去说服多方接受这个没有正规学历的印度人，并为他申请奖学金、住所和研究岗位，还要（这是谁也意想不到的）说服拉马努金，冲破家庭、宗教和个性的阻力来英国。须知，拉马努金并没有想过要到哈代身边，更没有想到他会受到一个世界大数学家的如此尊重，因为，在此之前他曾给霍布森和贝克两位教授写过同样的信，只想得上一点关注或者鉴定，也石沉大海。

27岁那年，拉马努金到了剑桥，真人如面，哈代更发现拉马努金的独特"数感"，发现他"一行两行之间就压缩极其丰富的数学真理"。然而，拉氏叙述的"知识局限与它的深奥同样吃惊"，对于证明，只有一种模糊的概念。如果按常规系统补课，无疑是对他才能的挫伤，就为这个，哈代专门设计了一套独特辅导计划，以极短的时间，将他推向研究前沿，与他的创造思维接轨。哈代多次说"天才是不可培养的"，但在这个与艺术一样美的数学世界，艺术家自有匠心。由于哈代的宣传和推荐，拉马努金参加了精英们的学术聚会，并受到了学术界的尊敬，于是，一个直觉孤独者，开始直接对视积累深厚的欧洲数学殿堂。

拉马努金进步飞快，以致一个早上醒来就能写下半打极其夸张的式子，也极其刻苦，常常聚精会神而忘记吃饭，又，他对婆罗门教的虔诚、绝对素食和水土不服，一个虚弱的外壳裹着这么沉重的灵魂，30岁就染上了肺结核（当时对付肺结核的特效药还没有问世），天才命短，33岁，他回印度的第二年，便草草走完一生，正是他的数学发现井喷的时候。

剑桥5年，拉马努金留下21篇论文，17篇注记，3大本活页笔记本和3000多条定理。这些定理像具有魔法一样让人着迷，也像天书一样让人不着边际。终身贫苦的拉马努金，从来没有想过为自己或者家人带来什么好处。他留给家人的只是两张照片和一只缓冲胸部难受的热水袋，他留给世界的却是3000多条狂野而奇异的定理（他的式子通常有高得不可思议的幂次）。如果说一条定理是一座山，那就是3000多座山，这些"山"，至今仍在激励着登攀者和有志者前进。

拉马努金死了，哈代觉得他的工作还没有完成，60岁以后，他写下了《拉马努金》和《一个数学家的辩白》。他怕后人忘记拉马努金，他要亲自给拉马努金立传。他说，我们是在学习数学，拉马努金却在发现并创造数学。关于数学才能，他给自己打25分，给他最好的朋友里特伍德打30分，给同时代最伟大的数学家希尔伯特打80分，而给拉马努金却打了100分。

有一个故事我不能不讲了。有一天，哈代乘车去医院看望重病在身的拉马努金，那辆车子的车号是1729，哈代说，这是一个没趣的数，但愿不是不祥之兆。拉马努金想了一下，说：不，这是一个很有趣的数，它可以写成两对立方数之和（1立方+12立方，9立方+10立方），拥有这种特性的数中，1729是最小的了。

这是一件由哈代先生公布于世的轶事。此前，先生对拉马努金的赞美还没有竭尽所能吗？先生对拉马努金的支撑和栽培还没有仁至义尽吗？先生可是拉马努金的恩人和导师啊，为什么连这个时候，也要把自己放在阴影里来反衬学生的了不起呢？

还有拉马努金，此刻，已死在临头，你怎么还是满脑子数学？在你的面前，即使一个毫无生气的车号，也会如此大放数学异彩！

天才与天才也能这样相知相遇。

我们只能说，这是一对奇才，即使到死，也是诗。

夜读二记

《春怨》与《长恨歌》

作文,应该注意两个字:正方向一个字,透;反方向一个字,满。

透,在渗透和穿透中发力,达到通透。文字所到,空气新鲜、张力充沛、慧眼独具。这样的文字,一读畅快,再读出味,三读还有惊奇出来。

满,是满满当当,不空不缺,什么都关注到了,什么都领你看过了,就像一幅画空白没了,七种颜色都用齐,再添一笔也难了。读这种文字,像坐上了满汉大席,吃到了十三香,怎么说也无懈可击了,可就是提不上胃口,补不了身子。

透和满,当然也有交集,但好坏的关键,不在这个交集,只在透而不满那个区间。

这么说有些模糊。我想起了金昌绪的乐府短诗《春怨》:"打起黄莺儿，莫教枝上啼。啼时惊妾梦，不得到辽西"。起笔就"打"，且打的是一只春和爱的天使黄莺！诗是写一位少妇对边关服役丈夫的思念的。全诗夫婿没有出场，不知这男人好在什么地方值得她这样相思，全文没有借助春草秋月，甚至情也没有抒，整个场景，只有一个做梦少妇，一棵歇着鸟的小树，一只傻傻的黄莺。诗作留下大片空白和疑问，但又那么海"含"；每个字都那么浅显，却又那么深刻。四句白话，一位少妇的思春挚情，包括她的活泼、她的淘气和挚情，已在眼前活龙活现。

这是一个将文章写"透"的典型。《春怨》的透表现为，20个字，回答了许多疑问，还留下大片想象空间，最后，令我们与一个陌生少妇，同呼吸共命运；20个字，已勾勒出一个独特意境，说出了一个精彩故事。把这故事交给现代写手手里，延展一个三四十集的连续剧，也小菜一碟。

金昌绪，晚唐余杭人。这诗原名《伊州歌》，据《乐府诗集·伊州》题解，此乃西京节度盖嘉运所献的一个曲子，诗人金昌绪为之配上这四句唱词，后被五代人顾陶录入他编纂的《唐诗类选》，并改名《春怨》。

为求得透与满方面的再认同，又想起《长恨歌》。

透是一种独到。且看白居易写杨玉环的美貌，不是她的脸蛋像芙蓉，她的眉毛像柳叶，而是芙蓉花儿如她脸蛋，纤巧柳叶如她的娥眉。写她的风流，已经"回眸一笑百媚生，六宫粉黛无颜色"那样活力四射了，更有"梨花一枝带春雨"那种妩媚十分。

透也是一种深刻。马嵬兵变以后，唐明皇失去贵妃的哀痛，以致"梨园弟子白发新"，更至"鸳鸯瓦冷霜华重"。唐明皇回到宫中，白天物是人非，处处失落，夜晚梦中苦苦寻求，寻求不得，直至让方士作法追进仙境，以画饼充饥。从白天，到黑夜，到梦中，到仙境，步步深入，无能是想象还是叙事，都到极致。连诗人本人也唯恐天下不知，情不自禁说出了"一篇长恨有风情"！

然而，再好的东西，也不会多多益善。如果说，透是文章的深度，那么，透而不满才是文章的高度。白居易手下的贵妃娘娘，已经"温泉水滑洗凝脂"了，怎么再来"雪肤花貌参差是"？已经梨花带雨、回笑百媚那么性感了，怎么还来"侍儿扶起娇无力"，再来"春宵苦短日高起"，再来"春从春游夜专夜"？以上各句任意抽取一句，都不乏魅力，但当它们统统叠加成团，就如糖中加蜜，香至十三了。觉得满了，满得有成患之嫌了。

爱情是文章味精，放多放少，特别讲究。性感是文章兴奋剂，只有吸不住眼球者，才抱住它不放。居长安都容易的白大人，当然不靠这个。

足见透而不满绝非容易事，即使是白居易，也有不尽人意时候。"唐诗三杰"，论穿透力、洞察力，或者驾驭文字的功夫，白居易不在李、杜之下，但白只能排李、杜之后。像这样的欠缺，是否也是原因？

金昌绪当然与白居易相差很远，《全唐诗》（48900多首）也只收了他一首《春怨》，但是，《唐诗三百首》乃至《唐诗一百首》，它仍赫然在目。

宋玉与"登徒子好色"

学生时代，喜欢去阅览室快读。那天，第一次在《光明日报》的"东风"栏下读到《登徒子好色赋》，顿时眼睛一亮，原来，中国文人队伍里还有一个宋玉，文章这么厉害。

印象中，宋玉像一个超级魔术师，同样是那几个汉字，到他手里就来了神助。他写美人，不是正面说容颜的沉鱼或者落雁，不是刻画她的眼睛眉毛，而是全取"旁门左道"，把一个乡里女子的美貌，夸耀得只剩惊讶。读遍众多写美名篇，美女如西施、罗敷、海伦、维纳斯，都没能到达"著粉则太白，施朱则太赤"水平，更没能到"惑阳城，迷下蔡"程度，而这"东家之子"，竟然"增之一分则太长，减之一分则太短"。这女子虽也普通凡人，但根据宋玉传递过来的信息，她的漂亮已在一切仙女之上，战国之前绝无仅有，战国之后，也未见超越。匠心更见写宋玉本人的帅气和大才，文中没有直接吐一个字，但如果读及赋中的"然此女登墙窥臣三年，至今未许也"，还有谁能够怀疑？

宋先生视角刁钻，夸张独到，以文学大师的功夫，将登徒子一下推进深渊。撼山易，但撼宋玉的理，难！轻松、痛快中，我被他的"道理"完全折服。

我对这篇文章，连同这个活泼、智慧的小伙子宋玉，一道粉丝上了。

第二次再读宋玉这篇"好色赋"，已到中年。那是在一本先秦文选里，意外的是，却来了另一种滋味。天下女子没有不爱漂亮的，登徒子妻长得难看，本是上帝的偏颇，不是她的过错。作为大夫之妻，一个公众人物，心中的痛苦是不可名状的。宋大人为了树立自身的光辉形象，不惜在广众面前抖出他的妻子嘴唇外翻，牙齿长短不齐，走路一瘸一拐，甚至（不知他怎样搜索到的）疥、痔隐私也不放过。

这个人很不厚道！

其实，"东家女"在宋玉心中的感受也是异乎寻常的。有这种感受，当然仍有权"色盲"，或者像秦国的章华大夫那样发乎情而止于礼，然而宋玉古怪，他只在暗中发力，让东家良女（——文中没有透露一点他的暧昧，但谁能相信天下会有一个绝色女子始终在对一块"木头"发痴？）登墙窥视3年，仍"至今未许"。你看他多促狭，多残忍，这样逗弄真情，践踏清纯，撇清自己！

这个人极不道德！

伤害更重的还有登徒子。登徒先生重伦理、守夫道，只是在楚王面前提醒了一下，说了他一句"好色"，宋玉居然也有办法，找出一条缝隙，像"文革"的大批判那样，抓牢一点，无限上纲，疯狂分析，连对方生下5个孩子，也能与"好色"挂上钩，致使登徒子蒙受数千年不白之冤。

中国四大美人中，有3个未生一子，强占她们的那些"鬼子"，反而一个也未沾好色的边？替登徒子想想，真倒了800世大霉，一个小小公务员，拿几个可怜俸禄，无奈生下5个孩子，那时的政府又没个计划生育办法出台，强撑了养活7口之家，日子已万分艰难，还该遭受这等好色冤屈？

可见，巧舌如簧，说歪理，不仅能打动人、俘虏人，也会宰割人、毁灭人。用这种只求自己痛快不管他人死活的思维判断正误，误道、误德、误人、误国！

如果"文如其人"，那么，说宋玉谀巧小人，应该并不过分，文章当然也难称第一流了。

上个月，我第三次又翻到了这篇文章，在世上跑了这么些年下来，我关注的，更多的是生活，而不是理想；在意的，更多的是凡人，而不是精英。假如将人要吃饭定为A，人要尊严定为B，如果遇上个俗人，无论是问吃饱了的还是吃不饱的，一定都是A＞B；但如果遇上的是君子，无论问真君子还是问伪君子，只会称A＜B。作为中国第一个职业写手宋玉，赖以生存的能耐只有做文章一样，写作是他的吃饭岗位。一个小文学侍从，顾名思义就是侍候和卫护皇上。从他最用心的《九辩》力作可以看出，宋玉不仅有才，也不乏抱负和操守，但"民"是"以食为天"的，时代又只给了他一个襄王腐败、小人成群的舞台。我们从他屡遭嫉妒和贬遣可知，一个卑微的孤掌文人要讨口饭吃，很不容易。这也是衣食无忧的今人所无法体悟的。从文中写的3种人,一种见色就好,一种矫情自高,一种喜色但守德来看,宋玉虽然立足于夸耀自己,但从文章后面托出的章华大夫可以看到,内心深处还是很敬重章华做法的。这一次,他不仅在洗涤自己,同时仍在劝谕那个沉溺女色、奢侈荒淫的皇上。中国文人向来喜欢指东说西,就是这种无定的东和西,也只是在"敲边鼓","边鼓"能敲出什么效果呢?但,宋玉认认真真在敲。

宋玉不是屈原,没有屈原的耿直和无畏,也没有屈原的王室背景和天下名望,他只是个聪明人,他的可爱也许就在,激情上来了,那种歪说登徒子的机智,那种"悲哉,秋之为气也"的悟性,那种雄风和雌风的特见!

第五辑

杞人"补"天

中国豆腐有不平

托马斯·弗里德曼讲世界是平的,但中国豆腐有不平。

豆腐,汉淮南王刘安首创,中华一大发明。做它,工艺流程就有泡豆、水磨、沥浆、煮浆、点卤、析水、造型等七八步骤。从提取蛋白质做日常菜蔬来看,豆腐也是一大创举,清代胡济苍诗赞:"信知磨砺出精神,宵旰勤劳泄我真。最是清廉方正客,一生知己属贫人。"现代人研究,它还有低糖、低脂、低胆固醇优长,营养、滋味更是一流,素有"小宰羊""东方龙脑"美誉,以致瞿秋白先生遭害前夕,也无法忘怀。因为有了豆腐,就有了麻婆豆腐,油氽豆腐,肉嵌豆腐、豆腐圆子等佳肴,也就有了香干、臭干、百页、豆浆、豆腐乳、豆腐脑、豆腐皮这衍生系列,且各自风光无限。西方发端的人造食品中,还想不上一种可出其右者。就说走俏全球的肯德基、麦当劳吧,不就是将禽肉分分类,抹以香料,入油锅炸一炸吗,还有专家警示,这玩意高脂肪,高蛋白,有致癌嫌疑。然而,自1987年北京前门开出第一家肯德基分店,1990年深圳试营麦当劳,20年,普及中国城市,且大街小巷都有人气。我们的豆腐呢?虽然早在华工替美国人筑西部铁路时，已有人在"杂碎馆"中荐举，也有人在夏威夷岛的店铺门前，放一口缸，缸中养进豆腐，邀集过客观赏，招徕食客品味，但至今仍在西方火不起来，只在华人、东亚人或中餐馆中才有席位。要像肯德基麦当劳在我们这里这样红火，像我们吃面包吃巧克力一样走进寻常人家，差远了！

中国围棋，似乎更惨淡。这个5000年前就有雏形的国粹，19×19个棋位落点，361阶乘出手顺序，似无限一般的有限，如深空一样的奥妙。对弈围棋，那是苍穹下两位睿智知音，去心头痛痒，弃凡间浮躁，面对面静坐着修身养性，促膝手语。西方人崇尚民主、平等，围棋则坐而"论道"，一不论资排辈，二不分高下尊卑，手中棋子，体态朴素，进退平和，连色泽也只取黑白两种；西方人好出奇，推崇法则、定律，围棋看似"土著"一个，躺在盒中根本不见文韬武略，但在棋盘中，将它们与周围的伙伴联系起来，立马涵养独到，功夫非凡，往往妙棋一着，全盘生机。它这等神奇，也只取一个法则，即，有两孔呼吸即生，仅一眼叹气即死。西方人好机巧，无禁区，讲究科学，围棋则每出一手、应一着都藏有万千偶然和必然，哲学思想、模糊数学、控制原理，乃至诱敌深入、围魏救赵、大智若愚、无招胜有招，无所不用其极。逻辑思维、概率统计、心理推断全在棋手心中运筹。这棋，照理应该在西方大行其是。与西方人喜好的国际象棋相比，也至少不会差于它。然而，国际象棋自1940年代进入中国，很快被国人认可，现在，中国有国际象棋协会，且下设4个委员会，协会每年约举办60次国际国内赛事，其他如国际象棋俱乐部和青少年培训班，更是比比难以统计。为什么这么优秀的围棋，始终只在东亚圈子里转悠，进不了西方主流团体？这难道是棋种优劣能解释的吗？常听说西方人开放包容，进取好学，国人自闭自守，狭隘短视，我怀疑！

将上述话头再拓宽一点。西方发明并发家的芭蕾、啤酒、漫画、西装、大小球类，我们很快都当成了宝，热情拥抱进怀，包括多少有些疯狂的拳击运动、摇滚音乐，跨越度大得惊人的裸体画、比基尼、同性恋，我们也慢慢地先适应，后学习，再研究了。可我们一直认定是国粹的京剧，人家看过几场？西方的大街上，有人身上涂些油彩，摆出个别别扭扭的造型，呆在那里一动不动，称行为艺术；海滩上把些黄沙堆出个立体景象，叫沙雕艺术。我们无不模仿，无不跟进。我们的毛笔书法，秀气，精湛，内涵多多，诺贝尔物理学奖获得者丁肇中先生说，书法艺术比物理学更深奥、更神秘。人家买账了吗？

西方发展起来的汉堡包，比萨饼也成我们点心的选项了，我们做的天津狗不理，扬州富春汤包，欧罗巴、美利坚有多少人晓得它们的名字？西方人迷恋的钻石，我们一样迷恋，我们珍视的玉石就不是那么回事了。想想人家1955年才起步的迪斯尼乐园，比比我们静处有动景，一步一换景的园林；想想西方来的蛋糕面包，比比我们的中秋月饼重阳蒸糕，怎么总是剃头担子一头热呢？

说来心沉，我们凡读过些书的，《荷马史诗》《伊索寓言》《唐·吉诃德》《静静的顿河》……随口报报就是一大筐，西方有几个人晓得中国还有一部《史记》或者《本草纲目》？提起西方名人，随便抽一个中国的干部或者教师问问，马可尼、马克思、马尔萨斯、马可波罗、马雅可夫斯基，"马"字打头的就是一串，西方即使是知识精英，他们对屈原或者曹雪芹，能说出几句？"假如生活欺骗了你……""生命诚可贵……"我们几乎所有中学生都能背诵，西方，即使大学教授，有几个能诵出一句李白或者苏东坡？

难怪豆腐想不通了。

有则寓言说，一天，豆腐遇上了可乐，他问，我听说2007年中国人均饮下的可口可乐公司生产的饮料，已有24杯，你说实话，那里面是不是99.6%就是碳酸、糖浆和水分？

可乐涨红了脖子：你，你……谁让你叫豆腐啦。

豆腐说，难怪你叫可乐，你们连能熏黑心肺的，也叫香烟。

可乐无言，还是像肯德基老头那样，笑嘻嘻的，转身继续他的市场开发和广告宣传了。

数百年来，因为西方人发现了新大陆，站到了世界中心；因为提出了阿基米德原理牛顿定律，造出了飞机大炮，对大伙说话总是那么牛，那只话语麦克风，一直抓在他们的手里。这情况，靠对方自审，靠我们不高兴，是改变不过来的。这个世界，让人眼花缭乱的东西太多，别人不可能关心你那么多。许多东西，得靠自己再练内功（像中草药那样要吃就是根茎一大堆，像把脉那样全仗"心中有数"，难有前途），得靠自己走向"中心"。比如，去办孔子学院，办欧罗巴利亚艺术节，办中国画展、中国音乐会；比如，去给国外学子提供方便，扩大来华学习名额，增加助学、奖学金。打个比方，西装未必最优秀，革履未必最便利，但由海外学成的人和富起来的人，穿着它们，回国行走在大庭广众，便成了身份和文明的象征了。许多东西，就是这样在世界流行，并成为强势的。

好东西就是好东西。既然中国做的圣诞树也走俏西方，西方喜欢中国盆景也会很自然；既然《2012》里，已在请中国造诺亚方舟，中国围棋让多数西方朋友呼吸到它的魅力，也不会太久，我深信。

看见的和看不见的

我们崇尚看得见的,不肖看不见的,相信看得见的,忽视看不见的,总以为看得见才实在,才真,看不见就虚了,假了。然而——

风看不见,但让花草风情万种的是风,使稻麦春华秋实的是风,给九天云翳做出花容月貌,给春湖秋月荡漾出诗情画意,叫广漠飞沙走石叫大海惊涛骇浪的,都是风;情看不见,但因为情,一个母亲可以推动压着儿子的汽车;一位老师可以让又聋又哑又瞎的女孩成为世界一流作家。一只壁虎,被无意钉牢在墙洞,它的情侣3年送来喂养食物,这份情,让钉牢3年的壁虎仍活着;电,谁见过?是长是方?是粗是细?是白色还是绿色?它不见音容,不闻脚步,不见呼吸,不作代谢,可只要给它一根线(有时线也用不着),光、声、热、力就什么都有了,让你听上任何高低的声音,看上任何阴暗的景象,要冷要热,要硬要软,要歌要舞,要上天要下海,要圆要方要快要慢要大要小,电全能!

真有力量的都不喜欢招摇,不喜欢张扬。细想想也是,真有了力量，还用得着这些吗？无声无息吞进边上任何物质，连吞进每秒30万公里的光也不留一点痕迹的黑洞，不也看不见吗？构成宇宙的23%的暗物质和73%的暗能量，不也看不见吗？

真正成就你或者毁了你的，还是在看不见的地方。

但，我们就是有种习惯性愚昧，好事总是让人看见时做了多，没人看见就少了。坏事则相反。能看见的，从不马虎，若看不见，偷工减料，蒙混过关，装聋卖傻，都不少见。

要看得见跟看不见时一样对待，真不容易。衣冠楚楚，道貌岸然，慷慨陈词，拔刀相助，都喜欢在看得见时出示；说谎道白，偷鸡摸狗，拖鞋皮，抹鼻涕，假大空，贪盗抢，都喜欢在暗地里做。

看不见，人的胆子就大了，天一黑，坏事就多，许多糟糕事都是看不见的时候做的，多数罪行都是看不见时在犯。然而，你这个方向看不见，他那个方向看得见；车玻璃外边看不见，车玻璃里面看得见；裸眼看不见，用镜子看得见；可见光下看不见，红外线可以看得见；人看不见，电子眼可以看得见，欲眼看不见，良心看得见。

这里，我们沾的光比吃的亏不知要高上多少倍。

同事张兄，凡熟悉他的人没有谁不称他脾气好，没见他吵过架，发过怒，连高声也难得听到。我对他妻子说，还是你有福气，找了这么位好脾气的。她听了大笑，他脾气好？一到家就骂人，一骂出口就半天；儿子一见上他就跑。家里家外他判若两人。还有个局长，一次有人送他一个红包，他坚决不要，还当众把送包人说了无地自容。有笔5000元公家欠款，因为说不准对方何时来取，单位用张另存单据放在他身边，结账时多出8角利息，他也交了公。说他有经济问题的时候，谁都不信，可最后查出一笔赃款就 20 万。

看到的，不一定真实；真实的，不一定看得到。有时，人会出示多付面孔，会装出假相，假装亲热，假装动情，猫哭老鼠扮鬼吓人，都会。内心十分苦恼，台上可以言笑自如；心上早想离婚，相见可以仍然无微不至。这一些，植物绝无，动物也极少，但人会。

装疯卖傻找点乐子，仍不失为风趣，只怕装成了习惯，装成了一种性格，最后看见他时是人，看不见他时是鬼。

文明人的糊涂游戏

游戏规则：

凡不顺人眼的，称丑陋；凡不顺人愿的，称野蛮；凡派不上人用的，称废物；凡不听人调遣的，称妖孽；凡给人找麻烦的，会动的则称害（虫、鸟、兽），不会动的则称毒（草、果、品），便赶、禁、杀、灭。

第一想法：

见上草木，第一想法：用；见上虫兽，第一想法：吃；见上山河，第一想法：斗；见上异类，第一想法：伐；见上比自己厉害的，用、吃、治、伐看来都不行了，常用的办法是叩头、祈祷、朝拜，哪怕是石头或者鬼魂。

大、小魔法：

文明人的天下，人域越来越大，物域越来越小；文明人的体质，个儿越来越大，气力越来越小；文明人心气越来越大，心眼越来越小；他们的气派越来越大，气韵越来越虚；他们的名声越来越大，真才越来越虚……

大同秀场：

造一样的水泥森林，建一样的钢铁长城，做一样的超市股市，喝一样的可乐咖啡，唱一样的流行歌，种一样的高产田，穿一样的时尚服，疯一样的"ok"，喊一样的"呕吔"。

正反变脸：

先将山林变成"粮仓"，再将"粮仓"退还给山林；先用聪明把天空搞一个臭氧空洞，再用聪明设法将它修复；先将地球搞脏、搞乱，再花百倍气力把这些脏、乱去掉；先以文明的名义将异类烧杀抢掠，斩尽禁绝，再想到这样不对头，为不能将它们重新请回地球而哀声叹息一筹莫展；先给DDT的发明者颁布诺贝尔奖，再为这种发明和这次发奖痛心疾首；先为创造出轻便、牢固，能替布代纸的薄膜高兴不已，再为这种1000年也无法分解的"人类最糟糕的发明"追悔不已；先克隆山羊、克隆老鼠，再克隆人类胚胎干细胞、克隆人，直至把自己搞得全不是自己。

造屋铺路：

先对茅草石头做的"窝"不满意，做出砖瓦房子替代。接着嫌小气，做高做大，成楼成厅。仍觉得不气派，发明钢筋水泥，造出高楼大厦，数十层，上百层，房子成了大山，让家成了"山"上一个个"洞"，让人重新去做"山顶洞人"。进家出家改了站进一个铁笼子里上下，再关进另一个笼子里去吃住。

先对一步步行走嫌烦，开了路。再嫌小路不爽，做直，加长。再嫌速度上不去，想上了制造车子，让车子代人走路。各种各样的车子都有了，这一回路跟不上去了，再加宽，40米、50米、80米。还是解脱不了车子的拥挤，把路封起来，分出普通道，高速道。发现十字路口总在捣蛋，造旱桥，让一条路从另一条路的头顶上飞过去，让车子无限风流。如此，大地做出万千大道，出门的人统统装进车子，将以人为本，偷换成以车为本，让每个人每棵树每座城都学会怎样给车子让路。

树木都只挨到大楼脚板，空气已无力调节，吸收二氧化碳放出氧气，靠这高楼！土地不让长庄稼，全用去背大道驮车子，将来我们吃什么，清蒸大道、红烧车子！

枪手和医师：

枪手以信念和神眼击毁人体。医师用良心和匠心把这种毁坏修复。

枪手说，要准，要狠，一枪一个，让敌人动弹不得；

医师说，不论抬过来的是战争中的哪一方，只要还有一口气，我们都竭尽全力抢救。

枪手说，因为我们肩负正义重任；

医师说，因为我们坚守人类最基本的人道。

认可这两种做法和说法的人永远存在，为此，战争总在四处爆发，野战医院一直忙碌不堪。

快，中国人的一大心病

猿下树成了人以后，爬改了走，走又换了跑，到骑上马，"一日看尽长安花"已小菜一碟。马能昼夜兼程吗，于是有了汽车、飞机，比风快比声音快都不成问题了，"坐地日行八万里"也不是疯话了。现代人一卡（信用卡）在手，说声再见，天之涯海之角，都可以随心所欲。

字还刻在龟板、竹简上的时候，太慢，于是有了毛笔、蘸水笔，还慢，纸、墨、笔一体化，来了自来水笔，还不过瘾，有了不用纸，不用笔，不打字，不油印的激光照排和电子传送。这时候，几十万字，一摞子图，鼠标一点，就搞定了。

人离神没有几步了。

看看我们造的那些词，就会知道人是多么偏爱快了："快"站在"乐"之前，快乐，"快"跟在"愉"之后，愉快，都是高兴；"快"贴着"感"字前，靠在"凉"字后，快感、凉快，都是惬意。与"爽"联手，爽快；与"刀"结伴，快刀。说你手脚快，脑子快，是在夸你能干和聪明了。什么字与快联姻，立即光芒四射。拍手称快、眼明手快、大快人心、快人快语，带快的成语也特别光鲜动情。连个倒霉的"痛"，有"快"支撑，也成乐到极处，乐成"痛快"。

追求超越，迷恋刺激，本来就是人性的强项。有这样两个引擎，挑战极限、藐视禁区也成人的癖性。于是用花花绿绿的市场粉饰速度，以少花钱多办事哄骗速度，用评先、评优挑逗速度，用验收、突击胁迫速度，以造才、造财、造名制造速度。快，作为医治人间落后和弊端的灵丹，距离、体能、万有引力似都不再是人的束缚了，市场上，几乎你要什么快，就有快什么供应。

快，涉足农副业。一年两熟三熟多熟，反季节也熟。有种东西抹一下，番茄不敢不红；有种东西喷一下，甘蔗不会不疯长。肉鸡，普通的，六七十天上市，更棒的，8101肉鸡50天就达2公斤；奶一日挤3到4次，一头奶牛，日产奶80～90斤，更厉害的，黑白花奶牛一天120斤。要它们多少轻多少重，怎么漂亮怎么听话，都可以。

快，冲进成功殿堂。中国这几年的长篇小说都在1000部以上，2007年发表在国际主要科技期刊和会议上的论文17.2万篇，已排世界老二。武汉一名大学生一个月15万字长篇出手，浙江12岁女生一个月10万魔幻文字。时下中国博士，年产量突破5万，且上升势头不减，人家（比如美国）平均10名硕士出一名博士，我们4.2名足矣。6岁孩子出10万字自传，9岁孩子出30万字《古墓惊魂》，还有一个，9岁开始写长篇，到13岁已出版《秦人部落》《头重脚轻》《时光魔琴》3部70万字，手头还有两部《pk世界》《枯木圣经》在弦上。至于三个月赚一百万，35岁前退休，用超级食谱一天瘦身4斤，9小时让21岁180斤的女生减去36斤，交10万元会费给一家潜能开发有限公司，还你一个10岁大学生，全都有姓有名，可查可访。

快，缔造人才。"小巨人英语"让5岁儿童半年成为同学、老师、家长公认的英语小天才。疯狂英语封闭强化集训，三个月一口流利英语，100%保证，四五个月与一般大学生不相上下。有套《非常3+1》，按它训练，学什么就疯什么。那是专门生产"速读高手，写作奇才，记忆奇人，识字天才"的，每天30分钟，12天，6小时训练，"跟玩似的就学会了"，阅读、理解、记忆效率普遍提高3～12倍，"如同吃进肚子，想忘都忘不了。"天才学生刹那间就批量上市。

快，潜进世俗。快发财，快升官，快平安，快成名成家，快到极乐世界，都办得到，且捷径多多：移植市场规则，权、财、名、色互兑互换；曲线救助，比如先倾心扶贫，迅速谋官，再以官受贿，快快发财。贵州黎平县黄某曾走通此道；烧香，叩头，合十，做礼拜，请佛陀耶稣他们关照……

锐意进取、匠心打造、慢进是退、超越××等都是现代人的日常用语，让人感到"天天都在大跃进，一天不跃要生病"。网上搜索"突击"，一下冲出成千上万条目，单单"突击月"，就有文明卫生突击月、安全生产突击月、信访工作突击月、招商引资突击月、计划生育突击月、普及教育突击月……，憭人的是文明、信访、安全、教育、生育这些也突击得上去吗？还有一则，"突击一个月，全面完成三大会战1576个建设项目。"它们都上有指标，下有承诺，限时完成，连普及九年义务教育，也不例外。

农耕时代的活动多在田间，工业时代的活动多在工矿，到今日网络时代，就完全不受这些舞台束缚了，它推出的是虚拟世界，空间可以无限扩张，时间也可由上网者任意缀补和转换，只要有一根线，一个电脑，魔术就来了。你想什么，是读李太白还是看奥巴马，是购置戴尔电脑还是搞几局麻将，是听听超级女声还是查查老鼠怎样打败老虎，食指一点，全以光速，第一时间赶到你身边，痛快！再如网恋、亲友羁绊、对面尴尬、旁眼杂视一概可以摆脱，年岁、身世、信誉、现钞、德行、病痛一概不是问题，只管两个快并乐着，只管唱你的"妹妹你大胆地往前走"是了。这恋法，谈不投机，可随时"换挡"；了解不深，可以试婚；试不对号，可以离异；离了又悔，还可以回头，爽不爽？据2006年北京统计，所结的24952个对子中，婚期不到一年bye的，占4%，一个月不到就拆了铺的，也有52对。不亦快哉！

快，就像糖，味道好极了，让你吃了只记住它的好，而忘了它也是疾病的罪魁；也像一台弹花机，将时间和情感，全弹了蓬蓬松松的，让我们在永不消逝的春光里，玩时髦、做春梦、耗年华。

无奈世界是圆的。快，给我们多少快活，就会收取多少成本。高速汽车收取的是，油价疯涨，空气污浊，气温飙升，还有直接惨死于它轮子下面的冤魂远远超过战争；网络收取的是，每个会打字的手指下都流出一条长江，还有众多忘情青年，淹没在那个没有边际的疯狂游戏里；至于写作快手，文字毕竟还是以质量取胜的，这里淘汰残酷，既然有这等才气，为什么让这等金子溶化在13亿立方公里的海洋里？为什么不能学学曹雪芹，"披阅十载，增删五次"，让世界再多一部《红楼梦》？尤其是那些孩子，嫩骨嫩肉的，就在成人的哄抬下，忙了快快"榨油"，忙了游乐天下人，人性吗？我不信让骨头硬朗些，视界开阔些，脑子丰满些再出大作，就会才气漏光？就会差于现在？还有前面说的那种"非常"，退100步想，纵使真的那么厉害，也是以牺牲童心和好奇心，抑制住人犯错、试错、纠错的正常认知渠道为代价的。那样将好端端的一个人，打造成了一台台学习机器，残忍不残忍？再退100步，每一个都这样非常，神仙似的过目不忘，男的都诸葛亮，女的都雅典娜，都不是你我这样的平庸人，都不是爹妈这样的平凡人，这世界，你怕不怕？再退100步，大家都天才，还是天才吗？

快而多，让人无法不走马看花，无法不一目十行，无法不将读书改成读图。书多了，又没时间，无法不将书锁在一尘不染的橱柜里，或者人均藏书只有 5 册。尽管庸常的人永远是大多数，快而多已让我们没有一个愿意这样做，现代人崇尚忙碌，喜欢跳槽，不忌讳"赶婚"和"闪婚"。一个大四 MM 直言，"如果你有稳定的收入，并能提供爱的小窝，请联系我的 QQ。"……

我们太喜欢五彩斑斓了，一个劲赶潮，趋时；太在乎看得见的、钞票、头衔、大眼睛、双眼皮这些了，能做假的做假，能用钱换的钱换；太担心被边缘化了，只要上不了台出不了镜，都会感到难受；也太过浮躁了，看看那些名片吧，上面总少不了一大堆虚名、虚衔。给"快"腐蚀足了的人，最相信"没有数量就没有质量"，最牢记"上帝创造一个世界也只用了 6 天"，只要有一次用行动证实过"只有想不到的，没有做不到的"，就会一次次笑话你迂腐和保守。当然，也让原应安逸的一代变得非常匆忙和焦虑，让原本非常有福的一代陷于空虚和迷惘。

过去的，现在的（两篇）

过去的，现在的

不知哪天开始的，我喜欢上了对比。这一对比，就来了些傻傻的东西。

比如义、利，过去我们认为"曰仁义而已矣，何必曰利"，只有"小人"才"喻于利"。现今流行的说法是，没有永远的敌人，也没有永远的朋友，只有永远的利益。

比如德行，过去我们推崇"石可破也，而不可夺坚；丹可磨也，而不可夺赤。"为了一个信念，会"宁为玉碎，不为瓦全"。现在改了，说，硬顶算什么好汉？两败俱伤还谈得上智慧吗？怎么就不懂妥协？不晓得双赢？活在狼群里就得学会狼叫，既然没有力量改变，就先学会适应。

说做人，过去的人偏好低调，"显不张扬，赫不压人""笑不露齿，富不露财"，最普通的一种说法是，你不说，不会认为你是哑巴。现在的人，遇上公众场合，最先想到的是，"截长补短，全不长；弃短扬长，长更长"，有才艺就响亮登场，上台露一手，是孔雀就把尾羽一根根展开来，三分钟让世界记住你一辈子。

即便取乐，过去也是中规中矩，有板有眼，比如唱、念、做、打，什么剧种都有规范，谁错了程式，是要轰下台的。现在人觉得，取乐就是取乐，不能少了刺激，现代派的林黛玉会去做妓女，观音也可以嫁唐僧。现代《赤壁》，宁可不让黄盖苦肉计，也不能少了小乔美人计。坐台曹操大喝一声："我是当朝丞相，你们还不跪下？"那关公哈哈回应："你过时了。"

更厉害的还有。比如婚嫁，过去十分严肃，倡导从一而终，白头到老，他们说，五百年修得同船渡，一千年修得共枕眠，有爱无爱先忍它几年再说，能挨在一起，都是缘分。现在的人说，什么五百年一万年，人生苦短，有感觉，一夜情也一样同枕共眠，没有爱的婚姻是残酷的，有爱闪婚，无爱闪离，连这个也搞不清楚，那就试婚。现在人认为婚姻就要痛快，你让我有"痒痒"吗，好说好散，一道手续，办成两张绿卡。更时髦的，男的拍首《分手快乐》的MV送女的，那里面他对她唱"分手快乐，祝你快乐，你可以找到更好的……"，唱得女的大滴大滴的泪串成了线。

过去的人，道貌岸然，什么都刻板得很，父子亲情，夫妻情爱，也搞出个"父为子纲，夫为妇纲"来；现在的人，嬉皮笑脸的，实在没什么可笑时，装丑、恶搞，也弄出点可笑的东西出来。

过去我们刻板，什么事都一本正经；现在我们"乐"字当头，什么事都想轻松，都在变了法子找乐子。

过去认为，科技就意味着文明；现在认为，危害人类的主要问题，可能还来自科技本身。

过去我们认为，人以外的一切生物都是低等的，野蛮的；现在想想，如果让所有生物都参加来选，最野蛮的，一定是人。

人的认识是有限的，但，人对认识的修改是无限的！

这年头，什么东西都像我们的GDP那样，急急忙忙地在赶着进度。凡这些，也都有大学者，大著作在阐明着大道理。且，每修改一次，都有人说，又文明了一步！不过，有一句话我还是想说一下：如果要说品行和操守，我们与几千年前的先辈相比，真的没有什么提高，也没有什么进步！

最缺的，最不缺的

六月初就热到34℃，干农活更辛苦了。我打电话给金坛的弟弟，问稻子栽了没有？弟弟说，稻子早种了，我们这里都不栽秧了，平了田，直接撒种，省力，速度快，产量不比原来的低。

一两千年来，自从我们的祖先发明翻耕、育秧和栽插，一直认定翻耕总比不耕好，水育秧总比旱地秧好，水里栽插总比直接播种子好。近年，有人倒过来试了一下，改成了水田免耕，秧苗旱育，稻种直播，谁知懒办法居然比勤办法效果更好。

这个世界缺的，不是想的人，也不是说的人，是好好地做一做的人，像麦哲伦那样将地球绕一个圈，莱特兄弟那样一次次失败一次次改良，连外衣也不穿就上飞机。

许多第一流的点子，其实你我也想得上去。比如流水线作业，不就是将产品制作工序排一下队，让制品在流水线的传送中，每人做一道吗？比如高速公路，不就是将道路和行人分开，将往返车道分开，遇上交叉，互不相让，让一条从另一条头上翻过去吗？再比如超市，货物由店主拿给顾客，改了顾客在货架上自己拿给自己，你我会想不上去吗？至于高速路上的"玛卡诺线"，更算不了什么了，只是为避免车祸，那个叫玛卡诺的美国医生，她提出在路中间划一条醒目的线，将公路分出左右，就成了她的一大创造，这次，天上真的掉下个大馅饼。

可是，就在这当口，我们又想了：流水线，要将整个过程捆绑在一起，自由吗？一环不到，就要全局瘫痪，现实吗？高速公路，为了快一点，就那样费工、费时又费钱，划算吗？至于超市，顾客夹带怎么办？秩序混乱怎么办？逃避付款怎么办？还有，公路中间划一条线，能起什么作用？就想规范住人？哪个混蛋想出了这么个馊主意？

所以，上面这些大创新，都不是由我们发明的。

同样在这个门口，有人认认真真地去做了，做了以后发现，流水线让工作效率成倍上翻；高速公路在全球一步一步逼退铁路；超市，它已是商品交易的一大革命，不仅顾客特别放松特别方便，也让店主大大地赚了一把。这么简单的思路，这么简单的办法，就这样到了他人的手里。

人生相对论

受爱因斯坦相对论的诱惑，觉得这世上，还存在人生相对论。

人这样"相对"，如果你生活贫困，会比富人多出一个好胃口；如果你劳累整天，会比闲逸的人睡眠香甜。你很痛苦，那就度日如年；你很快乐，那就时光速逝；你尊重别人，也就在尊重自己；你与人为善，也就在与己为善。佛经上有句话"自觉觉他，渡人渡己"，助人者自助，自救者也就在救世。如果你遗弃该做的，那么，你被世界遗弃的日子，也就不会远了。

这日子，过起来还是相当俏皮的。

起先，我并不相信"行百里者半九十"，认为这是年长者吓唬人的诳语。上学以后发现，从考90分提高到考99分，绝对不比考60分提高到考90分容易，而考99分提高到考100分，就实在是强人所难了——世上没有一个实际问题（虚拟除外）的回答，是可以找出十全十美的答案的。再如，我们的直觉感知，总是5～25岁这段光阴最丰富，最清晰，时间也似乎特别长。而60岁以后，照理离自己近的，应该更清楚，但能感动和记牢的就很少了。60岁以后的光阴更滑稽，觉得睡了几个觉吃了几顿饭，就没了。这一些，让我想起爱因斯坦解释相对论时，举过的一个例子，他说一个男人与美女对坐一小时，会觉得似乎只过了一分钟，但如果让你坐在热火炉上一分钟，就会觉得似乎过了一小时。

这种"相对"，还表现在从来不会把你的"鸡蛋"放进一个箩筐。比如你强权在握，你就会坐在最耀眼的地方，就会走在镜头中央，不用读书不用实践，也会显得比边上人"精当"，你办事也就特别利索，说话就可能一句顶人十句或者几十句，投票就可能一票顶人十票或者几十票。你总能听上最好听的声音，也总能得上最热情的敬酒，合作写篇文章，即使只改了一个标点，名字也会排在最前，碰上个乖巧的，你包也不用拎，伞也不用撑，连坐车撞上头的可能都没有——早有手挡在车门顶框了。

但是，如果你真把这些都当成了你的聪明才智，也就足够愚蠢了。这里也许也是相对论的深奥，你想到没有，它在暗中发问了：你怎么啦，"一"不会等于"二"，也不清楚？什么是抬举，什么是拆台，也辨不清？"天下没有免费午餐"，人家给你这样那样，究竟瞄着什么，也看不见？上帝都天天遭人非议，你却连个说"不"的也碰不上，这可能吗？

生为美女也相类。生为美女，就有人抢了为你做事，什么关卡，对你来说就低着门槛，什么东西就比别人容易得手，你当然也就人见人爱，日子会特别滋润。导演李安给我们举了个例子，他说，章子怡你长了一张老天爷赏饭吃的脸。但是，这句话我们刚听清楚，同样是美女的林青霞就另起一行了。林女士只是生了个孩子，身子开始发福，就来了同样是导演的施南生的严重警告：不可放纵！第二天，她就在跑步、游泳、节食三管齐下了。从来没有想要减肥的她，也非减不可，不减，老天爷赏的那碗饭，也就要没收回去了。

这一次，"相对论"在慢慢告诉你：什么事都让人做了，你就不会能干了，什么门槛都低着，你就没有什么抗挫力了，什么东西都容易得手，你就不会珍惜了。至于人见人爱，得爱上瘾的人能不娇养，不骄纵？不弱智、弱体、弱不禁风吗？美人迟暮倒算，是逃脱不了的宿命。

狡猾的"相对论"，更表现为"这山看着那山高"。低层的人羡慕名家豪富就不用说了，其实名人、高官也抱怨多多：别人做什么都可以按计划进行，我连睡眠和节假日也不由自主；别人网上发飙也无人过问，我打个呵欠也有人说三道四；别人缺席半天也没什么，我迟到10分钟也会成罪过；别人无中生有，捕风捉影都不会有制裁，我出面解释几句也会成火上加油。他们，即使呆在家里、车里也有眼球在搜索，几十年前的一句谎话，一次粗鲁，一回失礼也有人紧追不舍，曝光天下。而这些埋怨，要是让小百姓听上了，只会当一个笑话，会认定那是抬高了嗲的，嗲很了秀的。

一个人与他人，如此"相对"，一个人与自己（与心）的"相对"，更蹊跷。你最眷念的那个人，她（他）不在眷念你，你从来没有想过的那个人，她（他）梦里都在想着你；对你最好的那个人，你对她（他）不一定好，那个根本对你无所谓的人，你却心甘情愿地照顾了她（他）一辈子；一种一直想得到的东西，你虔诚地为它奋斗了大半辈子，等真的得到以后，却发现它实在可有可无；你读过许多经典，许多名言都忘了，一个谈不上文化，也没什么阅历地位的人，说了句极普通的话，却影响了你一辈子……

这"相对"在助你还是坑你，就看你怎样动作，怎样用心了。

一个方向都是死胡同

现在人聪明了,觉得用"最",是有些小看无限世界了,于是想到比"最"次一等的"更",句式换成了"没有最××,只有更××"。国际奥委会那个振奋人心的口号,也是"更快、更高、更强"。

我们都偏爱快、高、强。正是对快、高、强的奋力追求,人类获得了一个神速向前的现代文明。说句宽心的话,人类将上帝也甩了够远了——上帝懂计算机吗?能上互联网吗?吃过麻辣烫吗?看过 NBA 吗?自从尝到这些甜头,我们便快了还要再快,高了还要再高,强了还要再强,忘记了快、高、强的局限和极限。同时也就冷落了慢、低、弱这些同样是组成多彩世界的元素。

我们喜欢在一个方向上,拼命向前。

一个方向上求胜,都很销魂,但也都是胡同。有则寓言说,有一天,花仙子察看了人间的百花,觉得每一种花都寒碜极了,怜悯间,他从天堂抛下一种花中之王,这花既有玫瑰的鲜艳,又有兰花的幽香;既有杜鹃的热闹,又有桃李的果实。它开在花丛,娇艳而奇香;登上大庭,高雅而风流。花王太高贵了,人们绕着从它身边走过，没有一个人敢碰它一碰。它得到了无数人的惊叹和敬仰，却没有得到一位抚育和栽培的知己。它孤寂地香着、艳着。它失去了平俗失去了缺憾，也就失去了在平凡世界存在的基础，最后，它连名字也没能留下，绝迹了。

在一个方向上做加法，都是死胡同。

乘车当然想快，如果快速再快速，这样的车子几个敢坐？食物当然要鲜，鲜了再鲜，这样的高汤几个敢喝？这不就是"跃进再跃进，跃出一个大跃进；革命再革命，革出一个文化大革命"吗？也听到过香料里再加香料，加出了一种13香。但，真不知有几个鼻子嗅出了这13种香味？有几个舌头辨出了这13香味？也不知这发明者，能不能说出它们加在一起，究竟有没有相互抵消香味？有没有某种不良化学反应产生？

"最"曾经成灾，"更"也值得警惕。至于前面说的"更快、更高、更强"，如果体育只在比快、高、强，我想，势必只会在比科学，比器械，比基因和比不要命了。这里，前两比还有公正成分，后两项，就只有不人道和不人性了。我注意到奥委会的大小领导，他们在诠释这个提法时，都有比如"促进人类的和平、友谊与进步"，"体育就是和平"，"自信、自强、自尊"，"重要的不是胜利，是参与"等补充。至于"更强"，萨马兰奇则说，"其中的强，其实就是坚强，就是热爱生命和敬畏生命"。2001年后接任奥委会主席的罗格，怕这样补充还未尽意，他在另一篇文章中，又加上了"更干净、更人性、更团结"。

有个传说，一段时间，美国市场上热销过3种书：一种关于林肯的书，一种关于医生的书，还有一种关于狗的书。为了畅销，有人写出了一本《林肯的医生的狗》，结果，它的销路坏到了极点。

"好+好=更好"应该是条定理，真遗憾，许多时候它错得惊人。

不如求己

朋友告诉我：结交高层次朋友，是一个人成就事业的捷径。

可是，朋友是互逆的，天下没有单向朋友。朋友是互通有无，相互受益，既滋生共鸣，又容易产生情感震荡的共同体。有则寓言说，一天，一只蚂蚁对大象说，我爱你。大象激动得仰天狂呼，我是世上最幸福的！大象边说边兴奋地上前拥抱，却发现蚂蚁已经不在了。10年后，大象看到了一个熟悉的身影——那只蚂蚁。蚂蚁说，那天你一喘气就把我吹出了十万八千里，我不畏艰难回到你的身边，就是想告诉你，咱俩不般配。

不般配，哪来长久恋情？"物以类聚，人以群分"，不错。这里虽然"寓"的是找恋人一定要般配，其实，找朋友也不例外。比如，你若结交了一个高智商朋友，事情来了，你慢一拍，总是他出点子；问题来了，总是你的点子少，他的办法多。在他边上，你好像永远在衬托他的聪明和高明，能铁得下去？你若与一个大富豪结交朋友，两个人购物、穿衣、花销不在一个档次，出游、住店、吃饭总是他出手。就说他心悦诚服，你能心安理得吗？不别扭就谢天谢地了。

朋友的交往，是一种环流或互流，一个方向的落差，一定会从另一方向的落差中得到补偿，才能久长。像地球上那些洋流，即使你观察到的是自北向南，转了半个圈以后，仍会发觉它还是有自南向北的时候。有时候你看到的洋面，一个方向是自东向西，但在你看不到的深处，还是有一股水流在自西向东。你我不是圣人，你我的朋友都离不开世俗的需求关系，单是你需要他，不行，还得他也需要你。

朋友在一起共岁月，你可以没有钱，但你应该有权；也可以没有权，那你应该有能耐；如果你连能耐也没有，那应该有德行，如果你德行也不咋的，那你应该是靓妹子或者凤凰男；如果你漂亮、德行、能耐、权力这些都吸引不了对方，那么回过头来，你应该不缺钱。这不是势利，是友邦经济学，你应该至少有一方面是对方的向往或希求。

看到过一种说法，一个人的财富大致等于他最亲密的朋友财富的平均值。这个说法有一定道理，不妨推广一下：一个人的综合素质（品行、智商、学识、地位、志向、能耐、财富、体质、相貌等）也大致等于他朋友的综合素质的平均值。它的逆命题：用某人朋友的综合素质的平均值，去判断这个人的综合素质，也不会错到哪里去。

朋友不是供你"靠"的，"出门靠朋友"不是人生格言。求佛不如求己。练内功永远是第一正道。

伟人俗相

俗相,不是俗人专有,伟人也在所难免。

与郭沫若等人创办《创造社》的成仿吾,狂放,刻薄。他说鲁迅,"有闲,有闲,有闲"的小资产阶级,他评《呐喊》,只推崇"不周山"一文,其余都不在眼中。鲁迅通过《故事新编》序言回话,"'如鱼饮水,冷暖自知',《不周山》的后半是很草率的,决不能称佳作。……当《呐喊》印行第二版时,即将这一篇删除。"后来的第二版,鲁迅留下了其余各篇,独删去了《不周山》。觉得还未尽兴,又将他的另一部杂文集干脆命名为《三闲集》,以逆对成仿吾。

鲁迅说,他对待年轻人的尖刻评论,常取"给我十刀,我只还他一箭",可这次,对比他小 16 岁的成仿吾,却用了这个办法,像不像我们"过家家"时候的两个朋友,本来玩得好好的,突然不好了,马上翻脸?

法拉第是戴维赏识的学生。戴维亲手把他从一名做着装订工的旁听生,提携为他的得力实验员、助手,最后培养成了一个伟大的物理学家。戴维发明矿工安全灯（即"戴维灯"，其中不乏法拉第的帮助）时，法拉第实事求是地说，这种灯还有缺陷，并非绝对安全。法拉第在发表他的电磁感应论文那次，没有提到戴维的名字，戴维认为，你原先只是我仆人一样的助手，有了成绩怎么就没了我呢？他一肚子是火。后来，当有人提名法拉第为英国皇家学会会员时，戴维坚决反对，还亲自撤销了他的候选人资格。再后来，大势所趋，增选法拉第为皇家学会会员时，这个发现15种化学元素的无机化学之父，还是投出了唯一的一张反对票。然而，戴维死前曾不无骄傲地说，"我一生的最大的成就是发现了法拉第"，既然法拉第在他心中有如此重量，怎么也这么嫉妒呢？以致，给世人留下这样笑柄。

有一次，毛泽东从黄炎培那里得上一本晋代书法大家王羲之的真迹，十分高兴。当时，黄炎培约定的借阅时间是一个月，但还是不放心，生怕拖延，中间几次打电话过去催问。毛泽东恼了：讲好了一个月的，怎么也学了逼债？毛泽东照帖练到最后一刻，然后吩咐卫士说："零点以前一定送到。"

大器睿智的英才黄炎培，也会这样小家子气；叱咤风云的伟大领袖，也有这样如3岁孩子时候。

这个世界会这样多趣。龙应台说，"任何一个伟人，……他可以是伟大的，但他也是一个他妈帮他换尿布的孩子。"许多时候他们可能睿智、刚强、光明，但不会少了幼稚、脆弱、任性；他们可能处处显示出"气吞万里如虎"，也不会少了小心眼、小家子，委屈了要哭着喊妈妈的时候。

作为全智全能的上帝，更应该清楚人的弱点了，可是，他还是在亚当夏娃面前安排了一棵善恶树和一条狡猾的蛇。如果不是他老人家的默许，再狡猾的蛇能引诱得了他们俩去尝禁果吗？要不是这个上帝也存在某种不健康心理，会在让亚当和夏娃获得爱情的同时，又同时让他们获得原罪吗？再是，人们渴望见上天堂，想修座通天塔直接去看看，合情合理。上帝他认为人这样做太张狂了。这也行，直接劝阻是了，但上帝不，却让造塔的人语言各异，让其无法切磋交流。这可以说，不仅是写《圣经》的那个人，就是上帝也会像俗人一样有着小心眼！

第六辑

星星点灯

我们的长项

我们比草怎么样？

比年岁："人生一世，草木一秋"，草大多长一年，人最长百岁，百年与一年，在无限的宇宙爷那里，懂数学的都清楚，比值是相等的——年寿不是我们的长项；

比说话：人自从学会说话，嘴边就像挂了条长江，没穷没尽了，但，至少有80%是可说可不说的，即使把这80%略了，余下的也是反复订正的话，要求别人的话，惟"我"是图的话，越说越糊涂的话占着重头。草不会说，但也不可能朝令夕改或者强词夺理——说话也不是我们的长项；

比智慧：人当然聪明，但我们的聪明似乎大部分是用来与上帝争座次，或者用来对付同类算计它类的，还有一些只是在增加二氧化碳，释放氟利昂，制作DDT，研究原子弹，焚烧热带雨林……这些机巧，"花开"的时候像是在营造天堂，待结出"果子"，却到了天堂的另一头，聪明反被聪明误的，实在不少；

比结交：我们虽有"四海皆兄弟"宣言，但宣言不是事实。我们喜欢在同是亚当后裔中，划出敌我两个营垒，"兄弟"也"煮豆燃豆萁"，且无视"豆在釜中泣"。我们也总认为，人类之外不是低等，就是鼠辈了。反观小草，无论是尊它贱它助它戕它，芳不自赏，丑不自惭，欢乐、和谐才是它们宗旨，真心儿在恪守"四海皆兄弟"的，应该是草。

比其他：人会微笑，草会开花；人会唱歌，草会舞蹈；人会跑动，草之子会飞翔，都仍不能算是我们的长项。至于人还会生气、会自尽、会怨恨，还会拐骗作秀、制造泡沫、贪赃枉法、营私舞弊、贩毒豪赌，那就越比越笑话了。

然而，我们在宇宙中，却这样受宠这样骄横，我们究竟什么地方长着呢？

前面这段比较，似能得上一点启发，或许我们就长在这种反省上面。比如这番相比就让我觉得，就是用小草来喻人，也没有什么低估我们的地方，寸有所长，尺有所短，草在享受春风吹绿阳光照耀大地拥抱殊荣的时候，也没有"一日看尽长安花"；同样，我们说他草昧，草包，草芥还是草莽的时候，它也没有感到比谁卑微，无论是比拿破仑还是比牛顿。没有一株草，因为是草，就不开花不舞蹈；没有因为要复归泥土，就不长高长长；因为常遭践踏，就不再立起身子，重新生根，重萌新芽。

乌鸦难看、鹦鹉高雅，飞在天空一样自在；蜗牛丑陋、大象雄伟，作为生命同样珍贵——只要自己不在卑微，你也就不会比谁卑微！孟德斯鸠应该算人杰了吧，他的教父是乞丐；孔圣人总"圣"了吧，他是他母亲与人"野合"的一个产物——只要你自己不高人一等，你也就不会比谁高一等。

"人不为己"也许是不可能的，除非"天诛地灭"。但如果"人'只'为己"，"天诛地灭"也就只可能在明天了。想想"DDT"，想想"人定胜天"，想想弱势群体的每声叹息，想想人世的一切学说和主义，想想我们对自然忘乎所以的"征服"，以及每次自然对我们的嘲弄和报复，想想我们在生灵场上的确切坐标，以及生灵在自然场上的确切坐标……应该是我们活一天就要做一天的功课。

……

有一天，如果我们连反省也没有了，也许也就真的连草也不如了。

大千世界,这样大千

一

人的心,不大喜欢按牌理出牌。

一个人,如果他觉得自己是最幸福的,那么,他真的在享受幸福。但是,如果他觉得自己是最聪明呢,还聪明吗?

一位女士,如果你这样介绍她:"这是赵博士的妻子,钱女士。"显然,这钱某已在沾博士的光。但是,如果你这样介绍:"这是钱女士,赵博士是她的先生。"听起来就不同了,这钱女士,很不一般,赵博士也是"她的"。

有条谚语,说"三个臭皮匠抵上一个诸葛亮"。臭皮匠当然都处低端困境,要改变现状,靠一个人的力量,办法是有限的,自然就会去协同互补了,所以几个臭皮匠胜过一个诸葛亮的,常有。三个诸葛亮呢,照理应该顶上一个上帝了,但是,不。凡"诸葛亮",都立在最风光的地方。这"最风光",从来只供一人独处。这就难了,要不互耗都不行。说厉害一点，三个诸葛亮有时候比一个臭皮匠都让人伤心。《三国演义》第35回，司马德操先生对刘备说"伏龙、凤雏，两人得一，可安天下。"对此，刘备深信不疑，处心积虑将诸葛亮和庞统弄到身边，后来一龙一凤两个都来了，皇叔该高枕无忧了吧，可这两个聪明人到一起以后，先是庞先生在县令位置上消极怠工，再是取西川时，心忌，争强，直落得蜀军落凤坡大败，庞先生自己连性命也丢了。同一型号的"诸葛亮"多了，成事不足反坏事。

人喜欢琢磨，琢磨多了，味道就不同，以致"人类一思考，上帝就发笑"。想说一个故事了：有位基督教徒，他去问牧师，祈祷的时候可不可以抽烟？牧师一脸不悦，说，不可，祈祷需要虔诚，需要庄重！隔了些时间，有个教徒那天他正在抽烟，想起了祈祷功课，去问牧师：先生，抽烟的时候可不可以祈祷？这次牧师爽快地对他说，一个忠实的信徒，只要对上帝有感恩有愿求，不论什么时间，都可以祈祷！

这是一则笑话，不过，这个笑话已不单是在说牧师的可笑了。我们每一颗心都像这个牧师那样"弱不禁风"，很容易被风吹草动所左右。只要环境、时间甚至语调变化一下，判断就会不同。即使像牧师这样主持祈祷的专家，也会在他的专业判断上让人啼笑皆非！

一个人根本没有要求他人怎样，如果他只是在努力做好自己，谁知他已在影响着周围人也在做好自己。但如果他总是在教训或者纠正别人的不是呢，尽管他一次也没有讲错，每次都尽心尽力，可到头来，他一个也没能校正好他人，相反，多出了几个叛逆者，甚至把自己也"校正"成了小丑。

一个人如果总是在帮助他人，后来，他会发现他已在帮助自己。但是，如果他为了保护自己，总在伤害他人呢，转一个面看看，那些伤害又回到了自己的深心，消也不去，除也不尽。

有一天，如果你离开了千头万绪的事务，离开了风雨满天磕碰不断的是非，你会立即得到平静和轻松。然而，你并没能像期望那样真正地愉快，要不了多久，平静就蜕变为空空荡荡，轻松也只让你感受自己不再重要，不再被人需要和尊敬。

有一天，如果你掌握了工作的全部技巧，不用烦神，就拿着高薪，接受尊敬，得到抚爱和赞扬，这应该最幸福了吧，然而吴小莉告诉我们，"这份失去了新鲜感和挑战性的工作，已经变成了鸡肋"，渐渐地，你也就成了一只"不思长进""抓不住老鼠的肥猫"。

有一天，生命中的某个时刻，要你做出一个重要决定，一个面对挑战，自行判断，为自己所做的决定。这种时候，就会有人向你提出忠告了，他们都是你的好友或者亲人，都无不真诚，这些忠告当然有对的时候，但事后证明无用的次数却更多。我这样说你一定很怀疑，可这却是世界投资家吉姆·罗杰斯一生中最重要的体悟。

二

1776年，某天，俄国女皇叶卡捷琳娜在宫中散步，就在她走过的那片空地上，她惊喜地发现了一朵盛开的小花。那是开春第一朵花，在这片寂寥而寒冽的土地，刚刚接上春意，就开花了。小花深深地打动了女皇，触发了她对生命的别样眷爱："这个红豆大小的生命，已准备了一年！"女皇命令，"就在这个地方设一个岗，好好看守，别让任何人踩到这朵小花。"

小花虽然从来没有自卑过，但也从来没有想过要打动谁，可这一次，幸福还是冲它来了。当然，它并没有什么名贵，也没有什么特别的能耐，只是这次它遇上了一双特别的眼睛，这双眼睛是女皇的，而这位女皇又是十分有威望的。从此，它得上了一名卫士终日守护在身边。

或许还有一朵，比它开得更早，女皇没有看到；或许前一年，前数年，这里也开过这样的小花，女皇没有发现；其实它的先辈，也在这些地方，这样自在地开过花，自在地凋谢，有几朵还比它早，比它大，有的甚至开到伊凡四世（第一任沙皇），彼得大帝他们的脚下，都没有得到这样的珍爱。

这朵小花，后来也凋零了，女皇叶卡捷琳娜没有拆岗。第二年开春的第一朵小花，不在这里开了，叶卡捷琳娜也没有命令换地方。这个王朝一直在延续，这个岗位就一年一年设着。一茬一茬的卫士，一直守到尼古拉二世任上的1903年，也就是说小花岗位一直设了127年。1776年以后的126年，与叶卡捷琳娜看上那朵小花已毫无关系，只与女皇说的那句"好好看守"有关，当然也连接不上什么对生命的珍爱。

我们这个世界，有这样的小花，也不乏这样的岗位。

三

小时候读古诗，读到"赤热炎炎似火烧……公子王孙把扇摇"，读到"一骑红尘妃子笑，无人知是荔枝来"，觉得王孙、妃子他们，太奢侈太不近人情了。今天想想，这也算奢侈，算不近人情吗？那我们坐在空调房里，还左不满意右不满意，该算什么呢？不就是一把扇子嘛，还自己在扇，怎么也成了罪过？那玉环姐，好歹也是中国四大美人之一，100%的国宝，且已做上第一夫人，不就是吃几个荔枝嘛，这荔枝也不是什么好东西，现在飞机送到我们手边，"一个荔枝三把火"都不会贪食了。不就是几个荔枝嘛，也被我们闲言碎语说了1200多年。

去年夏天，我们院子停了一个小时的电，还是上午，气温33℃，一院子的年轻人都跑了，年纪大些的，躲在树荫里一边甩扑克，一边甩牢骚:"天这么闷气,真难过""停电也不通知,突然袭击",这话要让前面的公子、贵妃听到了,他们该倒出多少碗苦水?

小时候,吃过晚饭,我们几个玩伴在稻场上你追我,我追你。大人看到了,一脸不高兴:吃了饭,鞋子不会破,肚子不会饿?看看你,一身的肉就是这样瘦了皮包骨头。今天,我们在健身房边,一屋子的杠铃、哑铃、迈步机、拉力器,哪件不是让人出力、发汗、瘦肉的?过去,我们都是拣最耐饥饿的东西吃,粘糯的,油炸的,才好。现在,我们就是怕不饿,都是挑最容易消化的东西吃,三四个小时不饿,就发愁。既怕吃了不饿,又怕吃多了长一身呆肉,长多了肉,只要能瘦下去,花费三万四万也不心痛。

过去看广场电影,银幕上只要出现一个大腹便便的,就是吸民脂民膏的家伙来了。电影上这样大腹便便的看多了,一见到"肉皮球",就来恨,根本想不到胖子其实很难受。要说生活糜烂,还有一句"无荤不下饭"常挂在嘴上。这话一直用到"文化大革命",我们批判老校长的"封、资、修"时,还管用。

人类还是类人猿的时候,一半时间以荤代饭,没有听说过生活糜烂,而今,也没有谁再拿这多吃点脂肪、蛋白质说事了,唯独那吃不上荤腥的四五千年,"无荤不下饭"成了人的一大罪过!

时间既没有仇人,也没有情人,可就是这样蒙人。

那时候我们把物质条件定得那么低,共产主义也只要"楼上楼下,电灯电话",电视、电脑都不要。楼上楼下算点什么,现在钱袋有些鼓的,都在住平房了。就是见过大世面的赫鲁晓夫,他心里的共产主义,也只等于"土豆烧牛肉"。土豆牛肉怎么啦,健身了吗?益寿了吗?营养全了吗?

过去,南瓜糊糊,窝窝头,我们吃一口香一口。现在,鱼虾都像变了味,变得不鲜美了。那时候,只要吃饱了,男的就铁疙瘩一块,铁榔头也砸不死,女的就漂亮得"着粉则太白,施朱则太赤"。

现在的人群里,怎么也难见那种黑里泛红的大美人了。现在喝纯净水也生病,吃山珍海味也健壮不起来。看看你老婆就会知道,现在的女人,不擦点什么都不敢上街。

大千世界,会这样大千。也许,世界在用这种幽默,让我们醒悟偏见,醒悟短视和丑陋,让我们慢慢地大智大爱起来。

跷跷板原理

损得起与损不起

2000年某天，南非警察总部大楼的一间办公室里，当工作人员打开电脑时，屏幕上曼德拉总统的头像，逐渐变成了大猩猩。总部领导见状大怒，个个义愤填膺。只有总统本人，仍很平静。事隔不久，曼德拉出席一所新建学校的竣工典礼，他对学校的孩子们说，看到你们有这样的学校，连大猩猩都会十分高兴。

你我敢这样拿自己开涮吗，曼德拉敢，他有这份底气。他这样说，反而映衬了总统的豁达和幽默，当即引了在场数百名孩子笑个前俯后仰。

一次台北座谈会上，有一条自我介绍程序，与会者要自报姓名，自报学历，他们不是博士，就是硕士。轮上香港报人倪匡说了，他介绍的是"初中毕业"，他说"那场面多少有些尴尬"。时值三毛在后，三毛大声说，"我小学毕业"，引了在座者相视莞尔。她这样说，我觉得那些博士、硕士反而尴尬了，因为她是三毛！

也想到李白那首《静夜思》，20个字，什么版本都能上，评它"朴素自然，语言如话"的，评它"细致而深曲，妙绝古今"的，说它"信口而成，无意于工而无不工"的，还有说"只可意会，一译就走味"的，全有。要说"语言如话"，应该是你我最长，要说"深曲""妙绝古今"，是不是有些糊弄人？我想想，不就是在说抬头望见月亮，低头想起家乡吗？关键怕不是《静夜思》有多好，而是它是李白的，李白"五岁诵六甲，十岁观百家""十五观奇书，作赋凌相如"，有着"攫倚天之剑，弯落月之弓"豪气，不少"凤歌笑孔丘""天子呼来不上船"傲骨，此人羞辱过高力士，也戏笑过杨贵妃，有着"月下飞天镜，云生结海楼""三山半落青天外""一风三日吹倒山""抽刀断水水更流"，在垫底。拿台湾诗人余光中的话说，他"酒放豪肠，七分酿成了月光，余下三分啸成剑气，绣口一吐就半个盛唐。"那时，还不评诺贝尔文学奖什么的，要评，什么大奖他不能上？

要是你我来句"床前明月光"，再接句"举头望明月"，能盼上前面那些如潮好话吗？人会这样'发疯'，这样"跟红避黑"，这样编出、想出连他自己也觉得好笑的优长！

听到胡适说过，我从来不怕人笑话我浅显。适之啊适之，那是你有35个博士头衔撑着腰板，我们要有这数的一半，比你说话牛。

也常见比尔·盖茨、小布什他们不修边幅的报道，看官要是与我同属一档，又想进市政大楼什么的，千万别让他们忽悠了，咱们穿不上名牌，也一定挑件最挺括的再去。

多数与少数

关于多数和少数，有一对"二律背反"一直干扰着我们的抉择：一是少数服从多数；二是真理往往掌握在少数人手中。

少数服从多数，是我们民主集中制的三大原则之一。世上众多选举，用这一条裁决；我们的众多分歧，通过这一条包扎；很多多数人的利益，因它得以保证。

真理往往掌握在少数人手中，所以，哥白尼那样的学说得以传世；莱特兄弟的上天梦想得以成真；马克思主义的"幽灵"，才在"游荡"中，得以传播和发展。

这显然是一把两面刃剑，但也正是这种两面刃，它们互不替代，各占半壁江山，才使世界文明得以稳健向前。

前番，当南大王彬彬撰文指出清华汪晖涉嫌论文抄袭时，有人想到了这样的"多数"：海外80多位学者，联名写信说他们"当中没有一人发现他有任何剽窃的现象"。更前，爱因斯坦的那个案例更让人揪心。那是希特勒上台疯狂迫害犹太人时候，纳粹们先将爱因斯坦大街改名，再去爱因斯坦住处抄家，又以2万马克悬赏爱因斯坦的头颅。这些都不难办，但巍巍相对论，还是很让纳粹头痛。这次，他们也想上了这个"法宝"，先让100位著名学者撰文公开反对相对论，然后，结集成《一百位教授的证明：爱因斯坦错了》一书。

以上两个案例，同工同曲，都以"多数"强调"正确"。哪知正确和错误都很尊严，既不以多喜，也不以少悲。时值爱因斯坦在美国讲学，他看到那本结集后说："要那么多人干什么？只要能证明我错了，一个人就足够，现在他们来了100个，其实一点也没有用，100个零加起来还是零。"至于汪晖那事，北大郑也夫教授这样点评：他们（指80多个学者）是以批判西方文化霸权、西方中心论、后殖民主义闻名学术界的。遗憾的是，他们的公开信体现的恰恰是他们一贯批判的那种丑陋行径，他们言行的分离恰恰是老殖民者的惯常表现。

正、误判断中，我们一直存在两种偏向：强调第一条，用多数压制少数;夸大精英卓识,否认多数意见,用第二条。这两种偏向,如果再有权力或者权威插足,更糟,"权",一旦加在"力"或者"威"之上,既能将多数挤兑成少数,也能把少数虚张为多数。即使是一笔陈年老账,也不会幸免,用这种办法曾让孔丘成为"复辟倒退的吹鼓手"和"不齿于人类的狗屎堆",也让孔丘成为"孔圣人"和"大成至圣先师",虽然"狗屎堆"和"至圣先师",都是死了2500多年的同一个孔丘。

相反的情况当然也有。2003年江苏高考中,有一道数学(第1题中的第1小题)判断题,学生考过以后,当即有人上书,指出这是一道错题。可是,有关部门再三"内部组织专家论证",得出的结论却是"不错题"。本来数学是最容易辨别是非的,可这次变脸了,历时5个月,经过4次辩论,没能得出统一意见,直至撬动了中科院院士。那年11月初,12名院士集体签名申述:"确是一道明显的错题",才见松动。公理婆理中,达成共识:是一道不严密的题目。

可见事关当事人的利益,以多数裁定,不失是个好办法;事关正确和错误的判定,就不是简单多数所能裁决的了。试想,中国急切需要推行计划生育的时候,如果以"一对夫妻还是生一个孩子好",让大伙裁决,可能通过吗?1966年那氛围,如果以要不要搞阶级斗争,要不要搞"文化革命",让大家表决,情况也一定好不到哪里去。

真理,不顶在额头上,不会像1+1=2那样显而易见。

弱势或少数,会这样澄清我们的冲动和杂乱。

正误的判断,不仅受认知深浅左右,也受时、空的转移而变化。两者虽像阳间与阴间一样截然相反,其实也只隔了一座奈何桥。某些看法,51%正确,49%错误,抑或相反,都有可能。有些判断,随时、空的延展,会不断深化不断完备,也有一些,只是在迂回和曲折。有些问题,还无法大白真相,让眼前的人举手,多数表决,是个办法吗？

多数并非道德之家，更非正义化身。人类最惨痛的教训，不少反映在多数对少数的压制上。"保护少数"，永远值得我们警觉。"我不同意你的观点，但我誓死捍卫你说出它的权利"，永远值得我们遵循。

去西安小吃

到西安，华清池温泉可以不体验，碑林黄庭坚手迹可以不看，回民一条街，不可不泡。

这街置身西安中心，假借钟楼、鼓楼造势。你还未走进那区域，蒸锅里的水汽已在周边氤氲，炒锅里的核桃已在前方呼唤。白皮肤，黑皮肤，裹着南方口音的普通话，夹带西洋腔的汉语，一个个像蜜蜂，像蝴蝶，忘记时间，忘记疲劳，忘记了究竟要做什么，将个15米宽500米长的老街挤了只见人头。

那是一条以小吃闻名的街道，自从羊肉泡馍成名天下，又跟上个biangbiang面，这两个成了"明星"以后，牛肉泡馍、肉夹馍、岐山面、臊子面、灌汤包、葫芦头、饺子宴、荞面饸饹、各式凉皮，也是各显神通，经过一番大浪淘沙，脱颖而出老米家羊肉泡馍、贾三灌汤包、平凹烤肉、樊家肉夹馍、黄桂稠酒诸多名品名牌。拥戴着回民一条街，成就了西安一张名片。

比如biangbiang面，粗看起来，就是一碗炒面皮，可单单造出那个汉字，就动用穴、马、言、长、幺、丹、心等十多个部件，记住它，也配上了专门山歌：一点飞上天，黄河两头弯，八字大张口，言字中间走，左一扭右一扭，东一长西一长，中间加个马大王，心字底，月字旁，一个小勾挂麻糖，坐着车子回咸阳。

  它笔画在一切汉字之上，繁体56画；读音在一切汉字之外，即使收集四万七千汉字的康熙字典，也不认识它。名气大了，也就由不得你了，你不认识可以，它照样以一个汉字逍遥在外。做这种面的店家，喜欢把这字写成斗大，光灿灿的，高悬门头，有它在，就不怕没有好奇者入门，入了门，口感之外的感触，也助它坐得声望。

  再是羊肉泡馍。世上吃货，几乎都是生意人精心做好，再恭敬呈献给顾客，羊肉泡馍不是，竟有一半活计得有顾客自己去做，你付给老板30元，他给你端上空荡荡一只海碗，里面干放两片生馍，两片饼子似的面坯子。这馍，最终泡出什么滋味，一半取决于老板的泡——备什么高汤，选什么羊肉，取什么火候，放什么佐料；另一半在顾客的馍上功夫——你必须耐着性子，远离"时间就是金钱，时间就是生命"一类杂念，像参禅一样精诚，徒手掰出黄豆大小的"馍豆子"。你若火冒冒的，大耍贵客派头，当然泡还是那泡，但那碗馍一定僵硬着，凉你一边，让你傻着眼，看边上人呼哧呼哧大享其乐。

  那天，我在回民街见上一位人高马大的洋小伙，大大咧咧，坐在街心一张餐桌上，挎包还在肩上，手头已有一碗泡馍。小伙子无视过江之鲫的人流，专心进行着那碗吃货。从碗面浮起的那些不规则的碎馍疙瘩可知，他完全遵循西安规则，徒手细掰的，小伙子专注而虔诚，慢慢撺，细细嚼，搜索着那种名品名味。当时，我犹豫了一下，未能留下这"中为洋用"的一瞬。我转身对面街道，以挑选核桃掩护窥视，待做成手上买卖，发现那只海碗已经见底。他也许已发现了我的好奇，与我对上了一个微笑，他那意思像是说，我怎么样？但他不会弄清我的意思，我其实是想告诉他，20分钟前，我也上演了同样一幕,我那碗泡馍,羊肉上等,汤汁浓稠,但嚼到核心,仍见生硬,坚持是坚持到底了,但那种期望滋味始终没有逮着。像意大利比萨或者日本料理,第一次吃它们,还是挺折腾人的。

尝过 biangbiang 面和羊肉泡馍后,方知"味道"两字,"味"和"道"各占一半,泡馍来味,与品茗相仿,它取"慢"道;滋味和趣味也各占一半,既吃滋味,也吃趣味,biangbiang 面不仅看重滋味,还带进了某种趣味。初看它们,是碗吃货,再看,可能是篇文章。

街头写生

一个 50 来岁的农妇，趁城管没上岗，在路口摆了一大筐新出土的土豆。

我问多少钱一斤？她说：亲眷，两元，早几天贵多了，五月一号儿子约我们去无锡看他新买的房子，又带我们看了鼋头渚，把时间耽误了。

我很少买菜，不晓得土豆究竟应该是什么价：土豆还卖两元？她说：亲眷嗳，你不看看什么品种？这是我儿子从外资公司弄来的荷兰土豆，他懂，让我们种的。嗨，儿子 18 岁考上大学，大学毕业又读了 3 年，现在，一年有 10 万元钱拿了。

我没有问她儿子，更没有问她儿子工资，只好顺口夸了她儿子几句，开始挑土豆。她听到我夸她儿子，来劲了：儿子不用我们烦心，工作自己找，女朋友也自己找好了，沈阳过来的大学生，就等房子了。无锡的房子贵，一套房也要上百万，儿子离 30 岁也没几天了，等他积足了这个数，到哪个猴年马月才结得成婚啦？我们把一生的积蓄全带去了，拼拼凑凑还不够，他还向银行贷了 40 万。

你说这卖土豆能顶啥用，我与他爹商量好了，明年开蟹塘，养蟹。

我沉默。

我沉默，可她不，反而越讲越来劲，把给我的那兜土豆，秤杆称得翘到天上。

再一次，是妻子买菜。正月，年还没过完，一位老大爷踏着三轮车拖来一车油菜，赶华天菜场。早上离畦的菜很惹眼，叶子上还挂着霜花。油菜是我们一家子的最爱，她跟了上去说"大爷，多大年岁啦？""不大，75。""家住哪？""马家湾""马家湾，上天河菜场不比上华天近吗？"

他说，天河是近，可那里的熟人多，熟人看到了，要告诉我儿子，我大儿子做泥工，手下跟了十几个人，小儿子弄了一条船，300吨，跑长江，他们不让我卖菜，说忙了一世了，还没忙够吗，你缺什么说是了，闲了没事做，就晒晒太阳，打打牌。妻对他说，你儿子没错，听他的。他说听什么呀，你不晓得，打牌从小没学会，现在还去学？我这人骨头贱，白天不动动，到晚上浑身不舒服。

担子歇下来了，他的话还没完：我穿的这夹克，大儿子买的，三轮车也是新的，弄船的儿子，一下给了我800元，嘿嘿，卖三轮车的老板，我也熟悉，他说我人好，卖给人家650，给我600元。妻说，是不是这三轮车害了你一天也歇不下来？他说，歇什么歇，做惯了，一点不苦，三十夜（除夕）我都来了，手不用提，肩不用挑，骑个车一路上看看人，看看树，钱也赚到了，不比呆坐家里好？

这次，妻想说服他，他想说服我妻。我妻没服，他更没服。

清明，我们这里的教师协会，举行了一次10公里宣传奥运活动。妻子不是老师，志愿加入了这支步行队伍。

队伍出发了，她左手举了红旗，右手打出一个"V"左右摇摆，对边上的我示意。这一瞬，不想被摄影记者选进了画面，剪切的时候，编辑略去了我，凸显出她，和那个有意韵的"V"。晚上，作为当日新闻，在电视里播放了。

从来没有上过荧屏的她，上了两秒钟电视。

第二天，她像中了大奖一样问她妹妹，电视上看到我了吗？妹妹答，看到了，你在凑热闹。

回头又问女儿。女儿说，看到了，妈妈在作秀。

最有意思的还是我的丈母娘——80岁的老娘，老太婆说，都看到啦，你在作怪！

一个V，收获了三种感受：凑热闹——作秀——作怪。

朝阳三村菜市场上，有一排三面敞口的摊位，有一个既做烧饼又卖时令果品的阜阳摊主。他的烧饼卖得便宜，也特别香，还取了一个特别有意思的名字："边走边吃烧饼"。不少外地来的打工朋友，早上喜欢来这里买他的烧饼，而这些朋友，也真的一边赶路，一边啃他的烧饼。

那天，摊上卖的是甘蔗，远远地，我就听到他那夹杂着方言的声音：甘蔗啰，紫皮甘蔗！

我被那清脆的吆喝吸引了过去，发现一块斜靠在甘蔗上的小黑板上，写了一行粉笔字：全世界最低价，地球人都知道！

他大约注意到我了，问，先生来几根？我靠近去问"就这价，也天下最低？""不是最低，地球人会都知道？""你真会寻开心，烧饼是边走边吃，甘蔗是世界最低价。"

他笑了，"在外面混日子，不能让人开心，也得让自己开开心才是。"

甘蔗当然买了。像这样的汉子，一天要能碰上两三个，谁不长胖？

取个好名儿

　　名字是一个人的招牌，把招牌做出期望，把名字起成广告，历来备用心思。

　　过去生活艰难，能活下来已经不错，叫小猪，叫狗娃的，不少。那时生个孩子像下个崽，汤汤水水，有口吃的，就够了。生活向好，期望上涨，想活出风光，活得阔绰，开始叫满囤叫翠花叫万富叫福海了，甚至君杰、褒曼、李白也来了。更进一步的，想到有气势出风雅，想到上品位有品位了。我读小学时，一对高我两届的孪生兄弟，姓匡，父亲是个读书人，他的两个孩子一个叫匡左，一个叫匡右，兄弟俩，齐心协力，便一匡天下了。做上老师以后，我在的那个中学，前后两任校长，一个当地人，姓韦，叫韦弦，名出《韩非子·观行》中"韦弦之佩"典故；一个下放干部，原常州文联主席，姓金，叫金挥，这个名字，气度和风雅全有。他们一下把我这个大而无当的名字，比得只剩惭愧。

　　时下，叫什么名字早成一门学问。世人取名，既想与时俱进，又忌跟风跟潮；既想脱俗独特，还想谦逊博爱，连八卦、星座、儒、道、释底蕴，也会考虑上去。为了那名字，肚里刚播下一粒种子，一家子就围住那部厚厚的辞海，研思苦想，到孩子都能搓泥团子了，那两三个字还没最后敲定。

　　数千年来，褒义、雅意、好听的音，已经用滥了，造成全国的"张伟"29万，"王伟"28万，重名成灾。有人开始注意长期冷落的字了，比如草（草不高贵），比如凹（凹相对别扭），用它们做名字既避开重复，也显别致，于是，有了牛得草（演员）、欧阳梦粥（《中国好声音》中做"故事策划"）、凸凹（作家）。贾平凹父母原先给他取的名字是"平娃"，期望平平安安，后来他上大学，成作家了，叫这名字，太小家子气，同窗好友建议改为"平凹"。凹与娃，陕西话同声同调，凹字的内涵却丰富多了，按他本人的解读，"凹字稳妥，凹是吃亏，吃亏是福。凹是器皿，盛水不漏；凹是谦下，虚怀若谷。"解读是可天可地的，可这一改避开了重名，绝对是实。

　　又，名字的气势叫大了，太张扬，会远离谦和；风雅叫过了，又成故弄和作态，甚至"大雅成俗"。有人在增加字数上寻找出路，四字，五字，甚至一个汉名长达15个字；有人想到借鉴洋名，丽娜、雅加，层出不穷；有人反一个方向尝试"大俗成雅"——王小丫上小学时，常被同学追喊"你是一个树丫丫，你是一个脚丫丫"。她自己将名字改成了"王凯"，在作业本上整整写了一学期。后来父亲知道了，说服她仍用"小丫"，说"你长大后会明白的"。果不其然，当她成为中央台名主持后，在她那圈子里，谁会想到取这么个"俗"字呢，但又有哪种呼唤比叫"小丫"更亲和人呢？

　　当然，也有人想到用生僻汉字入名，清末国学大师章太炎，给他的3个女儿，分别取了4个"乂"、4个"又"、4个"工"合成的名字，这些字唯有康熙字典上才能查到。谁愿意去寻这份没趣呢？3个女儿长期空守闺房。看来这也不是好办法。又有人想起长期雪藏的贬义字，比如霍去病、辛弃疾、宋任穷，让贬义正说，别开生面；比如晁错，借用"错"字歧义大生其辉；比如胡大涂、吴（谐"无"）用，在自嘲和幽默中赚取人气；比如孙膑、范痤、苏眇公，无畏生理缺憾，展现自己的胸襟和勇气；更有鬼谷子（纵横家鼻祖）、蔡春猪（"春"谐"蠢"，用这个网名开设了《爸爸爱喜禾》微博，极牛）、孔二狗（用这个笔名出版《黑道路风云20年》，赚取人气）……让你见上一次永远不忘，名字成了他们的别致广告。

贬义字入名，相比于今人，古人不仅早有所及，就散发出来的素养和修养，与今人也不在一个水准线上！童年时，听父亲讲过一则清代溧阳史贻直的轶事。史，康熙时进士，雍正元年内阁学士，至乾隆，一生历任六部尚书。一日，乾隆跟史贻直闲聊：听说爱卿自号史因，因，仍国中一人，唯有朕才相称，卿是国中一大人，取名史因尚可，怎称得史因呢？史贻直答道，皇恩如山，臣取此名全在自警，只时时告诫自己，不可一日忘却皇上恩泽。这"大学士"巧舌如簧，果然不同凡响。

说实话，两三个字的名字，要多好，也太难为人了，能遇上郝手（贵在谐音）、哪吒（难有重复）、苏小懒一类，已熬不住要点"赞"了。

喜欢打油诗

读上张某人的"江山一笼统，井口墨窟窿，黑狗身上白，白狗身上肿"，便无法不爱屋及乌了。4句，20个字，通篇不见"雪"，但神态、诗意，已十足。后来晓得这张某生于唐朝，连名字也不见传，只知姓张，是一位受雇于油坊卖体力的打油师傅，老张一字不识，本与诗书八竿子无缘，可他有项特异功能，一边打油，一边就有山歌出口，山歌率性急就，押韵顺口，还忒活泼搞笑。这类山歌，本来各朝各代都有，只因出了这个张某，才引起文人的特别关注，此后给他冠名为张打油，专门给这种诗歌体，起了个名字，叫打油诗，老张也从此以张打油传世、出名。

从此打油名篇走俏。明朝有个痴心功名的詹义，凡科考，场场不缺，但科科不中，一直考到73岁，才考上个进士，苦乐之间，"打油"来了：读尽诗书五六担，老来方得一青衫，逢人问我年多少，五十年前二十三。先生53年窝囊，73年铁杵磨针，半世苦海一世梦，一次性得以解脱，怎不笑也似哭，哭也像笑？

打油诗，憨憨的，稚稚的，贴近底层生活，忒讨人喜爱。农民起义领袖张献忠,也有首咏雪打油,他连字数、句数也不拘了,长长短短三句:飞飞飞,十万八千小鬼,在空中撒石灰。你瞧瞧,下雪成了一场隐身游戏,不是"小鬼",怎么玩起"石灰"?不是"十万八千",怎么出得这等场面?形象、气氛、神情,都上足了。还有首七言,作者也无从考证,但就是广泛流传:天下才子数苏杭,苏杭才子在敝乡;敝乡才子是老弟,老弟请我写文章。经三次递进铺垫,轻轻松松,把个明明不咋的"我",托上了天。

传说民国时山东军阀韩复榘,一日兴起,带了随员夜游泰山,让眼前景一激灵,诗兴浩荡上了,脱口吼出:远看泰山黑乎乎,近看泰山下边粗;有朝一日倒过来,下边尖来上边粗。四句刚完,又见一道贼亮闪电划过上空,文气再上:忽见天上一火链,好像玉皇要抽烟。要是玉皇不抽烟,为何再来一火链。还用见韩某吗,这诗一读,眼睛、鼻子,包括脾气已在眼前了。新近听说,韩复榘,并不草莽,说他外表斯文,一手好字,也有一定文化,这两首打油,是他人为丑化他借笔伪托的。如果是这样,那伪托者更是"打油"诗仙,八句白话,用足打油体的特质,妙笔就此生花。

诗人均以体裁的稚顽、轻松、明快、幽默等而大获成功。他们巧于从大俗中寻找风雅,从愚顽中渗透智慧,也总是从"旁门左道"把大伙带进别开生面的境界。人们爱诗歌,不仅爱它深刻,还希望欢快。后种功能,"打油"人从来都是天才。民间传说的祝枝山、郑板桥、纪晓岚形象,至少有一半是活在那些打油诗中。现今网上描述官场陋习和贪官污吏的顺口溜,也是得助于它而经久不衰。

诗,不是越深奥越好,不是诗家专利,当然,更不会是自由、浅白就好。20世纪初,倡导白话文的先驱者胡适,渴望能在诗歌上有所突破。一日,他坐在窗口吃早饭,见一对双飞蝴蝶,由合而分,不禁生发一种寂寞难受的感触,当即写下一首《蝴蝶》:两只黄蝴蝶,双双飞上天,不知为什么,一个忽飞还。剩下那一个,孤单怪可怜。也无心上天，天上太孤单。这首诗与讲究韵律、句式的古体诗相比，颇似"打油"，它浅也浅了，白也白了，自然场景、生活小趣也有了，但平心而论，实在不咋的。比比老张的"雪"，他一个"墨"，把人们从来没有注意到的雪天井口写神，一个"肿"，活色俏皮、形象得出其不意！

胡适那首《蝴蝶》，后来也出名了，但出名不在它的好，而在它成了反对派反对白话文最开心的一个例证。

写打油诗，看似容易好却难；读打油诗，小清新里大快乐。

称呼、帽子那些

老子，一个普通名词。这词一旦做了称呼，在孔子眼里，就应"父以子纲"，那就是儿子的"提网总绳"。即使是现在，碰上两个不投机的，如果一个出口说我是你老子，那是不打起来也要吵得落花流水的。作为称谓，老子有这么大能量。

再比如，老师迎面过来，一位学生侧在一边，尊称一声，然后让老师先行。这是礼貌。过了些日子，学生升任厅长，两个又对上了，这次相遇在大庭广众，学生依然先尊称老师。虽然还是这两个人，但时间变了，学生已经有了厅长头衔，出于尊重，这时的老师已不再对学生直呼其名，改以头衔相称。

这也是礼貌。但，这种礼貌多少夹了些酸味。

红军长征及中央设在延安那时期，大家都称毛泽东为老毛，后来，进北京城了，渐渐地大家改称他主席。有一天，彭德怀发现只有自己一个在叫他老毛了。这本来不算做错了什么，可按中国礼貌，不应该这样，后来他也跟着改口了，但总还是个问题——明明没错的称呼，还是错了。

人的称呼，原本只是个名词，是社会角色的一种简略表述，可不知什么时候，人们发现这种名词，隐藏着形容词的功能，用它来修饰人，作用更大。且，它的修饰功能，就像潘长江额前那绺头发，赵本山台上那种趔趄，渐渐变了滑稽起来。

想到拿破仑，他个子不高，口音奇怪，肤色黝黑，加上家境贫寒，穿着破旧，在校读书时候，不时受到权贵子弟的嘲笑，由此，他的个性也显得忧郁而孤僻起来。后来老天慈悲，让他接连打着大胜仗，他的称谓坐上了直升机，一下升到了法军统帅。这时，虽然个子还是矮，口音还是怪，可他已经在说"我比阿尔卑斯山还高""我的产业就是荣耀和盛名"，甚至"统治世界只是想象力"也说得出口了。再后来，就更乐人了，也只隔了一场滑铁卢大战吧，拿破仑又被改称流放犯，流放到了圣赫伦那岛。虽然他的那些业绩仍然摆在那里，可他已在日记里说"只要我在法国就心满意足了"，甚至他已在责问自己，"你什么时候才会学聪明？"

称呼的涨落，也会带来心理的大起大落，即使拿破仑。

到这份上，人的称呼已被异化。面对这种异化，我们有一个很天才的比喻，把称谓比成了人的"帽子"。生活中有两类"帽子"一直在纠缠着我们每一个：一种很光鲜，是自己想戴的，比如级别上的、职称上的、官衔上的；一种很晦气，他人硬加上头的，比如右派、反革命、混世魔王。要摘掉强加在头上的帽子，谈何容易，一个"右派"帽子就可以让人窝囊半辈子；要把自己头上的帽子做强做大，更谈何容易，想想我们职务上初级、中级、高级的晋升路，再想想从政者科长、处长、厅长的漫漫路，有时候，我们只是考顶公务员帽子，不也要过百人关，千人关吗？

人一生的许多精力，不是用来搞爱好和做事业，而是耗在打造（或者摘除）这类帽子上了。有时候，光鲜的帽子，还只戴在亲友们头上，也会"好风凭借力"，借光拿来打造自己的。于是，就有人凭亲友是官、富转身为"官二代""富二代",以至"我爸是李刚"成为今日新成语。实在"光"也借不上的,改了哀叹"恨爸不成刚"。

世上所有生物都不设"帽子",唯独人,构想出这么个玩意儿,让我们不得超生?

当初,胡适头上单单博士帽子就有35顶,但帽子是否合头颅,还少不了时间的审视和验证。胡适从获得这些帽子到今天,100年上下,在我们视野里,也只有文学和考据两个在闪亮了。如果再过1000年,怕的连这两项也不会灿烂了。其实,胡适这35顶帽子中,就有27顶是他在驻美大使任期内,各大学赐给他的荣誉博士,且一大半是法学博士学位。这类博士基本上是学校赐给政界人士的,与学识和成就无多大关系。当时正是抗战艰难时期,身为驻美大使的胡适,责任非小。但很遗憾,他有这么多好头衔,也未能为中国争到一枪一弹美援。

人的"帽子",不是真实的自己。我们晓得,凡人都有戴华丽帽子的嗜好。这样,当有了一顶"帽子"以后,增加高度或再加新帽子就变得十分自然。

既然爱帽子是人的一种嗜好,那么戴帽子就成了人的一场把戏。帽子越伟岸,形象越失真。于是,就有了张冠李戴、弹冠相亲、沐猴而冠……

按理,我们应该不在意那些"帽子"了,但能够吗?

失败也是一种资源

只有少数人能将失败做成资源,他这样做了。

读小学有两三门功课不及格,很少了吧,有个叫查尔斯·舒尔茨的"笨笨",他所有的功课"挂红灯"。物理是要点悟性的,可他通常都是零分。他是"这所学校有史以来物理成绩最糟糕的学生"。成绩差就差一点吧,学习差的,有的能说会道,有的朋友多多,可他嘴巴笨拙,交际根本谈不上,社交场合从来不见他的人影。画画是他唯一拿得出手的一项,上中学时,他想在学校《毕业年刊》上发表幅漫画,他交出去好几幅,居然一幅也没能让编辑选中。不用多说了,后来的就业,当然也一路碰钉子。

查尔斯·舒尔茨,简直就是一个失败专业户。

但有一条,他没有自弃,没有不快。自信和乐观让他干脆将漫画和失败结合起来,自己做"模特儿",用他对失败的体验做铺垫,以漫画语言,画出一个灰暗、糟糕、不争气但十分轻松的孩子——一个总考不及格的"笨蛋",一个屡退(稿)屡投的"艺术家",一个总给人带来快乐的"笨笨"。

他的连环漫画《花生》里，那个"木头脑袋"查理·布朗小男孩，简直就是他自己。他的风筝从来没有飞起来过，他的足球从来没有踢好过……就是这些失败画面，一下唤起了大多数平凡人的热情和兴趣，《花生》很快风靡全球。天无绝人之路。就是这个舒尔茨，后来，他的漫画在75个国家2600家报刊，计21种文字发表，他画笔下的那只史努比小狗，50年不衰。他也因此，两度获得漫画最高殊荣"鲁本奖"。

在每个人接收到的人生托盘里，快乐、强健、漂亮、聪明这些只会是一部分，更多的还是失意、孤寂、丑陋、愚蠢、伤残和病痛。人在世间走一趟，90%的时间不是在享受清福，而是在化解苦难。苏轼号称东坡那阵子，倒霉透了，他写字，一反得意时的工整和秀丽，只随了意气，随了兴致，信手写来，歪歪斜斜，笨拙得很，只在率性抒发郁积，这样，中国多出了一位书法大家。还有潘长江，他的个儿、长相，都无法恭维，但他，不是躲避视线，反是以此邀集舞台视线。他的"桃子头"，成了形象标志，他的矮个，成了他的品牌。他往台上一站，就来戏剧效果。而比利时的夏查·范洛，双目失明反成就了他集中精力分辨各种声音的能力，从而成为一位著名的特警：根据汽车引擎声判定标志、本田还是奔驰；根据电话的按键声判定拨打号码；根据回声判定说话人的位置。他说，如果我没有失明，我现在可能还是个平庸的人。

"人生托盘"里那些负面东西，也会是可以挖掘和利用的机遇。如果用来做调侃或漫画的素材，反更显别致，更富创造性。快乐的人是不会用面具来掩饰自己的，相反，会以自揭面具出示自信。

自己揭下面具是一种勇敢，等到被别人揭下面具，就悲哀了。

古埃及有个传说，一个人由生到死的瞬间，神都要问两个问题：你把快乐带来了没有？你快乐了没有？一个人的人生配给是不会变了，但你的随身携带可以选择，快乐人总是让甜蜜占满他的心灵。至于盘中那些酸辣，就要看你怎样"做"了——酸菜鱼、苦味茶、麻辣豆腐，就是这样产生的。

不妨学学拳击手：场上遭受重创而爬不起身，先抬起头。

抬起头，便有了新的机会。

对我影响最大的几本书

对书的认识，是从父亲讲故事开始的。父亲是个农民，只读过3年书，但熟悉《三国演义》和《东周列国志》，童年时代，傍晚或者雨雪天，就会给我讲里面的精彩片断了：关云长千里走单骑，夏侯惇拔矢啖睛，齐桓公大识用管仲，小甘罗十二为丞相……这些故事深深地打动过我，让我初识铁血、赤胆和智慧。父亲也许只想多给我一些快乐，他没有想到，却给了我为人做事和价值取向的模糊方向。书，有这种奇妙。

小学和初中，我没有读过什么有分量的书，不过，有一本《平面几何》，还是给我印象深刻。这书的基本内容，取自古希腊《几何原本》，2000多年了，它的基本思想，几乎是世界每个少年的必读课本！我（们）的逻辑常识，不是来自《逻辑学》，我（们）的反证、同一、类比以及演绎、归纳等初步逻辑思维，也不是来自《方法论》，是来自它。我们没有用它做过规划或者总结，没有用它演讲、交际或者恋爱，但它已渗透在我们对每件事的处理中。许多要紧的东西，我们反而不容易觉察到，比如空气、电流、精神，比如这本几何。

有人统计，这本书的世界发行量，仅次于《圣经》。古希腊有位学者告诉我，写这本书的欧几里得，是一个"温和而慈祥的长者"。也有人说他在埃及的时候，窃过一位牧师的几何秘密。即使是真的，也丝毫无损于我对他和他的"原本"的崇敬。

另一本无法忘怀的书，是李耳的《道德经》。先生似得了神助，描述一个世界也只要5400多字。记得第一次读上它，我已过了"不惑"，然而，开篇一句"道可道，非常道；名可名，非常名"，费去我十多分钟，仍不得要领，回头寻找专家诠释，还是似懂非懂。读这本"经"，就像瞎子摸象，我一次次再"摸"，一次次都有新的收获，居然不同时段，不同心情，不同版本，都会生出不同感悟。难怪同样是大家的孔丘，也来向他恭敬"问道"。

真喜欢他"大巧若拙，大辩若讷"的智慧，"江海之所以能为百谷王者，以其善下之"的奇见，"治大国，若烹小鲜"的幽默，那里太多的中国智慧，让世界众多思想巨人也竞相折腰。最想不通的是，在这时间特紧，知识如山的今天，面对它，仍没能让一下笔就排山倒海的现代客，稍有脸红？

少年时代就听说《红楼梦》很好了，不过，我读上几句，就没有心思再往下看了，里面没有大闹天宫的热闹，没有血溅鸳鸯楼的痛快，连阿凡提那点情趣也找不上。我几次上手，几次放手，直到那年胃出血，需要卧床静休，才一下把我怔住。手边虽然只是一个虚虚的"梦"，原来接近它却需要虔诚，需要远离浮躁。那真是一个大观园，里边的非常情和非常景，都要细细瞅慢慢想，才得真趣。它只讲了一个爱情故事，但人间的真情和错综，已有了到位揭示；只讲了些小事、琐事，但世上的大事、要事已不少剖析。没有谁给过曹雪芹诗人头衔，但里面的诗已是明证。他不是中医师，不是园艺师，不是心理学者，不是语言学家或者美食家，只要看看《红楼梦》，还有谁能否认他是这些方面的大家？恕我浅薄，我觉得还没有一部长篇小说应该排在它的前面。中国古代小说不多，长篇更加，有这么一部，已能够让真正懂得汉文化的外国朋友脱帽致敬。

有一种美，很时尚，疯狂起来一时间就压倒一切，但也像昙花，就那一闪两闪。它不是，它是玉，一块玲珑的"通灵宝玉"，需要汗水浸润，需要时间舐犊。我孙女说《哈利·波特》好到了顶，那是她还是孩子，可2008年中国国家级出版科研机构，在做"最喜欢的作者"全国国民阅读调查后公布，琼瑶排第三，韩寒第四，郭敬明第五，排到第十也没见上曹雪芹的影子，就只能哑口无言了。

还有两本书一直萦绕在我脑际，一本杰里米·里夫金的《熵：一种新的世界观》，一本西蒙·辛格的《费马大定理》。"熵"，出版于1981年，至少10年畅销不衰。当人们陶醉于科学技术辉煌的成就时，里夫金猛喝一声：科技在创造宝贵财富的同时，也在创造更有害于人类的垃圾！熵，本来只是一个热力学重要概念，先生以一次聪明的拓展，淋漓地阐述了"增长与发展"也是一把两面刃，任何生产力的增长和发展，都必然在以熵的增加作为代价。

我惊撼于他的犀利语言和独到视角，还有渊博知识和翔实材料（那时，世界第一个网络服务器和客户端浏览器还未问世）。

一切有魅力的著作都会有这样的效果，即使如《登徒子好色赋》，宋玉抓牢一点在拼力放大，也会在文学上留有它的席位；即使如《讨武曌檄文》，武则天大被辱骂，也会惜其文才而免骆宾王一死。

至于《费马大定理》，作者西蒙·辛格，一位物理学博士，一名英国BBC台的记者，当他为电台做完《地平线：费马大定理》之后，仍沉醉在怀尔斯解开"一个困惑了世间智者358年的谜"之中，于是，写下了这本21万字的大作。

辛格选择了这个坚硬而苦涩的题材，他要告诉人们，世界顶级难题是怎样攻克的。高手从来不会用高深去吓唬人的，他将那些卓越的智慧，组织在十分有趣的故事中，读它，像一个个活泼动情的大师在与你我游乐。平素，我们要见上一位县级干部，也总是他在台上，我们在台下。这一次，2500多年来的数学家都纷纷做客来了：发现"万物皆数"的毕达哥拉斯；在丢番图的《算术》页边上写下举世瞩目注记的费马；在数论和"大定理"上不让须眉的女杰索菲·热尔曼；解出无数难题，被迫停留在"无穷递降法"前的数学英雄欧拉；人称数学王子，在这里只说了句"作为一个孤立命题，对我来说几乎没有什么兴趣，因为我可以写下许多这样的命题，人们既不能证明它们又不能否定它们"的高斯；十分自信已解开了这个谜，后来发现还是错了的拉梅和柯西；做出一次突破性贡献并指出拉梅、柯西错误的库默；提供一流新思维的天才伽罗华；因为这个定理的证明，戏剧性地捡回了第二次生命的沃尔夫斯凯尔；当然更有闭门7年，后又独自堵住了自己的一个漏洞，跑完最后一棒的安德鲁·怀尔斯，他们个个心灵清澈，言笑由衷，亲切随和。

因此，在这样一个世界难题面前，我也会是他们一约再约的朋友！

这是一本数学科普读物，出于"世界难题"等级，出版商不敢造次，中文版第一次，也只印了10000册。那天我去常州龙城书店，柜上也就仅此一本，当初我只想作为资料买下的，不想，回来以后会一读再读，以至我还写下3篇读后感想。

多么希望这样的书能出自中国学者之手，遗憾的是，许多年来我一本也未见到。

真感谢这些书，是它们给了我极大帮助。我的职业是老师，空下来，也写点什么，它们，没有一本是我为了教育或者写作阅读的，十分奇怪的是，它们又无不在帮助着我的教和写。我想原因其实简单，什么东西，能够撞击心灵，魅力就来了，仙气就来了。像计算机大师莱文所言：我们用来搞番茄的算法，对于利用核能也是有用的。哪怕八竿子都打不上，也会伸出援手来帮助你的。

看看月亮，想想太阳

垂柳，枝条脆，木质松，木材没有大用，树干容易坏死，家具农具中没有顶过一次像样角色。但它，总是人未到，早列队相迎，人将辞，必"举手长劳劳"，倚着亭台似在说一个爱情故事，傍着湖桥像在读一篇心情文章，它的亲和、妩媚，让人觉得原本就有教养，就是应该亲近的那个。

在这个烦恼、忙碌的世界，垂柳给我们轻松自在，让我们赏心悦目。无论在唐诗宋词，还是摄影绘画，垂柳接受的颂扬，超过任何一种草木。

赞美与能耐，从来就不是成正比的。

要说对人类的贡献，太阳比月亮大无数倍，但是，我们用于赞美太阳的语言和文字，不及月亮的十分之一。人类一动情，就想起写诗，一写诗，就会请月亮帮腔，尤其是情诗，情诗如果没有缠绵过月亮，简直不像诗人。

我们有了闲情，会赞月、眺月、凝月，为此还专门造出了一个词——赏月。我们赏过太阳吗？有"赏日"这样的词吗？要赞也是在初升或者日落时候,那时的太阳,已经不在做什么了。反观月亮,它给我们发过一度电吗?让我们看清过一页书吗?出产过一次叶绿素或者淀粉了吗?没有。但是,它像太阳那样让沙漠变成过火焰山了吗?让土地龟裂、庄稼枯萎过了吗?让人们汗流浃背,皮肤黑得成漆了吗?也没有!

人类的食物,月亮没有参与过制造,世上生命的延续和发展所需的能量,月亮也没有什么贡献,我们没有抱怨过月亮一次,更没有咒骂过一次。但,人们总在发泄对太阳的不满,不仅是太阳酷热时候,即使是一次疏忽,一次不到位,也会怨声赤日炎炎、定罪干旱祸魁,再没能耐再没水平的人,都会参与了说它的不是。

类似地,花朵和果实,我们更赞美花朵;春天和夏天,我们更赞美春天;还有大地和天空,春风和雷雨,宋公明和晁天王,娇你宠你的慈母和锻你炼你的严父。延及佛界,也可以举出低眉佛祖和怒目金刚。

原因多多,但有一条不会少,人们偏执地喜欢温柔。

人往高处走,做成了许多事;但,水往低处流,做成了更多的事。

人做成许多利于自己的小事;水却做成了许多利于一切生命的大事。

对地球言,人只做了一件大事,把地球搞了七荤八素,惨不忍睹;水只做了一件坏事,发怒时冲决堤坝和房屋,肆虐大地和生命,可它的发怒,原因还在人身上。

人喜欢立规矩,"不以规矩,不能成方圆",最后规矩越立越多,条文越来越长,日子越来越逼仄;水不立规矩,也不干涉别人的规矩,在方则方,在圆则圆,日子过得挺自在。

人经常嘱咐自己:自强、自律,要面强不示弱,面弱不恃强;

水，没有什么比它更柔和了，但，一公斤水可以浮起两公斤的木块，很薄很薄的水膜可以除尘可以美容。水从直径 0.5 毫米以下的高压喷嘴急速射出，即成"水刀"，用它攻坚顽石，冲孔硬质合金，进行微创外科手术，全有一流表现。

真做到人的那种嘱咐的，似乎只有水。它不见体力，不用工具，滴石穿孔，洗山造成平原。

水，不见驾车，没有脚板，即使远在喜马拉雅，也不误相约太平洋。

没有听说水有什么特别功夫，一样上天入地，且上天则成云、成雨，入地则成泉、成流。它不朽、不形、不灭，生生不息。

险滩有块石头，立在中流。水有穿石削山能耐，但水敬畏这块矗立的石头，环着它让开了道，还溅出朵朵浪花，致敬。最后，水拥抱到了太平洋。

老子说，江海所以能为百谷之王者，以其善下之，是一大发现。

这样说，不是水多么值得崇拜，而是觉得，我们崇拜这个崇拜那个，常常没能见上真正应该崇拜的。也不是说水有多大能耐，而是觉得人在"人定胜天""人最高等"地自说自话的时候，其实还很愚昧。

一定的距离，顺风而行，总以为比逆风而行会先到达目标。但是不，逆风先到是常有的事。身处逆风的人常常提前出发，加倍努力，也不会像那只龟兔赛跑中的兔子，中途睡觉。

能将 10 斤重的东西摔出去两米的人，让他将一两的东西摔到两米以外，应该没问题，但也不，如果那一两是鸡毛，就怎么也办不到了。

类似地，能安全通过一条大河的，未必能安全通过一条小河；跑 1000 米得第一的，跑 100 米未必第一；能教好大学的，未必教得好小学。类似地，10 岁的孩子没有 3 岁孩子天真，20 岁的青年没有 10 岁孩子清澈。30 岁没有 20 岁有朝气，40 岁没有 30 岁有雄心。一般说来，年过 40 的人不惑了，稳健了，老辣了，但是，雄心也不那么气壮山河了，常见的是 50 岁没有 40 岁时不畏风险，60 岁没有 20 岁时活力四射，70 岁没有 10 岁时跑得快，80 岁学什么也比不上 3 岁毛孩了……

这个世界是圆的，谁也不会总领风骚，或者总在背运。

三个"臭皮匠"在一起，因为"臭"，不会嫉妒，不会保守，不会傲慢，他们三个，会因为"臭"，而切磋，而谦逊，而互补和叠加。

也正是因为三个"臭皮匠"能力容易叠加，才"三个臭皮匠，凑成一个诸葛亮"。

如果是三个诸葛亮呢？他们仨都有独创，都多卓见，这"独"和"卓"也都容易松散合作基础，缺失了互补层次，易成"掎角之势"。平面上，大小相等作用于一点的三个力，如果互成 120° 角，它们的合力等于零，力再大，也无济于事。

聪明常得助于智慧的叠加。"诸葛亮"在一起难以做到。曹操手下有荀彧、郭嘉、荀攸、贾诩、程昱 5 大谋士，个个了得，曹操重用一个，就等于轻疏了另外 4 个，实在不是曹操的幸事。那次，5 大谋士没能顶上一个诸葛亮。

第七辑

冰心在壶

他胜过 100 位校长

"一个父亲胜过 100 位校长"（英国哈伯特）。

我的父亲，不是老师，不是官员，只是一个读过初小的农民，初小还跳了一级，只读了 3 年，但，也没有影响他"胜过 100 位校长"。

稻子将要登场的时候，要做场，刨土、整平、浇湿，然后用碌碡压平。那次，父亲挑水浇场的时候，只见他身子扭了一下，没歇担，继续重担在肩，到夜里才听他说脚板有些疼。那是忙季，一天起早摸黑能记一工半，全家 8 张嘴要吃，一工半又可折币 1.05 元，兑队里口粮就是 10 斤米，10 斤米一家人一天也吃不完，还能疼吗？他一天没缺，半个月一样挑担、踩水（脚蹬龙骨车轴，戽水）。那天下午，天不让他再做了，下起瓢泼阵雨，才想起该看看脚板，他搬起脚板，哟，脚心红了一大块，中间已有白点鼓起，有脓了，两指挤压，不顶事，改双手用力，一次两次，痛到出汗时候，一根寸长的竹篾夹着大块糜肉射了出来。原来，场上那一扭，是竹篾刺穿草鞋，篾断进肉里了，难怪那天草鞋底血红一片。寸长篾，在肉里，半个月！支起一个140多斤的躯体，再加一二百斤重担，再脚蹬转轴，他也撑得住。现在，脓已尽筏已出，当然不用理会了，雨一过，父亲又出工去了。

这就是父亲。学校什么课能上到这份上？哪位校长能给学生讲出这么实在的课？

我想起"关云长刮骨疗毒"的故事，那是父亲喜欢讲的故事之一。讲故事是他与我们交流最常见的途径。雨雪天，在家编草鞋、打竹篮，或者那天没鸡蛋换煤油了，点不上灯了，他的故事就开始了，我们弟妹全团在一起，连母亲也成了听众。讲7岁为孔子师的项橐，晏平仲二桃杀三士；讲秦廷上让秦王为赵王击缶的蔺相如，刖双脚也不懈呈璧的卞和……。他话语不高，手中活不停，但有志不在年高，智慧能胜强敌，以及捍卫真相和维护正义的精神，已润进心中。

父亲讲的都是历史故事，且在我有记忆起，父亲已经一句书也不看了，只劳动，可他能记这么多、这么清，这可是地地道道一个农民啊。

有年夏季，我生了一个毒疖，那年代生个疖子是不会上医院的。母亲想用缝衣针刺出脓水，我痛哭不从。父亲笑了，他讲了那个"刮骨疗毒"，讲完了，我们兴致不去，又接上一段"夏侯惇拔矢啖睛"。以后，我们再碰上打针、挑刺，疼痛当然依旧，但怎么也不哭闹了。

小时候我十分贪玩，学校布置的每天一张小字，怕写，总是想些一、二、三、丁、了、乙之类的少笔画字填满。父亲看上了，也是笑，不过那几天的故事已换成孙康映雪、苏秦锥股一类。回想起来，我们晓得的王冕挂角、车胤囊萤、铁杵磨针、凿壁偷光这些，都不是首先在课上了解的，而是从父亲嘴里得知的。稍大一些以后，晓得父亲讲的这些故事不少都出自《三国演义》和《东周列国志》。

我找上小书摊，迷上小人书，4年级开始，坐在摊边，一分钱两本，找一支牙膏壳变卖了，可以看半天。读小学我已熟悉赤壁之战、城濮之战这些了，也记住了诸如西门豹、师旷、韩非、华佗这些名字，连蒙带猜也认识了"蔺""晏""谡"这类冷僻字。——父亲没有一次在"教"，但，"不留痕迹，雁已过天空"。

"3年困难时期"，我已在镇江读师专，那些年物资奇缺，6月底父亲写来一封信：

儿

　　……这里夏收夏种已经结束。坟堆、河滩种的几亩南瓜，结了许多，有了南瓜，就一定不会受饿了。伏天天热，搞生产只能起早摸黑了。你们何时放假，留校最好，家里总比不上学校，你在那里可以多多学习……。信里附币5角，是卖山芋藤得来的，你如果回来，可多买些石碱带来，这里没有，吃大麦粥要用。没有石碱，早上烧的粥到晚上就坏了。

　　祝学习进步！

父 6 月 27

　　父亲身边的山芋藤，都特"懂事"，也能生钱。不过他的5角钱也要山芋藤帮助才会有。他吃南瓜、喝大麦粥也想着让儿子留校，想着儿子"学习进步"还有"学习进步"。那年，为减轻父母负担，我进教学楼兴建工地，去抬大筐土，38度，烈日，肩上磨起多个血泡，也坚持，直到得上8元。

　　这样的信很多，有一封是这样写的：我现在到丹（阳）金（坛）漕河工地已近两个月了，加夜班挑土我奖到柒角，再加家里带来的一些南瓜子，和杂色种子的变卖，寄壹元玖角，供你洗澡剃头用。这封信父亲用到的数字全是大写，他可能是无意的，今日再读，已无法不含泪。

再一封信，父亲已 70 岁有余，已经"改革开放"，我也有了两个孩子：听说洹洹（——孙女）读书用功，评上"三好"，很高兴。我们耕读传家（大约是指祖父做过塾师），我想你们可以更上一层楼了……寄来的台子，不要卖掉，是给栩栩（——孙子）的。信中说的那张家栽榉树打的雕花八仙桌，是老人传给孙子的，一定要给，花 10 元寄也要给。他写这封信已经连倒了信笺也辨不清了，一个"接"字丢了下边的"女"，一个"榉"字"木"和"举"离了足有两字远。但还操心，一直到孙子身上。

这些信多数已在动荡岁月中散失，只剩下七八封了，我已珍藏，不敢怠慢。最近我将它们一式 6 份复印了，一一分发给弟妹，不是想让它们代代相传（后生们怕也不会去藏这些东西了），而是想让正在做着父母的弟妹，学学父亲，怎样也去"胜过 100 个校长"。

应该说，我们兄妹 6 个，天资并不出众，在校时拔尖的不多，但，做人没一个不正，事业没一个不敬。6 个中 4 个做教师，都敬事业、爱学生，个个是教书好手，且有 3 个升任校长。有一个兄弟继承父业种田，闲时兼营卖米，本分让他成不了大款，但诚信和勤奋也让他无法不是"小款"。父亲是成功的，至少在教育子女上。他去世已经 10 年，今天我虽在说他，其实，他又在给我上课了。

孙子个个是天才

这里有个泮池园,园里有个九曲长廊,可以坐,可以望,自然成了"退休者论坛"的驻地。老人论坛 3 大话题,一是声讨腐败;二是养生保健;三是话说儿孙。那天的话题是孙子。

原先在书店的老苏头先开腔:我家猴猴,3 岁,唐诗宋词就会背五六十首了,一首诗教他一二遍,就上口,真不晓得哪来的这记性。

电厂退下来的老姚接口:电视上一放《西游记》,我那小孙子就"你挑着担,我牵着马"唱上了,还说,爷爷,前边那个是真孙悟空。我问他你怎么知道的?他说你不晓得?真孙悟空怎么变那条尾巴也变不去。他爸爸的 MP3、MP4,一拿到手就清楚,家里的数字电视,这个键那个键,我总是弄错,他啪嗒啪嗒,顺溜得很,小家伙才 28 个月啊!——他不说孙子 4 虚岁。

坐在对面的阿婆,她讲起媳妇的不是来,让你不跟了生气都不行,今天听他们在说孙子,也来了一脸喜气:我家小囡,6 个月就会招手再见,一周多一点,听到楼梯上有脚步声,就争了从怀里下来,跌跌撞撞拐到门后，去拿她爸爸的休闲鞋，她爸她妈的脚步声一点也不会弄错，我说，乖乖，给我吧，她还不肯，一定要自己送过去。想想我们小时候，到七八岁连左脚鞋右脚鞋也搞不清。——阿婆这个，不仅聪明，还是个孝子。

老苏头的话还没讲完：我家猴猴还特喜欢画画，他爸不让他画，说这么好的记性，不学英语不亏啦，学好了英语，将来跟外国人去比。我说你不晓得兴趣是最好的老师？喜欢画就让他画。嘿，他的（少年）画现在就送日本（展览）了，画起人来，一笔，头就有了，一撇一捺，眉毛来了，大人、小孩个个像，家里没有谁教过他，也没有谁逼他画，神不神？——这个无师自通。

说到画画，阿婆也有话：我大孙子小时候，也喜欢画啊写的，家里的一面墙给他涂成了花脸。有一次，还在上幼儿园，和楼下的王心闹别扭了，要写"王心是个大坏蛋"，"坏蛋"两个字不会写，他画上一个圈，再破上一块，还在滴污水呢，嘿嘿，他想得出来。——这一个……反正歪才也是才。

老苏头听到有人接他的话，更来劲：那次我让猴猴背《春晓》，他说，春眠不觉晓，处处闻小鸟，夜来风雨声，花落知多少。我说怎么说成"小鸟"啦，他说，爷爷，我们这里哪里有啼鸟，只有小鸟呀，哈哈——你瞧瞧，这个不仅在背孟浩然，还在改孟浩然了。

阿婆趁老苏头打哈哈，又接上了：我大孙子，念书从来不用我们烦神，小学到初中，奖状贴破了墙，今年又考上省重点高中了。

"考了多少分？"我问。

"500分差8分。"——她不说492。

"就这分数，怎么能上省重点呢？"

"出了几个钱"，她怕这话被人误会，接下来语调急促："考试前几天，天气一冷一热，不正常，他伤风了，发热，头昏，平时每次都稳得很，就那一次没发挥好，考数学那天，前边的考生，一想不出来就敲铅笔,把他全搞乱了,草稿上算了明明白白的,抄上卷子弄错了,一道题就冤枉扣了 13 分。"——不用说了,反正挺优秀,像这样的"没发挥好",我们听得还少吗?

我觉得好笑,回到家,将这些话讲给老婆听。老婆扑哧一声笑开了,说,你忘啦,外孙十三四个月说不上一个完整的词,十七八个月出不来一个像样短句,光打手势不说话,一家人急了要命,你不是说,急什么啦,爱因斯坦不是 4 岁才讲话?贝多芬、聂卫平不也是先打手势,很迟很迟才会讲话的吗?

你看,外孙就是不一样,外孙迟迟不会讲话,不也是天才的特征?

云南旅友

云南游，我两次邂逅有趣旅友。

一位是野象谷遇上的老先生，脸膛清癯，精、气、神都十足，还有老伴跟随。两个一式的旅游鞋，一式的旅游帽，一式的花白头发细眯眼睛，一路上，不是你一手我一手牵着，就是一步不离三寸。可惜没配情侣衫，否则，活脱脱一对龙凤胎。

一进景点，两位就像进了小学生课堂，尤其是老先生，一会儿左边，一会儿右边，专心听导游介绍。导游间歇的时候，先生套住老伴的耳朵，说悄悄话。我说：老先生，啥秘密公开一下嘛。他笑了：耳朵有些背，不这样给她说一遍，就白来了。这样，他将刚刚得上的趣味段子，或者奇花异草的点评，再给老伴重播一遍，然后两个一起眉开眼笑。

单单听，他们还不过瘾，还要提问。老先生对冲天大树很感兴趣，指了棵1200岁的千果榄问，还有比它更长寿的吗？又指了二三十米高的番龙眼问，它的果实也跟桂圆一样甜吗？再问，红椿树与望天树哪种木质好？看见青藤、刺藤，不扭不曲，倾着藤条，半天里飞身到地,他的问题更奇了,它们怎么会像电线杆拉索一样从半空斜插地面?待导游答问的时候,我看见他还在一个小本本上一边记,一边自言自语,从树上挂下来还落地生根?我被他逗乐了,问老先生原先做什么工作?李说,做老师,教植物。"哟,职业习惯!""哪里,热带雨林以前只在书上坐井观天见过。""今天补课了?""嘿嘿,以前从来没有亲眼目睹过,看到这里孩子赤脚飞身上椰树,野象就养在家门口,特别来劲。"

在一棵菠萝蜜边上,导游停了下来,说,看看这菠萝蜜,它的果子是在树干上结出来的,干上先出一个个芽,一个芽就是一朵花,接了就能有果子长出来了,花儿小,果儿大,这家伙大的可以长到20多斤,最大的菠萝蜜王一个75斤,能让几十个人吃一饱。老先生立在那里哈着嘴巴,眯着眼睛,从上看到下,又从下看到上。同样"到此一游",他比我们兴奋多了。接下来,这对龙凤还边游边讨论:木瓜也是树干上生花,树干上结果;可可、咖啡更厉害,果子可以结到光溜溜的根部……。老先生打开相机,先给那株可可摄了一个影,然后拉上老伴,请导游给他们与那株可可再合上一个,两个"鹤发",流溢出无数"童颜"。惹了边上的可可豆一树绯红,跟了高兴。

他们告诉我,下一个目标,明年去印度,看看那里的警车究竟是不是不用警灯不用警笛,那里的商店购物究竟是不是刷信用卡不用密码……

邂逅的另一位,是个中年女士,在西双版纳飞回昆明的飞机上,我们是邻座。女士上下品牌,手腕、手指、耳廓都有挂有戴,修饰着发福的躯体,她一坐上椅子,就将那双"耐克"脱了,凉脚。

女士知道我也是来旅游的,问石林到了吗?我说到了。"丽江呢?""也到了。"接了她问香格里拉、虎跳峡,再问黄果树瀑布,泸沽湖,马岭河大峡谷,直问了我与我周围的人没一人到过的许多地方，然后，拿出一大沓门票给大家看。我说，我们跟团，走常规线，只到一些大众景点。她说，跟团不自由，新的景点到不了，我去的那些地方，都是我表弟开了车，带了我玩，玩到哪儿，吃到哪儿，住到哪儿，这一次时间紧，兜了20天，下一次去缅甸、泰国，玩它一两个月。我说，"你上班呢？""我不上班。""你家里人搞企业？""做点生意，表弟业务忙的时候（——她又说表弟了），我一个人了，才跟团，跟团就像傻瓜一样了，不过照片还是把我拍死了……哦，你们上雪山了没有？""玉龙雪山？""不，我说的是梅林（梅里）雪山，有13座山（大约是指太子十三峰），都七八千米，比玉龙雪山高多了，玉龙雪山只两千多米。""不对吧。""那就三千多。""也不对。"她的前座忍不住了，插话，"扇子陡主峰有5596米。"

　　怕她太难堪，我将话题岔开："你一个人在外，那孩子呢？""孩子？留学，去新西兰了。""上什么学校？""名字老长的，反正挺厉害，要先进去读两年（估计是预科），考到了，再一级一级升上去。"

　　她不想在这方面多说，另起一个话头，"螺旋藻、缅甸玉你们买了没有？""没有。""那叫什么云南游？白来了。""嗯，嗯——"我们没有再谈下去。

　　这次游云南，还有这么两个景点。

今世缘

她，工资比我差一截，年龄比我小7岁。我们俩，如果在同一所学校，这毛丫头一定毕恭毕敬站在位上回答我的提问，如果是同事，想让我做件事，也不会像现在这样牛得连姓也不带。自从办了那次结缘仪式，我的衣裤，我的喜好，已由她操心，我外出的拎包，包括深海鱼油和维生素C，也由她帮了准备和查点。单位组织去"世博会"那次，我必须凌晨4点起身，弄饭，赶车。其实，我也不是那么低能，可她既怕我睡不踏实，又怕我睡过了头，把只手表压在枕下，一会儿看一遍，过一会儿再看一遍，一通宵都没睡踏实。她曾告诉过我，她的同事把家里的那个（丈夫）当小毛娃带了。我笑，她难道不也是？

两人聊天更逗。开始，我们讲最甜蜜最难为情的那种，讲乏了，改了讲最不谦虚最少关拦的那种，再是最没水平最不思考的那种，或是最细碎最多重复的那种。电视机对面的沙发上，吊床一样大的凤岭公园，上超市的大道上，无不撒着我们松针一样细微的话题，先讨论，明天早上的汤团吃什么馅，再提问，上3楼一共有多少个台阶。待这两个问题有了结果，又来分析，张国立（演的）那蒋介石，和唐国强（演的）那毛泽东……有了这么多共同语言，狗尾巴草跟大青石头会不亲切起来？

休假那天，要是又遇上下雨，我们就挤到电脑边上了。那时她刚学五笔打字，我明知她有写字不规范的习惯，蓄谋让她打"爿"，打"肺"。她当然半天上不了手。接了要她打"凹凸不平"，她好歹只出来"不平"，无法"凹凸"。我这样做她的老师。当然，如果我教她"淘宝"，半天就只有几秒那么长了。要不，我让她看朋友发来的《只有越南会这样》邮件：一辆加长摩托上面，团了七八个男女，外加三四个抱着、驮着的孩子，嘻嘻哈哈一路高兴；接着，自行车后座的左右两边，各跨一个钢筋焊筐，一个筐里站一个孩子，街道成了孩子的风光，孩子成了街道的风光；再跟上，一个敞着上衣的小伙子，踏了三轮车过来，车后是去尽了毛的整条猪（肉坯），不知那人有着何等功夫，能载起一座移动肉山，穿行于人群和商铺之中，如入无人之境。——我这样让她一愣，再愣。

成了夫妻，可以这样寻趣。

有一年，父母来信说想砌间新房子，我瞒了她直往家寄钱，一下乱了这位家庭总理的阵脚，她唠叨不休。但我最不能容忍的，就是对给父母接济的干预了，一发威，掀翻了煎在锅里的3条鱼。她伤心透了，拾起一只鞋子迎面砸来。我火上添油了，捏成铁拳举过头顶，但，想到对手是她，那个拳头说什么也坚不起来，改了小布什那办法，闪身躲过那只飞鞋。之后，我们3天没有搭腔。第4天，我当然应该再坚持下去，却发现餐桌上压了一张条子，条子上写着：锅里有蛋。还是这4个字厉害，一场冷战彻底崩溃。

再后来，我成了她的贴身"家教"，她成了我的终身护理士和文字编审。这样，她学会了百度搜索、网上寻医、发手机短信，弄清了CPI、BBC、GDP。我这边呢？她说我出门啦，一小时以后，就办来了我喜欢吃的地衣,还有我曾经提到过的野蒜——她要替我做野蒜饼了,用从我母亲那边偷学来的手艺!

又想上她给上学弟弟送雨具那次了,我们素昧平生,却在教室尽头撞上了。她问,老师,初三(1)班教室在哪里?我因捧着作业,用嘴努了个方向,这一幕大约5秒吧,想不到成了我们历史性的第一次"暗线接头"。她当然更想不到,这个连手都难得指的家伙,竟是她日后分分秒秒的牵挂者。更难解的是,那时我正与一个"长得好看又善良"的姑娘热着,十天半月还"月上柳梢头,人约黄昏后",3年里,两地书写了几斤,甜蜜蜜酿了几吨。她呢,舅妈正在给她说一个"亲上加亲"。与我相比,那人外表帅气,上下活络,还在乡主任位上,人家两年等她牵手。待这戏轮上我俩上演时候,我发现,原来情书、誓言、头挨头的两人照,可以全盘省略,也一样直取目标。

6月,女儿要参加会计师职称考试,她得去帮忙料理一下家务,不巧,这当口我的胃病又犯了,且多失眠,妻放心不下,有些为难。我说老毛病了,没什么大不了,你只管去是了。她过去的第二天,那边来了电话:"上午我在这里找上了一位好中医,把你的病情全说了,他觉得可以用黄芪先调理一下。卧室左边矮柜的第二个抽屉里,有三盒黄芪口服液,上边有服法,别忘了。""忘不了。""每年你到这时候痔疮都会发作,马应龙痔疮膏忒灵,交通局对面那家药铺里有……""知道了。""人到60……""知道了——"

知道什么,我知道女人就是啰嗦。

每天晚饭后,我都浏览当日报纸。那天我一坐上桌前,就发现玻璃台板底下"黄芪每日早晚各一支"一行字,呀,这才想起我忘了服药了。看字迹,是儿子写的,儿子怎么会在这里写上一个字条?

原来,尽管她已作了布置,但还是觉得不踏实,为了这个,她从远方遥控儿子，构筑了这第二道"工事"。

待女儿那边一切停当，回到家，妻说，也不知咋搞的，只要你的胃病来了，我的胃也就不舒服了。我说，有这样的事？你也去查查胃镜去，你不也更年期到了吗？两天以后，她的胃镜有了报告：萎缩性、浅表性胃炎，中度，伴糜烂——她的胃病比我还要重。

说什么呢，只想起席琳·迪翁那首歌："如果我看不见了 / 你就是我的眼睛 / 在我无言时 / 你就是我的声音。"

什么是缘？缘是这 5.1 亿平方公里，68 亿人口中，就这俩住一间房，挤一张床，且一住一挤就是几十年；缘是就这么两个，一锅饭一碗汤围着吃，一盏灯一个盆共着用，一道门锁一个喷嚏共关心，一滴汗水一个趔趄都惊动；当然也是发最多的脾气，说最多的狠话，哭最多的鼻子，打最多的哈哈的那两个！

这两个，原本八竿子也打不上，可缘来了，一块饼子她咬了一口，剩下的，你也甘愿进行到底；一个蚊子钻进帐子，也会成为你俩的共同敌人。到后来，她的习惯加你的习惯，除以 2，成了两人习惯；她的碱性加你的酸性，调一调，成了两人共性。至此，已几近雌雄一体。

青松在春风中摇曳

3月15日是父亲的忌日,父亲去世10周年之际,一家人约了去他墓地祭奠。我赶到墓地的时候,两辆轿车已歇在父亲身边了。郊外已泛新绿,坟头也修饰一新,墓前,果品糕点铺陈一地,冥币,连"美元"也上了。广柑是父亲从未尝过,火龙果更是他首次所见。想到我们已过上这样的日子,老人家一定袖起双手在笑了,他是极少袖起双手的,只有很高兴才会有这样动作。他活着那时候,就是来这个世界出力流汗的,吃,只是保证他的出力气和淌汗水,只是为了保证我们的温暖和识字。

大弟又讲那个故事了,那年冬天,开挖金坛至武进的湟里河,中午,父亲在工地上分到两块山芋,那是要什么就没什么的年代,他想到了附近上中学的儿子,饭间一二十分钟间隙,他从工地跑到中学,找上了儿子,笑嘻嘻地拿出那个捂紧在胸口的山芋。儿子吃上了,比他自己吃了高兴。大弟说,那时我真傻,接到山芋,就狼吞虎咽一下吃完,不晓得那是父亲的一半中饭。

大弟这话也让我想起另一件事。那年三月三日水北集场,父亲去采购小农具，把我也带去了。他怕在集上吃饭花钱，下午出门，只去半天，说下午的东西便宜。我一蹦一跳地尾随着，刚进市集，铜锅饼的香气就悄悄袭来，饼面上顶一只大虾，鲜红，四周被香油炸透，葱黄。我别过眼去不看，可那香味，绕过身来也往鼻孔里钻，我不由自主地慢下了脚步，拉牢父亲的衣角，用视线表达意思。他当然理会内含，搀上我，俯下身子说，这东西馊面粉做的，就那只虾子骗人，能比我们家门前塘里的虾子鲜？我默默咽下口水，可再走了几步，不知怎的，又到了甘蔗摊，一只脸盆里，放着高高的一堆，都削了光溜溜的，每一截都水淋淋白生生，死命地诱人。我克制了一会儿，还是熬不住，怯怯地向父亲提议："买一截……"这次他为难了，蹲下去摸摸这个，又拣拣那个，最后还是说：不是烂了，就是太嫩，怎么想吃这落脚货？

是啊，父亲哪能买呢？他买扁担的钱也是用锅里的米换来的。但6岁的我，能想这些吗？回来时候，我一路没话，也特别没劲，一下子落后了一段。他回过身来，把刚买的锄头柄和扁担毛坯，挟进腋下，空出了一只手，一下将我托起，让我骑在他那宽厚的肩上，开始了那种没完没了的忠臣和奸臣的故事。他一直讲到我口不生津，乐而忘馋，插嘴追问奸臣最后怎么死的。

一到家，老爸放下那捆竹器，随即拿网下河去了。他让我替他背虾笼，自己则裤管挽到大腿，赤脚趟进三月凉水，双目专注网兜，身子佝偻成弓，沿河坎，一网又一网向前搜捕。父亲捉虾并不在行，要不是连抓带赶坚持到天黑，怕是虾笼底也盖不住。不过，那半碗虾当晚便端上了饭桌，一只只通红。我夹给父亲，父亲传给母亲，母亲又夹到我碗里，成了满屋子喜欢。

回忆更加沉了我们对父亲的思念，但时间已掠去了我们任何尽孝的机会。想让父亲睡一次囫囵觉、体验一下什么叫"春眠不觉晓"，想让他定下心来真正地抬头看一回天上的云彩，已不可能。想让父亲见识一下什么叫宾馆，尝一块哪怕是炸鸡翅，抑或乘一次轿车，陪他在湖滨大道绕一圈，都不可能了。

轮上洹儿祭奠了，她上前说：爷爷，我是洹洹，今天一早从常州赶来给你磕头了。他们的话太沉重，我给您讲点高兴的，您栽的那两棵树，结柿子啦，我们年年都代你吃了。您担心的三叔，也在城里有新房了，没想到吧，今年我开始在大学上班，您的孙女也做大学先生了，一个一万五千人的学校，单单图书馆就住得下我们一村人……

坟头青松，在风中不停摇曳。孙女这话，像把他老人家也讲开心了。

秋是一棵芭蕉

秋像一棵芭蕉，意象里，有三片翠叶最让我心动。

第一片，长在我的童年岁月，全是快乐。

入秋了，忽然有一天，满屋子飘起了奇香，那是锅里熬上新米粥，让瓜菜和大麦糊骗了一个夏天的肚子，转运了。舀一海碗，端进门前的桂花树下，粥粘稠稠的，雪白；桂花，甜迷迷的，喷香。碗面上明晃晃的浮一层米油，吮上一口，眉也开花，眼也发笑，不知不觉三碗下肚，可心里还不想丢碗。老爸看出苗头，捏起两个指头，对了我鼓起的肚子"嘣——嘣"直弹：哟，熟啦，西瓜熟啦！秋有这种滋味。

秋的另一半童趣，闪烁在明月里。夏天让汗水、蚊子、痱子搞怕了，连月亮都提不起精神。只有到秋风一遍遍冲凉以后，月亮才来兴致，冷不丁就撒上一地白花花的银子，那银子，你家有，我家有，家家有；那银光"苟日新，日日新，又日新"。秋月，是我捉迷藏和猜灯谜的看客，也是我幼小心灵的神秘宝库。我看着它，寻找那个偷吃了丈夫窃来的不死药的嫦娥，寻找五百丈高的桂花，以及会捣药的玉兔,我想它为什么神仙也砍不倒?每次,同伴指了月亮说,仙女在呢,你们瞧!但我还是没能找到。我没找上,也留下了更多的遐想和第二天的再找。明月特别大特别圆的时候,不仅桂花、芝麻、菱藕也香了,连阳光里的衣被也跟着香了;秋天,拔个萝卜是甜的,挖个山芋是甜的,连青菜帮子菠菜叶子也给秋霜灌进糖了。最甜最香的,该是月饼,那是姑姑孝敬爷爷奶奶的礼品,藏在一只大缸里,小麦覆盖着。我馋得不行,对奶奶喊肚子饿。奶奶笑笑,那双树皮手往缸里一伸,月饼来了。那时候,油是炒菜用来滑锅的,而月饼里面的油,却能将饼壳子都浸酥,糖是商店里也难见上的,月饼里面居然尽是糖。核桃仁、瓜子仁、枣泥,好东西全集中在那里边。奶奶每给我拿一次,都说是最后一个,可只要我再"饿",奶奶总能再变出来。那时真不懂事,奶奶的那份月饼,统统填进了我的欲壑,当然,也成了我终生的追悔。

第二片翠叶,是从古典诗词里长出来的,沉重而苦涩。

说来我已经读上高中,后四个学期的"语文"改成了"文学",课文按年代编选,第一册从诗经编到南北朝乐府,第二册从李白编到宋人平话,接下来是元杂剧,明清小说,直至辛亥革命烈士诗选,没有一篇是外国文学和现代文学。这个年龄段,也是稚嫩学生"文学病"的高发期,说到秋,我总会想上白居易浔阳江头枫叶荻花的辞别,荆轲去秦前的《易水谣》。也许是宋玉那句"悲哉,秋之为气也"开的头,自古一直沿袭下来,一提起秋,烟也是寒烟,草也是蓑草。这个时节,细雨总在诉苦,西风总是萧瑟,登高取爽也只在悲秋,一个"愁"字,也成了"心上秋"。秋是一位"人比黄花瘦"的女子,心怀一个"欲说还休"的愁,蹒跚在"寒蝉凄切""梧桐半死"的曲道上,身边"花自飘零水自流",前边"渚清沙白鸟飞回",在这个沙洲清静,沙滩苍白,鸟儿往复徘徊的地方,她轻声叹着"寻寻觅觅,冷冷清清,凄凄惨惨戚戚……"。纵使鉴湖女侠,也会赋出"秋风秋雨愁煞人"的。

这类情景，矫情是矫情了一点，不过，总也是秋的一个侧影吧，否则，怎么还会有一个"多事之秋"的成语呢？

等心中有了清晰的第三片叶子，我已步入中年。秋，只在象征承当和责任了。

秋，虽没有春的风流和快意，但也不像夏，那么好胜和执意；虽没有冬的铁面，也决无冬天那种冷寂。秋是一位历尽沧桑的过来人，持重而质朴。西风的萧瑟，成就秋的削冗去繁，秋霜的苍凉，也正好成了秋收浆熟果的缘分。即使已经泛黄的叶片，老态的扁豆和辣椒，秋也有法力做成花红！

意象中，秋，是一位贤淑的女子，像我姐。

姐是伯父的女儿，她叫秋蓉，大约10岁左右，伯父惹上了村上的一个寡妇。寡妇身单力薄，一个男人挑起了两个家庭，这边4口，那边4口。秋姐还有一个患小儿麻痹症的弟弟，7岁还在吃奶，8岁反而路也不会走了。念书她是不成了，11岁，开始放牛，一个女孩放两头牛。她与男孩一样踏牛角，爬牛背，唱山歌。唱"渔翁乐陶然，驾小船……"，唱"天上旭日初升，湖面好风和顺，摇荡船……"。姐像秋，和顺、开朗。不过，她唱得更多的还是《送别》《夕歌》那些，每当傍晚，一灯如豆，拿起手抄的那本歌本，唱"长城外，古道边，芳草碧连天……"，唱"……我们仔细想一想，今天的功课明白没，老师讲的话可曾违背……"（后来我晓得那是李叔同的作品），她的"知交半零落"是想上学，她无法忘记学校。

15岁，伯父对她的要求更高了。那时常州郊区的机织作坊已经兴起。她独自一人到离家60多里的湖塘桥，给私户做家织布。应该还踩不动那台沉重的织布机吧，不过她写回家的信，却总只说老板一家怎样把她当作亲人。至于熬夜，生一手冻疮，都是过年回家后，我们才清楚。她小小年纪，就这样成熟，像秋。

新中国成立后,伯父重新考虑姐的前途,让她回村插班,插 6 年级下学期,这样,与比她小 8 岁的我成了同学。20 岁,我们同时考进了中学,不过她考了第 2 名。姐带着我,租了半间茅房,自炊。那年我 12 岁,说自炊,其实饭都是她一人在烧,早上也总是她烧好了早饭,才叫我起身。一年后,我们换了一所学校,住进了姑母家。我们读初三的时候,伯父对姐说,我实在没有力量再维持你上中学了。姐一声不响,泪水直淌。那年冬天,她与一位军人结了婚,不是爱,是生活。她这样一边读书,一边生孩子。姐慈祥、勤快,班上的同学也与我一样叫她大姐,不仅选班干部她的票数最多,就是生孩子缺下的功课,大家也抢着给她补习。之后,我们又成了高中同学。从高一开始,她有些力不从心。她不说已有两个孩子,不说一个易怒的丈夫、一个呆弟弟和一对体弱的父母要她分心,她只说我的脑子变钝了。这个时候,姐常常将笨鸟先飞这个成语挂在嘴上,夜深了,她怕影响姑母和我的睡眠,总是用一件布衫挡着罩子灯的亮光,苦读。我不知她"先飞"了多少时间,只知考大学那年她还是考取了南京农学院。她这样担当,这样清澈,这样沉甸甸。

上了两年大学以后,姐夫在转业前夕对她说,他再也无法忍受一家三处的鬼日子了,要她退学。离大学毕业不到两年了,她极不想舍弃,让亲戚朋友替她说情。但军人不多讲道理,只说一不二,他是军官,出口就是命令。

一边是她渴望的大学,一边是军官的命令,最后她服从了命令,并以泪水洗脸平衡着她的苦楚,又将家安排进了南京九华山铜矿,在那里给一家人做饭。

以后的情况我晓得不多了,只听说两年后她有了一份出纳工作,并成了矿区评先进和拿奖状的专业户。丈夫是矿里干部,也是惯性使然,常用打仗的办法对付开矿,惹来意见纷纷。姐这个"专业户",又兼上了干群两方的调停员。矿长看到了她还有这方面的特长，干脆选她做了矿上家庭纠纷调解员。这样，她也成了矿区的一名干部。

秋是处处飘香处处生甜的，秋姐也是。

香甜的日子总是过得飞快，他们很快就退休了，一家搬到了热河路一个偏僻的小弄里，38平方米，六亲不靠，一人不识。两年，她又让人发现了，街道办好歹要聘她做居委会主任。人的秉性会改吗？又将居委会当成家在忙碌了，她可有很严重的心律不齐和高血压啊。那天，丈夫去了河南老家，她忙了一个上午，累了，连饭也不想吃了，午休的时候，静静地趴在办公桌上，走了。

那年，她62岁，街道办送来的挽联是：高风亮节秋主任；冰清玉洁蓉大姐。

一个人旁观·老小世界

一个人旁观

喜欢散步,一个人,尤其是傍晚。将黏在身上的面具、纠缠和尘埃,统统抖干净,然后,世界在一边,一个人在一边,旁观。

初夏的夕阳一声不响,将余晖投向栅栏,栅栏在地面的"画像",即刻天真而甜美;柔光再抚向香樟,香樟动情了,那束光化成了金子,从一片樟叶跳到另一片樟叶,这一次,它显然已当成艺术在做了。栅栏围着的那个院子,原是地方法院,七个月前搬了。一说,要拆除重建,又说,换新主人了,一直在等待。里面的树木花草肯这样等吗,就这几个月,毛毛藤掩没了小径,一枝黄花也悄悄地站上了门前台阶,原本不慌不忙的牵牛花,也试着举起了红的、紫的喇叭。那条流浪小狗,以为牵牛花在为它开放,摇着尾巴,欢着蹄子,一会儿蹿东,倏忽回头又蹿西。当然,小狗和牵牛花不会知道,它们的这一刻已在开启我的心扉,修复我的情绪。

这个世界这样相互缠绵着，关照着。

离开这里，我走进了对面的凤岭公园，大大小小的石块，随缘结伴为路，任我盘桓于小山、松林。这里常是我灵魂栖息的地方。几天前的一场雷雨，刚刚给新开的池塘灌满了水，青蛙开心了，把它做成了自己的乐池。蛙蛙们从来就没认为自己的嗓子会比帕瓦罗蒂差着水准，更没有想过它们那几个旋律会拿不出手。它们这样没心没肺，它们从来比你我快活。

新岸和松土，经水一浸，岸柳的根系酥了，跌倒的娇柳与地面成了30度角。从褪色躯干和凋落绿叶可以看出，她已作过许多努力，仍然无法立起身子。长裙摇曳是一去不返了，但，当我今天再看到垂柳的时候，高兴又回来了——池边平添了一座孩子们的"险桥"，她的30度身子，也正好成了池水摄影的新视点。

走上霏雨亭鸟瞰时，华灯已经初放，南面人行道上，一位白发苍苍的弓腰老人，踽踽而近。记得我始称老师的时候，他是我们那所中学的教导主任。路灯将他的身影画得大而无当，十分模糊。每跨前一步，他的身影修改一遍，每走近一分，影子的墨色加浓一分。不禁浮现出主任当年的重笔浓彩：一位神采飞扬的儒者，声如洪钟，每每立于讲坛，坐下鸦雀无声，笑谈间，智慧的清泉已汩汩流心。

我唤他主任，他没有反应，再挥手致意，仍未发现，无奈，目送他渐行渐远。灯光，再次将他越画越淡，又渐画渐轻。

人的一生，大致也像这样吧，来也朦胧，去也朦胧，唯一应该珍视的，是光照出示肖像的那几笔。

2路公交车停靠在站的时候，我发现了老同学叶俊，黑黑瘦瘦的那张脸正好嵌在窗玻璃框中。我们至少十年不见了，怎么会这样相遇？读初中时，我俩都小，班主任让我们坐在前排一张桌子上。他有一个趴着写字的习惯，他一做作业，我的左方领地就遭严重侵犯。我恨，狠狠地将他推到"三八线"外，不想撕碎了他的练习。

"不讲话,只行动"的他,重拳出击,直酿成我鼻孔流血。我自知不是他对手,以连声痛骂"黑狗——黑狗"抵抗!那是他最忌讳的绰号,班上没有一个人晓得。他的拳头更野蛮了,那次我吃了大亏。但"黑狗"从此也在学园泛滥成灾。

非常想不到的是,我们后来又分进了同一小县,我窝在乡村当老师,他跑遍沟壑做水利。我们彼此晓得,但极少见面。就是见了面,也是我问一句他答一句,即使我问到他那有着大出息的爱子——他似乎仍然坚守着"不讲话,只行动"的旧习。

我想跑上去打个招呼,无奈汽车已经启动。我晓得他一直没有任何官衔,但几十年一直是水利局的业务尖子和工作先进。

没有人不晓得他是县里水利强手,可直到今天,他还是那么黑,那么瘦。

他和我,还有牵牛花、岸柳它们,这样生活在同一个世界。

老小世界

孩子掉牙,爷爷掉牙;孩子丢三落四,爷爷也丢三落四。

孩子喜欢听故事,爷爷喜欢讲故事,孩子和爷爷都向往故事世界。

孩子喜欢唱、喜欢跳,喜欢人前人后背诵唐诗、宋词,让边上人称道他聪明。爷爷喜欢在广场拉京胡,在公园唱大戏,高兴起来,也会将过去记熟的"归去来兮"或者"大江东去"背了唾沫直冒,让你相信他的记性和修养。

小孩子和老爷爷,都一样的不争气和不懂事,一样的童趣和天真。

孩子心中,云朵可以驾驶,星星可以采摘,草木虫豸都会讲话,沙石瓦砾都乐呵呵的,孩子吃饱了就睡得着,睡着了就有甜梦,就是刚刚挨了打在哭,有句笑话插进来,也会马上破涕为笑。孩子从来没有觉得有谁在妨碍他,戏弄他,这个世界根本就没有仇人,没有敌人。

老人心头,权走了,利远了,妒没了,忌没了,"醋"也没了,唉声叹气,念念不忘都用不着了。环顾四周,只看见有人给他让座有人敬他香茶,看不到有人在夺他阳光,抢他风头。年纪越大,欲望越少,烦恼越无,毒话不说了,重拳不出了,当然也就见不上一张脸是气呼呼的,一颗心是恶狠狠的了。

孩子的天空美丽,老人的世界平和。

孩子慈眉善目,六根清净,一个个口是心是,哭笑由衷,看见边上人被打重了,都会跟上去哭;听到说要献爱心,都愿意将罐里的压岁钱倒尽。孩子看谁都不是坏人,坏人都是大人反复模拟才感觉出来的,撒谎、虚夸、做假这些,也是大人给教唆的。

老人呢,人一上年纪,不经意就来仁慈,不自觉就多美德。反省往日的过错,原谅他人的罪孽,渐渐成了他们的功课。也喜欢说"吃亏是福",喜欢挂"退一步海阔天空"条幅,觉得豪富极权,深仇大恨都像打足了气的薄膜球,飘忽、虚张。到了爷爷、奶奶这位上,就都在修身养性,积德行善了。

孩子心中有佛。老人就是不信佛,阿弥陀佛也在心中。

说孩子个个聪明,你会不信,其实,只要与孩子一道背首古诗试试,看看谁先朗朗上口,谁总是忘不去。再不信,还可以比比学英语、弹钢琴,看看谁先进级,谁先获奖。大人想了三天三夜作不了决定的事情,孩子只要一秒钟,后来时间证明还是孩子对了。许多做高官、赚大钱的,刚学了句"世界是平的"挂在嘴上,孩子一生下来就在心里认可了。

老人世事洞明,人情练达,数数那些过往的日子,全成了心中的格言和规律。老人发现,我们总是将"今"与"我"夸张太过。

人一生中的痛苦和罪过，都来自那个"我"；许多"今"的大是大非，过上几十年，一些成了芝麻绿豆，还有一些不是颠倒了过来就是偏离了许多。

孩子个个是天才，老人人人接近哲学家。

男孩女孩都是清泉，一眼到底。外孙上一年级的时候，放学我去接他，那天去迟了，我看他与一个女同学手搀了手，叽里咕噜，不知在讲什么，一会儿，女孩看见他的鼻涕流出来了，她掏出口袋里的面巾纸，不是递过去，是直接替他擦，一个站着不动，一个专心在擦，就在大街上大大咧咧地进行。

老头老太都是一株梅，暗香氤氲。我对门有对老人，彼此不叫名字，一个呼老婆子，一个呼老头子，年轻时他们演过《双推磨》，闲了没事，一个"叔叔"，一个"嫂嫂"，就"豆浆味道甜津津，吃到嘴里甜到心"了。有一天为了一碗面条，一个说起锅早了，一个说没有，顶真上了，你一句我一句，闹了有半小时。待我上班，怪了，两个立在楼梯弯口，老头子一只手从老婆子的颈项伸到背心，替她搔痒。我扭过头，怕他们尴尬。哪知老先生不尴尬："她手够不上了，嘿嘿。"你还能不笑？

男女之爱，除了性，还可以这么清纯，这么有法力。

都说世上的物质财富是靠青壮年创造的，精神财富，就未必了。

要是青壮年也能认真学学孩子、老人，真不知这世上会少了多少怄气多少打斗，少了多少坎坷、曲折和瞎折腾。

漂到常州女儿家

女儿在常州一所高校做财务，忙，外孙高中在读，更忙。这个家需要帮手。

老人跑到子女身边照顾他们的起居生活，称老人漂。妻和我，这样漂到常州长岛小区。

老伴有双勤快的手，她一到，外孙思念的黑鱼片、炒鳝丝，女儿记忆深处的桂花团子、家酿甜酒，马上插花了上桌。家庭卫生，衣被换季，步入正轨，连阳台上的万年青、君子兰，也欢天喜地起来。

外孙在作文里这样说：为了让我吃上热热的炒菜，每天下午6点半，外婆就站到阳台，看紧了长江路桥头过来的自行车，一见上我的身影，立马回灶前，起火，炒菜。那座公路桥离她至少300米，她的视力是0.6，一次也弄不错。这篇作文得上的批语也是：替你高兴，也让我羡慕！

本来，我只是随行跟班，没有任务，她这么一来，不觉有了压力。本来我也是普通高中那边过来的，给外孙搞点小灶也愿意，无奈现在的学校，早上6点到晚上11点，已给学生排了水泄不通，再是现今高考的题式和视角，比刘谦的魔术还刁钻，好比是他们研发的是无人机、黑客战，我能使的还是机关枪、手榴弹，让这样的人出马助阵，我自己也不放心了。怎么办，我依据青少年心理特征，注意营造温馨，做些外围调适，还不知是在帮忙还是帮倒忙。

这边作为模糊，那边又来新问题。刚到这里的时候，有别情可聊，新鲜可看，感觉还不错，十天下来，这种感觉没了，倒发现电话稀了，熟人少了，走在路上，问候和搭讪也碰不上了。本来百米外的豆腐脑，十分逗趣的坊间杂谈，菜市场的菱角米鸡头菜，也见不上了。寂寞了，本来还可以去湖滨垂钓，跨上单车，20分钟，进入天然氧吧，且总有望外刺激入怀。这里，只有高楼大厦，哪里去找跟我玩耍的鱼儿？小区虽说设施不差，人口也有4000多，但全是外来户头，没有一张面孔是熟悉的。

我，伤风来了，牙龈肿了，本来打算住两个月的，难说了。

老伴很快看出苗头，说：老盯着那几本破书做什么，不去活动室走走，长廊里聊聊？你以为还是那宠着你的学校，一出门，边上人就哄着你喊先生？

是啊，她与我就不一样，她在路上，点头微笑仍然有，门卫、保安，推童车的，送牛奶的，负责园艺的孙师傅，南门杂货店的老板娘，连楼底下84岁的老媪也亲切得像她外婆。那天，从38路公交下车，前边的阿公两手提了沉甸甸的，她马上就给他接过了一个袋，这一接（包括我在内），从此三人都有了相互招呼。还有12楼的胖婶，看她背了一篮皱壳蚕豆，我那个马上对她说，"苏果超市来新鲜嫩蚕豆了，3元钱2斤。"胖婶回话："谢谢，你们到长岛不久吧，北门居委会每星期五都有歌咏活动，你俩来学学新歌，唱唱老歌，挺开心的。"之后的星期五，妻去了，那里都是活跃分子，一个介绍一个，一下多出好几个朋友。妻来劲了，她对我说，你不是在文章里也写过吗，要是不跟陌生人讲话，碰巧对方与你同类，即使天天见面，也只会天天陌生。你看他没意思，冷血；他看你傲傲的，架子大，彼此成了彼此的冷面杀手。如果你先跟对方说话，人家看看你，没心没肺的，不设防，话会多起来，心肠也会热起来，怎么不多出一对朋友？

我笑了，后来，我发现楼上那家原来就是老乡。对门那家，本来也不喜欢讲话，可他家女儿就是我女儿那学校的学生，还装什么陌生？这里本来就是一个"村"，从这个大门进出的，应该就是一家人。

刚来那阵，觉得这里的"土著"，讲话也古里古怪的，"跑过去了"叫"逃过去了"，"蹲下来"叫"孵下来"，"起身了"不说起身了，说"出来了"。听熟以后，古怪什么，糯糯的吴语，反多了亲切和有趣。我当地麻糕吃上了口，南门小店卖麻糕，我冲过去说"卖五只（个）mu（麻）糕"，把那个"mu"拖出悠悠第三声。谁不喜欢外地人说他们方言？顿时，一屋子欢快。这样，包括黑龙江过来帮女儿的老李，宿迁过来帮儿子兼打一份工的老费，都成了朋友。老李，见多识广，嘴上说帮儿子，手上还做了件自由买卖，前20多年一直在外打工，大庆、九江、深圳、常州，跑了半个中国，单听话音已判定不了他是东北人了，唯有"孵"在地上的北方功夫没变。他一"孵"下来，听他吹吧，东北女人的大碗喝酒，蛇口工业的一日三变，九江的新品种水果，他嘴里出来的都是"生猛海鲜"，听了你离不开。老费，农民，在这里给区内小溪打捞杂草，保洁水质，已有了"队长"头衔。我看他手脚闲不下来，问："挺累吧？"他说："门前生活，带带手的。"我看见他跑上前帮一个女工拎水，寻开心说："提干部了，做榜样是不是？""哪呢？领导看得起，不就是早点出工，晚点收工吗？反正也累不坏人。""给多少钱一月？""2000，我（比队员）还有200元多多。"显然，他只有高兴。这次，惹了我也跟了高兴。还寂寥啥，都是新鲜都是故事，心底来了"结识新朋友，不忘老朋友……我们从此是朋友"。

这世界，让人目瞪口呆

我们总以为用冷却的牛奶去做冰淇淋，一定比用滚烫的原料去做，花的时间少很多。1963 年，坦桑尼亚的马干巴中学，给学生提供了自做冰淇淋的设备。一天，那个三年级的姆潘巴同学，把生牛奶煮沸并加了糖时，他发现冰箱的冷冻室内放冰格的空位，已所剩无几。为赶在别人前面，他等不及牛奶冷却，就急急忙忙地把热牛奶倒进了冰格，送入冰箱。一个半小时以后，奇迹发生了，姆潘巴的热牛奶"抢先"结成了固体，而其他同学的冷牛奶，还只是稠了一点的液体。

这现象太神奇了，它超出了在此之前一切书本的记载和科学家的认知，却被一个十几岁的中学生发现，故又称姆潘巴现象。

世上就有那么一些事，尽管我们万万没有想到，但就是发生了。当初并没有想到我们真的能飞向宇宙，也根本不会想到，还有次声、超声，红外线、紫外线。我们感觉不到，在这个世界边上还伴生了一个暗物质、暗能量世界，但这些几乎已成为科学界的共识。

可是，我们只在意看到的和听到的，不注意看不到的和听不到的。只感觉开汽车去远方省下了不少时间,想不到坐在车上花去的时间,正是没有汽车根本不会去花的;只想到电脑给我们节省了大量时间,想不到浪费在电脑上的时间比节省下来的时间要多得多;我们认为有了电子传输图文信息,就可以实现无纸化办公,根本想不到有了电脑以后,用纸会成倍增加,而且对纸张的要求也越来越高;本来是想快一点,想不到正是我们发明的高速公路,常常堵得我们无法动弹;本来是想漂亮一点,想不到正是我们发明的拉皮、做膜、造双眼皮这些招子,让我们已分不清谁是真正的冰冰和晶晶……

我们喜欢守着正面的、直觉的,不在意背面的、侧面的。背面和侧面,其实有着更大的空间,且并不比正面少。

西班牙画家达利告诉我们,"我自己在作画的时候,不理解这些画的意义",他只是在揭示内心深处的激动和不安,但有一大批追随者,给这些画说出了许多意义,于是,达利进一步补充说"这件事,并不证明这些画没有任何意义"。于是,世上有了达利的《带抽屉的维纳斯》,杜尚的《长胡子的蒙娜丽莎》,且它们都成了世界一流名画。

"想不到"让世界需要梦想,是"梦想"让大人败于孩子,让科学家落后于中学生,让我们惊奇惊叹。

1999年10月,北京,孙正义让马云讲讲阿里巴巴,马云并没想到能招来投资,他只讲了6分钟,孙正义就从办公室走出来说,我准备投资3500万美元。这个,马云想到了吗?后经协商实际投资2000万美元,到2014年9月19日阿里巴巴在纽约证交所上市,孙正义这笔投资估值已达580亿美元,孙正义想到了吗?

想不到的那个世界,总比我们想到的世界大得多。阿里巴巴纽约上市,马云让聪明的孙正义成为日本首富;这笔2000万美元的风险投资,孙正义让聪明的马云成了中国首富。这个看似弯弯绕的结果，一半是胆识，一半是运气。

假如老孙那次真投出 3500 万美元呢？

还是阿里巴巴上市那天，印在杭州总部员工 T 恤衫上的纪念词说得幽默：梦想还是要有的，万一实现了呢？